Dietmar Bittrich, Jahrgang 1958, lebt in Hamburg. Er gewann den Hamburger Satirikerpreis und den Preis des Hamburger Senats. Im Rowohlt Taschenbuch Verlag erschien von ihm u.a. der Bestseller «Alle Orte, die man knicken kann». Seit 2012 gibt er die erfolgreiche Weihnachtsanthologie mit Geschichten rund um die bucklige Verwandtschaft heraus.

Dietmar Bittrich (Hg.)

Was macht der Mann da unterm Baum?

Immer wieder Weihnachten mit der buckligen Verwandtschaft

Rowohlt Taschenbuch Verlag

Originalausgabe
Veröffentlicht im Rowohlt Taschenbuch Verlag,
Hamburg, November 2019
Copyright © 2019 by Rowohlt Verlag GmbH, Hamburg
Covergestaltung zero-media.net, München
Coverabbildung Patrick Wirbeleit
Satz aus der Adriane
bei Pinkuin Satz und Datentechnik, Berlin
Druck und Bindung CPI books GmbH, Leck, Germany
ISBN 978-3-499-00102-4

Inhalt

Julia Hackober

Auf dem Weihnachtsmarkt

Mir war kalt, obwohl ich mir bei dm extra noch Wärmeeinlagen für die Winterstiefel gekauft hatte. 6,99 Euro fand ich ganz schön teuer dafür, dass ich trotzdem noch Angst vor einer Blasenentzündung haben musste.

Wir standen im Kreis auf dem Weihnachtsmarkt herum, per Doodle-Umfrage hatten wir uns für den in der Kulturbrauerei entschieden, das war für die meisten von uns am besten zu erreichen, bis auf Elisa, die in Neukölln wohnte und nicht im Prenzlauer Berg, na ja, Pech gehabt in dem Fall. Deshalb war Elisa wohl auch zu spät dran, wir versuchten sie zu erreichen, bei WhatsApp erschien nur ein Haken, kein Empfang auf dem Weihnachtsmarkt. Miriam führte vor, wie gut sie mit ihren neuen Smartphone-Handschuhen tippen konnte. Ich kippelte von einem Fuß auf den anderen, versuchte, die Kälte zu halbieren, und dachte, dass ich langsam zu alt wurde für Unternehmungen mit Leuten, bei denen man sich nicht darauf verlassen konnte, dass sie zur verabredeten Zeit am verabredeten Ort waren. Zu Hause hätte ich *Drei Haselnüsse für Aschenbrödel* schauen können.

Wir rückten zur ersten Glühweinbude vor, die noch in Sichtweite zum Eingang am Kino war, damit Elisa uns finden konnte. «Sie wollte doch den neuen Typen mitbringen, oder?», fragte Anna, und ich zuckte mit den Schultern und dachte: Hoffentlich nicht, ich war nicht in der Stimmung, neue Menschen kennenzulernen. Hallo, und wer bist du, ach, ich tu mal so, als ob ich noch nicht alles über dich und deinen Penis im Gruppenchat erfahren hätte. Nee, echt keinen Bock.

Ich trank den schwedischen Glühwein schnell, er war sehr süß und stieg mir direkt in den Kopf. Ich spähte in die Becher der anderen, ich wollte nicht schneller trinken als der Rest der Gruppe, wir waren erwachsen und sollten Kontrolle beim Glühweintrinken längst gelernt haben.

Dann wollten sie wissen, wo Johannes sei, und ich sagte, mein Freund sei auf Geschäftsreise. Ich hatte mir die Antwort auf dem Weg zurechtgelegt, denn ein fester Freund durfte nicht unentschuldigt fehlen in dieser Runde. Ein fester Freund hing nach ein paar Jahren fest an einem dran wie diese Kofferkleber vom Flughafen, TXL-FRA, die reisten überall mit hin.

Die Wahrheit war, dass wir uns gestritten hatten. Johannes träumte von einem Smart Home, ich fand Staubsaugerroboter unheimlich. «Ich will keinen Staubsaugerroboter», hatte ich geflüstert, als Johannes mich an diesem vierten Advent gefragt hatte, ob wir im neuen Jahr in eine gemeinsame Wohnung ziehen wollten. «Du bist so kindisch», hatte er geantwortet, «weißt du überhaupt, dass 80 Prozent der Deutschen ihren Staubsaugerrobotern innerhalb von vier Wochen einen Namen geben? Wie einem Haustier!» – «Ich mag auch keine Haustiere, das weißt du genau», hatte ich gesagt, und dass doch alles schön war, so wie es war, ein Umzug hingegen sei teuer und stressig und könnte eine große Belastung für eine Beziehung darstellen, Niklas und Inken zum Beispiel hatten sich kurz nach dem Zusammenziehen getrennt, ob er das nicht mehr wüsste? «Werd mal erwachsen», hatte Johannes gesagt und war nach Hause gefahren, in seine eigene Wohnung. Nein, zum Weihnachtsmarkt komme er nicht mit, er habe keine Lust, meinen Freunden das fröhliche Paar vorzuspielen, ja, das seien *meine* Freunde, mit jemandem wie Anna könnte er niemals ernsthaft befreundet sein.

Und so war ich allein losgezogen zur Kulturbrauerei. In der Sredzkistraße waren lauter Paare unterwegs, die alle viel verliebter wirkten, als Johannes und ich es jemals gewesen waren, so kam es mir zumindest vor in dem Moment. Zu viel Körperkontakt in der Öffentlichkeit war mir unbehaglich.

Ich hatte wenig Lust, den anderen zu erklären, warum Johannes nicht dabei war, weil ich genau wusste, in welcher Unterhaltung das resultieren würde. «Irgendwann muss man zusammenziehen», würde Anna sagen, «du bist fast dreißig, wie lange willst du noch warten, außerdem finde ich, man kann nicht heiraten, wenn man vorher nicht zusammengewohnt hat, meine Meinung.» Ich würde erklären, dass ich vom Heiraten eh nichts hielt und dass Gwyneth Paltrow und ihr Mann auch nicht zusammenwohnten.

Nein, Johannes war heute Abend auf Geschäftsreise, damit hatte sich die Sache erledigt, und wir konnten uns wieder auf den Glühwein konzentrieren. Elisa war immer noch nicht da.

Wir diskutierten, ob wir lieber Bratwurst oder Langos oder Kartoffelpuffer oder gebrannte Mandeln essen wollten. Miriam wollte gar nichts essen, sie hatte sich am Morgen auf die Waage gestellt. Ich verstand nicht, warum wir uns zwischen herzhaft und salzig entscheiden mussten. Generell verstand ich Menschen nicht, die sich wenn, dann lediglich einen ungesunden *Snack* erlaubten. Entweder – oder! Wenn ich Johannes fragte, ob er was Süßes zu Hause hatte, holte er Salzstangen aus dem Regal. Auch ein Grund, warum wir nicht zusammenwohnen konnten.

«Trennen wir uns besser», sagte ich, «gleich mit Essen wieder hier?» Wir zogen in verschiedene Richtungen davon. Auf einer kleinen Bühne spielte eine Musikschulabordnung Weihnachtslieder vor, die Eltern standen davor und filmten mit ihren Handys. «Spielt Luca nicht toll Trompete? Ich bin so stolz», sagte eine Mutter, der Mann neben ihr, vermutlich Lucas Vater, zischte nur böse: «Das ist jetzt auf dem Video drauf! Nicht sprechen, wenn ich filme!» Vor allem spielte Luca sehr schlecht Trompete, dachte ich, als Luca aus Versehen in der Pause zwischen den Strophen von «Ihr Kinderlein kommet» loströtete, und ich fragte mich, ob Eltern das Unvermögen des eigenen Kindes automatisch ausblendeten. Es gab ein VHS-Video von 1998, im Krippenspiel hatte ich die Rolle der Maria, an Heiligabend war ich aber erkältet und konnte nur krächzend vom schweren Weg nach Bethlehem singen. Ich hätte gern gewusst, ob meine Eltern damals in der Kirche einander auch zugeflüstert hatten, wie toll sie meine Performance fanden und wie stolz sie auf mich waren, auf dem Video war davon jedenfalls nichts zu hören.

Die Weihnachtsmarktmenge schob mich weiter. Ich umklammerte mit der rechten Hand meine Handtasche, eine großmütterliche Geste der Ängstlichkeit, die ich mir in Berlin angewöhnt hatte. In meinem ersten Jahr in dieser Stadt hatte mich auf der Straße ein Mann angesprochen, wenn ich mit offener Handtasche durch die

Gegend liefe, bräuchte ich mich nicht zu wundern, wenn mal was wegkäme. Seither kontrollierte ich unterwegs ständig, ob der Reißverschluss zu war, Magnetverschlüsse und Beuteltaschen, die nur zugezogen wurden, mochte ich gar nicht, und ich war heimlich stolz darauf, dass mir noch nie was geklaut worden war.

Am Bratwurststand drückte ich Ketchup aus einem riesigen Kanister auf meine Wurst, der Bratwurstverkäufer sagte: «Schmeckt eigentlich besser mit Senf», also drückte ich noch einen winzigen Klecks Senf daneben. Er lächelte zufrieden, im Glauben, eine seiner Original Thüringer Bratwurst kulinarisch unwürdige Person belehrt zu haben. Ich verweilte für einen Moment am Bratwurststand, auf Annas angewiderten Blick konnte ich verzichten: «Du isst immer noch Fleisch? Schau dir mal diese Netflix-Doku über Massentierhaltung an, danach kannst auch du kein Fleisch mehr essen. Wusstest du, dass Schweine so intelligent sind wie dreijährige Kinder?» Das mit den Kindern hatte ich immer mal googeln wollen, für den Fall einer weiteren Fleischessdiskussion, aber dann doch vergessen. Ich biss in die Wurst, der rauchige, salzige Geschmack legte sich auf meine Zunge, das Brötchen war weich und krümelte nur ein bisschen, und in dieser Sekunde war es mir egal, wo die Wurst herkam. Ich wusste, dass die Überhöhung des persönlichen Genusses dazu führen würde, dass eines Tages die Welt unterging, aber auch das war mir egal.

Gern hätte ich noch ein wenig länger allein am Wurststand gestanden, allerdings schlenderte ein Arbeitskollege vorbei, natürlich, überproportional viele Mitarbeiter des Unternehmens, in dem ich arbeitete, wohnten im Prenzlauer Berg. Es ging hier zu wie in einer badenwürttembergischen Kleinstadt, man konnte nicht mal zu Edeka gehen und schnell eine Tütensuppe kaufen, ohne jemanden zu treffen, haha, wohnst du etwa auch im Kollwitzkiez, was für ein Zufall. Die Tütensuppe legte ich dann immer ganz schnell zurück ins Regal.

Auf dem Weihnachtsmarkt war man natürlich auch nicht sicher. Schon rief Gerald rüber: «Na, wieder gesund?» Ich hatte die vergangenen Tage im Büro gefehlt, obwohl meine Erkältung, zugegeben, nicht so schlimm gewesen war. Ich wollte dem Besinnlichkeitszwang entgehen, der ein paar Tage vor Weihnachten immer eintrat in der Firma, mit Supermarkt-Lebkuchen in jeder Besprechung und krampfigen Gesprächen zu den Feiertagsplänen und gleichzeitiger Geschäftigkeit, schnell noch alles wegschaffen im alten Jahr. Ich hustete ein bisschen. «Geht schon wieder, danke! Viel Spaß euch!» – «Ebenso, ebenso», sagte Gerald und blickte mich prüfend an. Gerald war nicht mein Chef, hielt sich aber dafür, weil er 25 Jahre älter war als ich, und ich war froh, dass jetzt Weihnachtsferien waren, denn sonst hätte Gerald bestimmt dafür gesorgt, dass im Büro alle von meiner Fake-Krankheit erfuhren. «Ich muss mal weiter», sagte ich, «frohe Weihnachten.»

Ich musste mich nun gegen den Strom der Weihnachtsmarktbesucher zurück zu unserem Treffpunkt kämpfen. In ein paar Tagen würde der Prenzlauer Berg leer sein, verlassen von all den längst erwachsenen Menschen, die Weihnachten «zu Hause» feierten. Zu Hause, das war für so viele immer noch der Ort, wo die Eltern lebten, wo sie in ihren viel zu groß gewordenen Einfamilienhäusern wohnten und darauf warteten, dass Kinder und Enkel über die Feiertage nach Hause kamen, dass alles für ein paar Tage wieder so wie früher wurde. Ich dachte an mein Kinderzimmer, aus dem Fenster konnte ich weit über die Hügel und Felder vor meinem Heimatort blicken, in der Ferne eine kleine Burg. Als ich klein war, malte ich diese Aussicht mit speziellen Buntstiften, die man mit ein bisschen Wasser verwischen konnte, dann sah es aus wie Aquarell. Meine Oma hob all meine Bilder in einer großen Mappe auf, alle beschriftet mit dem Schaffensalter, «J., sechs Jahre».

Ein Mann in einer braunen Multifunktionsjacke rempelte mich an, mir fiel der Rest meines Wurstbrötchens aus der Hand, er rief: «He, pass auf», ich sagte: «Oh Gott, Entschuldigung», und ärgerte mich, dass ich mich jetzt entschuldigte. Das war eben Berlin, mit Höflichkeit kam man nicht weiter. «Deine Jacke ist hässlich», zischte ich also, hob den Brötchenrest auf und suchte eine Mülltonne, fand keine und ließ das Brötchen wieder fallen. Dann halt nicht. Johannes trug auch so eine braune Multifunktionsjacke im Winter, mit herausnehmbarer Vlies-Innenjacke. «Musst du die anziehen, wenn ich dabei bin, zieh doch mal den Mantel an», sagte ich immer, und er verstand nicht, was ich gegen die Jacke hatte. «Das ist eine ganz normale Jacke», sagte er dann, langsam, als hätte ich vom normalen Leben keine Ahnung, meinen «Hipster-Modegeschmack» fände er ja auch nicht immer toll.

Miriam winkte mir vom schwedischen Glühweinstand zu. Neben ihr stand Elisa mit ihrem Date, sie tranken Glögg, er wuschelte ihr erst durch die Haare, massierte ihr dann den Nacken und kniff ihr schließlich in den Hintern. Elisa lachte, ich fand es ein bisschen #metoo, aber vielleicht war ich in letzter Zeit auch zu viel auf Twitter unterwegs gewesen. Twitter machte einen sensibel für solche Dinge. Neulich erst hatte ich ein Foto gesehen, das eine Frau in der Bahn gemacht hatte, man sah ihre Füße in Pumps und daneben Männerturnschuhe, ein Typ hatte sich sehr nah neben sie gestellt. Der Tweet hatte 578 Retweets und 3001 Likes, und ich fragte mich, ob es der Frau nun besser ging.

Ich bestellte eine Runde Apfelpunsch mit Calvados, der aber nicht minder süß als der schwedische Glögg war. Anna sagte: «Ich geb dir das Geld später», ich gab zurück: «Ist schon okay, gib du doch die nächste Runde aus», sie sagte: «Boah, mehr kann ich echt nicht trinken.» Miriam bot uns gebrannte Mandeln an, wir nahmen uns ein paar, sie knüddelte die Tüte zu und steckte sie in ihre Jackentasche. Wahrscheinlich würde sie die restlichen Mandeln später zu Hause in Ruhe essen, noch eine Folge *Sex and the City* dabei schauen, und ich konnte das sehr gut nachvollziehen.

«Und, was gibt es denn so Neues bei euch?», fragte ich und zog das «euch» ironisch in die Länge, damit klar wurde, dass ich mir bewusst darüber war, wie bescheuert diese Frage eigentlich war. Was gibt's Neues, was soll man darauf antworten? Meistens nur: Du, alles beim Alten, ach doch, ich habe eine neue Toilette einbauen lassen. Oder so ähnlich. Als rhetorische Hilfestellung taugte die Frage nur bei wirklich großen News, Heirat, Schwangerschaft, so was. Ich hoffte, dass sich niemand in dieser Runde verheiraten wollte, ich hatte in diesem Jahr neun Hochzeiten als Gast absolviert, und es hatte mich finanziell und psychisch an den Rand des Ruins gebracht. Je häufiger man auf Hochzeiten eingeladen ist, desto häufiger wird man augenzwinkernd gefragt: «Wann seid ihr denn dran?» Wahrscheinlich nie, dachte ich.

Elisa und ihr Date dachten nicht so viel nach wie ich, sie waren verliebt, und sie erzählten von ihrem geplanten Spontanurlaub in einem Yoga-Retreat auf Bali, den sie gerade vorhin gebucht hätten, deswegen seien sie auch so spät gekommen. «Zehn Tage, das wird der Hammer», sagte Elisas Date. «SO geil», sagte Elisa. Mir fiel ein, dass Johannes und ich für den Januar einen Skiurlaub gebucht hatten, schon im Sommer, als alles noch leicht und schön zwischen uns gewesen und von Staubsaugerrobotern in gemeinsamen Wohnungen noch keine Rede gewesen war.

Anna erzählte von ihrem «Baby», auf das sie sich im neuen Jahr voll und ganz konzentrieren wollte. Das «Baby» war kein echtes Kind, sondern ihr Label für nachhaltige Yogamatten, die sie aus recycelten Plastikfasern pressen ließ. Im neuen Jahr wollte sie zudem eine Ausbildung zum Life Coach absolvieren und energetische Heilungen anbieten. «Das fühlt sich einfach richtig an», sagte sie, und ich beglückwünschte sie überschwänglich, weil ich wenigstens kurz vor Weihnachten meine Bedenkenkrämerei für mich behalten wollte.

Miriam erzählte von ihrer Planung für die Feiertage und wie stressig die Organisation sei, erst zu den Eltern ihres Freundes nach Oldenburg, dann zu ihren Eltern nach Biberach, Tom wollte das Auto nehmen, sie lieber den Zug. «Und für alle Geschenke zu besorgen, das bleibt auch wieder an mir hängen!» Aber die Familien freuten sich eben so, wenn sie kämen, und auch Miriam sah eigentlich ganz zufrieden aus.

Ich erzählte die Geschichte, wie der Pfarrer in meinem Heimatort im vergangenen Jahr, um Modernisierung bemüht, in der Christmette glutenfreie Hostien angeboten hatte. Ich hatte die Geschichte schon häufiger erzählt, in den immergleichen Worten, und beim Auswendig-aufsagen verhaspelte ich mich ein bisschen. Die anderen lachten trotzdem, und dafür war ich ihnen dankbar.

Es fing an zu schneien, ich fühlte mich trotz allem sehr weihnachtlich. Wir tranken noch einen Glühwein, sogar Anna, und freuten uns, dass das Jahr fast geschafft war. Alle Sorgen lösten sich im Schein der Lichterketten auf, auch meine schlechte Laune, für einen Moment zumindest. Kalt war mir nicht mehr.

«Gehen wir noch woandershin?», fragte ich schließlich. Miriam lächelte und schüttelte den Kopf, sie musste noch packen, Anna wollte auch nach Hause, Instagram-Posts für die Feiertage vorbereiten, «das Business schläft nie», Elisa und ihr Date hatten eine lange Heimfahrt nach Neukölln. Mir wurde klar, dass wir aus dem Alter raus waren, in dem man Nächte spontan in Bars verbrachte und erst morgens betrunken und glücklich nach Hause wankte, aber es machte mir nichts aus.

Wir umarmten uns fest durch unsere dicken Winterja-cken, wünschten «frohe Weihnachten» und meinten es auch so. Den Glühweinbecher nahm ich mit nach Hause. Ich stöpselte auf dem Heimweg meine Kopfhörer ein, hörte *All I want for Christmas* von Mariah Carey und atmete im Takt in meinen Schal hinein. Ich freute mich auf zu Hause, auf meine Mutter, die immer 45 Kilometer bis zum Bahnhof der nächstgrößeren Stadt fuhr, um mich abzuholen, auf meinen Vater, der am Heiligabend mit großer Geste Champagnergläser auf dem Silbertablett bereitstellte und jedem Familienmitglied in einem hand-geschriebenen Brief Ratschläge fürs kommende Jahr mit-gab, auf meinen Bruder, der mir vermutlich morgen eine SMS schreiben würde: «Hast du schon Geschenke für die

Eltern? Kann ich mich beteiligen?» Ich schloss die Tür zu meiner Wohnung auf, in der ich zwar tun und lassen konnte, was ich wollte, dreckige Klamotten einfach erst mal auf den Boden schmeißen, zum Beispiel, die aber doch sehr leer war ohne Johannes. Ich rief ihn an, und er nahm zum Glück gleich ab: «Ich würd gern noch bei dir vorbeikommen. Es ist fast Weihnachten.»

Tobias Haberl

Schlangenschnaps mit Oma

Es kam ganz plötzlich und ohne Vorankündigung, aber ich wusste sofort, dass ihr die Sache wichtig ist, obwohl es erst Mitte September war und wir am Ufer des Starnberger Sees lagen und Erdbeeren aßen, ich erkannte es an ihrem liebevollen Blick und den leicht zitternden Lippen.

«Zehn Jahre lang haben wir Weihnachten bei deinen Eltern verbracht», sagte sie, «zehn Jahre lang waren wir im Bayerischen Wald, zehn Jahre lang habe ich so getan, als schmeckten mir Bratwürste, Sauerkraut und mittelscharfer Senf, zehn Jahre lang habe ich beschriftete Fotoalben angeschaut und ‹Ah› und ‹Oh› gerufen, aber dieses Jahr, nur dieses eine Jahr möchte ich Weihnachten bei meiner Familie verbringen.»

«Aber deine Familie feiert doch gar nicht Weihnachten», sagte ich.

«Deswegen ja.»

Damit war die Sache beschlossen.

Denn erstens duldet die Frau, die ich liebe, keine Gegenrede, wenn ihre Lippen zittern, und zweitens kamen mir zehn Jahre nur im ersten Moment übertrieben vor; als ich nachzählte, musste ich zugeben, dass sie recht hatte. Wir hatten tatsächlich zehn Jahre lang jeden Heiligen Abend bei meinen Eltern verbracht, den Kindergottesdienst in der Barockkirche besucht, bei Kerzenschein *Stille Nacht, Heilige Nacht* gesungen, uns gegenseitig

Bücher von Richard David Precht geschenkt, neben dem Kaminfeuer Rotwein aus der Toskana getrunken und waren jedes Mal gegen Mitternacht in meinem Kinderzimmer mit der Dschungelbuchtapete vor allem deshalb eng umschlungen eingeschlafen, weil das Bett nur einen Meter breit ist.

Dieses Jahr also Vietnam, dieses Jahr also Saigon oder, wie es korrekt heißt: Ho-Chi-Minh-Stadt. Dieses Jahr also 34 Grad und 95 Prozent Luftfeuchtigkeit. Dieses Jahr also würden wir Weihnachten schwitzend zwischen Millionen dampfender Garküchen und hupender Roller begehen. Weihnachten in Saigon, da war ich sicher, verhielt sich zu Weihnachten im Bayerischen Wald wie ein verkaufsoffener Sonntag in München zu einem Achtsamkeitsseminar im Zen-Kloster. Wenigstens würde man am Ende nicht enttäuscht werden, weil sich die Frage, ob es endlich mal wieder weiße Weihnachten geben würde, gar nicht erst stellte.

Die Frau, die ich liebe – nennen wir sie Chau, was so viel wie «wertvolles Ding» bedeutet –, wurde vor 35 Jahren in Saigon geboren. Mit acht war sie nach Deutschland gekommen, mit sechzehn wurde sie deutsche Staatsbürgerin, mit 24 schaute sie mich auf eine Weise an, dass ich mich in sie verliebte, ein Jahr später hatte sie das Kommando übernommen. Und als unsere Maschine nach vierzehn Stunden am Nachmittag des 24. Dezember auf dem Flughafen von Saigon aufsetzte, drückte sie kurz meine Hand, lächelte mich an und sagte:

«Keine Sorge, es wird anders, aber es wird schön.»

Eine halbe Stunde später zogen wir unsere Koffer durch die Ankunftshalle, die mit roten Lampions und einem gigantischen Weihnachtsbaum geschmückt war, an dem blinkende Rentierschlitten baumelten, aus Lautsprechern hörte man Michael Bublé *Santa Claus is coming to Town* singen. Ich war irritiert. Waren wir aus Versehen in Texas gelandet?

«Tobi», sagte Chau, «es gibt nicht nur Buddhisten, es gibt auch jede Menge Katholiken in Vietnam, mehrere Millionen, meine Oma ist eine von ihnen, und dass die Amerikaner ein paar Jahre bei uns zu Besuch waren, das weißt du doch».

Wieder drückte sie meine Hand. Sie kannte ihren Freund. Sie wusste, wie überfordert ich war, wenn jahrelang eingehaltene Rituale mir nichts, dir nichts über Bord geworfen wurden. Weihnachten im Bayerischen Wald, das hatte schon eine enorme Bedeutung für mich, nicht nur wegen der Tradition und meiner Eltern und des Räuchermännchens neben dem Telefon mit der Wählscheibe, es war viel mehr, eine Auszeit von der Wirklichkeit, ohne Internet, ohne gestresste Großstadteltern, ohne Cappuccino mit Milchschaumherz für 3,80 Euro, ein Stück Glück im hintersten Winkel Deutschlands, das mich das alte Jahr versöhnt abschließen und das neue tapfer angehen ließ.

Als wir ins Freie traten, standen da Hunderte von Menschen und riefen Namen, die ich nicht verstand; ein gigantischer Chor, der seltsame Laute ausstieß, die alle gleich klangen, in der Ferne sah ich Palmen und Wolkenkratzer. Auf den ersten Metern hatte ich das Gefühl, auf die Knie sinken zu müssen, so schwül, so stickig war die Luft. Nach weiteren zehn Metern wurde ich kurzatmig, nach zwanzig war mein Hemd feucht, nach dreißig dachte ich zum ersten Mal in meinem Leben, dass mir ein Asthmaspray guttun würde. Die Hitze fühlte sich an wie eine Zwangsjacke, die sich um mich legte und mich zu erdrücken drohte, ich hatte wirklich Angst zu ersticken.

«Gott sei Dank ist es heute nicht so schwül», sagte Chau, reichte mir ein Erfrischungstuch aus ihrer Handtasche und suchte in der Menschenmenge nach bekannten Gesichtern. Selbstverständlich war in ihrem Gesicht kein einziger Schweißtropfen zu sehen, ehrlich gesagt, benutzt sie nicht mal ein Deo.

«Da sind sie ja, dahinten», rief sie und stürmte voran, ich wollte liegen bleiben, mich totstellen, aber rappelte mich auf und folgte ihr durch die Menge. Zum Glück entdeckte ich einen kleinen Stand, an dem eine winzige Frau Mangosaft in Plastikbechern verkaufte.

«Ice», sagte ich, «lots of ice», aber sie verstand mich nicht.

Ich deutete auf eine Kühlbox, in der ein paar tote Fliegen und riesige Eisbrocken schwammen. Sie zerhackte einen mit einem rostigen Messer, schubste ihn in den Becher, ich wartete ein paar Sekunden, trank hastig und hatte für ein paar Sekunden das Gefühl, den Ausflug vielleicht doch überleben zu können.

Fünf Minuten später standen wir am Taxistand: Chau, ich, ihre Eltern, drei Onkel, vier Tanten, acht Cousins und Cousinen, fünf Enkel, ein Hund und eine Schlange. Alle waren wohlauf, nur die Schlange nicht, es handelte sich um eine Kobra, die sich zusammen mit einem Liter Schnaps in einer bauchigen Flasche befand.

«Schlangenschnaps», sagte Chau, «hilft gegen alles, von Rückenschmerzen bis Traurigkeit.»

Ich fragte mich kurz, wo sich eigentlich das Gift der Schlange befand – in der Schlange, in dem Schnaps? –, verwarf den Gedanken aber schnell wieder. Das Zeug hatte sich durchgesetzt, offensichtlich hatte man eine Lösung dafür gefunden.

Ich trank vier, mit jedem Onkel einen, mit dem ältesten, der nur noch ein Auge hatte – «Eine Messerstecherei», erklärte Chau –, sogar zwei.

«Merry Christmas», sagte ich, «it's good to be here», und alle lachten mich aus, weil ich anscheinend nicht wusste, dass sie kein Deutsch verstanden. Manche deuteten mit dem Finger auf mich. Einer der Enkel nahm meine Hand und wollte, dass ich ihn huckepack nehme, die Cousinen machten Handyfotos und kicherten, keine Ahnung, ob sie mich sympathisch oder lächerlich fanden. Eine Stunde später saßen wir in drei Großraumtaxis Richtung Innenstadt, ich fühlte mich schwach, war aber auch stolz darauf, mich auf das Abenteuer eingelassen zu haben.

Wir fuhren auf gigantischen Straßen und durch winzige Gassen, vorbei an riesigen Parks, übelriechenden Kanälen und Kreuzungen, die groß wie Fußballplätze waren, alles flirrte und verschwamm ineinander, ein grelles Tableau der Geschäftigkeit und des Aufschwungs, selbstverständlich waren alle Geschäfte geöffnet, und dann sah ich den ersten Weihnachtsmann. Er stand vor einem dieser neumodischen Einkaufszentren, einen riesigen Sack in der Hand, vor ihm eine Traube schreiender Kinder, ich kurbelte das Fenster nach unten, schaute ihm hinterher und war versöhnt. Es war doch Weihnachten, sagte ich mir, die Geburt Jesu Christi, Schlangenschnaps hin oder her, das wollte ich auf keinen Fall vergessen.

Kurz fragte ich mich, was meine Eltern wohl machten, und ich kann es nicht leugnen, zum ersten Mal hatte ich das Gefühl, das Richtige getan zu haben, ganz einfach deshalb, weil ich etwas anders gemacht und auch meine Eltern indirekt gezwungen hatte, Weihnachten ausnahmsweise anders zu verbringen. Wer weiß, vielleicht kochte meine Mutter diesmal keine Bratwürste mit Sauerkraut? Wer weiß, vielleicht zog mein Vater diesmal nicht drei Sekunden vor dem Essen den Fotoapparat aus der Tasche? Wer weiß, vielleicht waren wir uns an diesem Heiligen Abend näher, gerade weil wir ihn nicht gemeinsam verbrachten?

Eine halbe Stunde später kamen wir in dem Haus an, in dem Chau groß geworden war. Es handelte sich um ein mehrstöckiges Gebäude in einer engen, hektischen Gasse, im Erdgeschoss befand sich ein kleines Juweliergeschäft, das zur Straße hin offen war, in den oberen Stockwerken waren mehrere Zimmer und kleine Wohnungen, in denen die gesamte Familie lebte, fünfzig Menschen insgesamt, manche zu sechst in einem Zimmer, das sie durch Vorhänge in mehrere Parzellen unterteilt hatten.

Das Juweliergeschäft gehörte Chaus Onkel und war so etwas wie der Aufenthaltsraum. Es waren tatsächlich nie weniger als 20 Personen in dem Raum, hier wurde gegessen und geschlafen, gestritten und sich wieder versöhnt, hier wurde die Wäsche aufgehängt, und hier saß Chaus Oma auf einer Holzbank und unterhielt sich jeden Tag stundenlang mit ihrem Spiegelbild; eine dürre, elegante Frau mit rot lackierten Fingernägeln, an deren Augen man ablesen konnte, was für eine stolze Schönheit sie einst gewesen war. Sie war 93 und hatte seit Jahren kein vernünftiges Wort mehr von sich gegeben; ein Krankenhaus kam nicht in Frage, viel zu teuer, waren ja genug Menschen da, um sie zu pflegen, zu füttern, zu wickeln.

Chau hatte mir mal erzählt, dass sie das letzte Jahr des Vietnamkriegs in der amerikanischen Botschaft verbracht hatte; ihr Mann war ein südvietnamesischer General gewesen, der zusammen mit den amerikanischen Truppen gegen die Nordvietnamesen gekämpft hatte. Nach dem Krieg hatte sie ihn jahrelang im Militärgefängnis von Hanoi besucht, immer mit dem Zug, vierzig Stunden hin, vierzig Stunden zurück, alle vier Wochen, bis er gestorben war.

«Ganz ehrlich», sagte Chau, «den letzten Ring hat mein Onkel vor zehn Jahren verkauft, aber er steht jeden Tag zehn Stunden hier und hofft auf Kundschaft, auch samstags, und weil er ja von irgendetwas leben muss, wechselt er Geld zu einem unverschämten Wechselkurs und macht bei Karaoke-Wettbewerben mit. Seine Spezialität: alles von den Backstreet Boys.»

Gegen 18 Uhr fühlte sich mein Magen flau an, ein merkwürdiges Drücken, manchmal hörte man ein leises Gurgeln. Ich versuchte, es zu ignorieren und ansonsten nicht vom Stuhl zu fallen. Das Klima, dachte ich, es muss das Klima sein. Ich hockte neben dem Ahnenaltar, einer Art kleiner Gedenkstätte mit vergilbten Fotos, Räucherstäbchen und einer Schale mit roten Drachenfrüchten. Die anderen waren indessen äußerst geschäftig: Zu Ehren des Gastes aus Deutschland stellten sie drei Plastiktische aneinander und tischten einen Leckerbissen nach dem anderen auf. Zwei der Cousinen hängten pink blinkende Lichterketten auf und spannten eine Buchstabengirlande quer durch den Raum, *Giáng sinh vui ve* stand darauf: Frohe Weihnachten.

Ich war gerührt, weil jede Menge Buddhisten dafür sorgten, dass ich mich am Heiligen Abend wie zu Hause fühlen konnte, während die einzige Katholikin außer mir gar nicht mitbekam, dass überhaupt Weihnachten war.

Zehn Minuten später wurde mein Magengrummeln schlimmer und das Buffet eröffnet: Bier, Schlangenschnaps und Wasser aus einem Tank, dazu verschiedene Suppen mit Kräutern, Reisnudeln, Schweinefleischbrötchen, Frühlingsrollen, vietnamesische Blutwurst an Fischsauce und gekochte Entenembryos mit Sprossen und Karotten, als Nachspeise ein Schokoladenkuchen, *Bûche de Noël* genannt – «weil ja auch die Franzosen eine Weile bei uns waren», erklärte Chau.

Alle griffen kräftig zu, alle redeten auf mich ein, alle sprachen durcheinander. Anfangs versuchte Chau noch zu übersetzen, irgendwann gab sie es auf. Der Schlangenschnaps machte die Runde, nach einer Stunde hatte ich das Gefühl, dass sich mein Magen beruhigt hatte – oder war ich nur betrunken? Die ersten Lieder wurden angestimmt. Meine Gastgeber sangen vom Krieg, weil fast jedes vietnamesische Lied vom Krieg handelt, aber dann meinte Chau, ich solle ihrer Familie doch ein deutsches Weihnachtslied vorsingen, das würde sie glücklich machen, ja, sie empfänden es als Ehre, und nur Sekunden später riefen 40 Vietnamesen «Dobei! Dobei! Dobei!» und starrten mich auffordernd an. «Sie meinen Tobi! Tobi! Tobi!», erklärte Chau und lachte.

Ich hatte keine Chance. Der Druck war zu groß. Ich erhob mich, dachte kurz an zu Hause, wo meine Mutter wahrscheinlich gerade das Weihnachtsoratorium von Bach auf den Plattenteller legte, und dann geschah es: ein Krachen, erst dachte ich, es handle sich um einen Unfall, vielleicht zwei Roller, die auf der Straße ineinandergeprallt waren, aber dann merkte ich, dass das Geräusch aus meinen Eingeweiden kam. In mir zog sich alles zusammen, es fühlte sich an, als würde sich mein Magen mit meiner Milz und vielleicht auch der Leber verknoten. Ich muss Panik in meinen Augen gehabt haben, denn augenblicklich waren alle still und sahen mich besorgt an. Mir wurde schwarz vor Augen, ein seltsamer Nebel legte sich zwischen mir und der Welt um mich herum, aber ich schüttelte den Kopf, blieb stehen und fing leise, ganz leise zu singen an:

«Stille Nacht, heilige Nacht
Alles schläft, einsam wacht
 nur das traute hochheilige Paar»

Es krachte erneut; ein unglaublicher Schmerz, als stoße mir jemand einen brennenden Dolch in den Unterbauch. Ich schaute zu Chau, dann zu ihrer Oma, die immer noch vor dem Spiegel saß, auf meiner Stirn bildete sich kalter Schweiß, meine Knie zitterten:

«Holder Knabe im lockigen Haar
Schlaf in himmlischer Ruh'
Schlaf in himmlischer Ruh'»

Alles grölte und jubelte und machte Fotos. Ich setzte mich, merkte aber schnell, dass das keine gute Idee war. Es krachte erneut, irgendwas in mir sackte nach unten, in die Tiefe, wollte ins Freie. Ich schaute zu Chau, die mich entsetzt anblickte, dann warf ich mein Schamgefühl über Bord und stürzte auf die Toilette. Der Mangosaft, dachte ich noch, das Eis, die Fliegen, das Messer, aber es war zu spät, ich fiel von der Schüssel und konnte gerade noch meine Hose nach oben ziehen, bevor sich tiefe Finsternis um mich legte.

Als ich aufwachte, war alles dunkel und still, sogar der Motorenlärm hatte sich gelegt. Ich schaute auf mein Handy, es war vier Uhr morgens. Ich blinzelte, es dauerte ein paar Sekunden, bis sich meine Augen an die Dunkelheit gewöhnt hatten. Ich setzte mich auf, entdeckte einen Eimer, ein Handtuch und eine Dose Tigerbalsam neben meiner Matratze. Ich strich über meine Brust. Sie war klebrig und roch nach Kräutern. Offensichtlich hatten sie mich damit eingerieben. Im Hintergrund sah ich die Tische, auf denen noch die Essensreste und die leeren Flaschen standen, darüber die Girlande: *Giáng sinh vui ve* – frohe Weihnachten.

Auf einmal spürte ich etwas, eine Hand strich über meinen Rücken, es war Chaus Oma. Sie lächelte mich an, mehr Wesen als Mensch, aber zärtlich und liebevoll.

«It's good», flüsterte sie kaum wahrnehmbar, «it's okay.»

Sie streichelte mich eine Weile, ihre Augen blitzten heiter. Nach einer Weile wurde ich wieder müde, dämmerte weg, und ich kann es nicht beschwören, aber mir war, als hätte ich, kurz bevor ich einschlief, ganz leise die Melodie von *Jingle Bells* vernommen. Schon möglich, dass ich mich getäuscht habe, dass es sich um einen Fiebertraum, eine Phantasie handelte, aber wenn Sie meine ehrliche Meinung hören wollen, ich glaube schon, es war genau so.

Kathrin Weßling

Barmherzigkeit

«Man kann es ja mal versuchen.» So fangen die besten und schlimmsten Ideen an. Meine gehörte zu jenen, die sowohl das eine als auch das andere in sich vereinen – wenn man sehr nett zu sich selbst sein möchte, Selfcare und so. Die Wahrheit ist natürlich, dass es eine ganz, ganz miese Idee war, mir einen Freund für Heiligabend zu tindern. Aber ich war verzweifelt. Natürlich. Und verzweifelte Menschen machen furchtbare Dinge.

Und es hätte ja auch klappen können, das mit Sebastian. Immerhin hatte ich ihn so ausgewählt, dass er alles war, was meine Eltern hassten: Er war reich, arrogant und ein Snob. In seiner Tinder-Bio stand «Ein Tag ohne Lachen ist ein verlorener Tag». Die Bilder zeigten ihn beim Surfen, beim Trainieren, beim Golf und in diversen Urlauben. Meistens stand er in der Mitte zwischen seinen Freunden, die alle so aussahen wie er – Mensch gewordene Golden Retriever mit grotesk großen Armbanduhren. Unser erster Chat ging so:

Sebastian: Hey, what's up, wie war dein Wochenende?

Katha: Hey, ganz okay, bei dir?

Sebastian: Super chillig, Sport, Bierchen am Samstag, man muss ja auch Spaß haben am Leben, he he.

Katha: Ja, Spaß ist sehr wichtig!

An dieser Stelle hasste ich ihn schon, denn meine tiefliegende Angst bestand darin, mit einem Mann zusammen zu sein, der am Samstagmorgen vor meinem

Bett stehen und schreien würde: Wenn du mich wirklich liebst, dann kommst du jetzt mit joggen!!! Eine noch größere Angst hatte ich vor einem Mann, der mir nach dem zweiten Glas Wein die Hand auf den Unterarm legen und sagen würde: Schatz, mach mal langsam.

Natürlich wäre es besser gewesen, wenn ich mehr Sport gemacht hätte, und natürlich benahm ich mich wie die Alkoholikerin, die ich tief in meiner Leber auch war, aber ich wollte, wie alle normalen Menschen, auf keinen Fall darauf hingewiesen werden, dass mein Verhalten bedenklich bis unangenehm war und dass ich ein *Problem* hatte.

Ich war eine durchschnittliche 34-jährige Frau aus der Großstadt: Ich verbrachte meine Abende mit Netflix und Selbstmitleid, inszenierte mein Leben bei Instagram aber so, dass es aussah, als würde ich quasi ununterbrochen geil erfolgreich sein, geil gesund essen und geile Urlaube machen. In Wahrheit betrank ich mich mindestens dreimal die Woche, hatte seit acht Monaten und dreizehn Tagen keinen Sex gehabt und hasste meinen langweiligen Job so sehr, dass ich den Zenit für Wut längst überschritten hatte und nur noch so tat, als wäre meine vermeintliche Gelassenheit keine reine Arbeitsverweigerung. Ich weiß nicht, ob man sagen kann, dass ich aufgegeben hatte, aber zumindest konnte wirklich nicht die Rede davon sein, dass ich in absehbarer Zukunft einen Mann kennenlernen würde, außer ich könnte mich doch noch in den Lieferando-Boten verlieben.

Den Sommer hatte ich damit verbracht, Selbsthilfebücher zum Thema «Selbstliebe» zu lesen und Meditation zu lernen, aber dann entdeckte ich aus Versehen, dass eine Flasche von diesem einen Rotwein mich ebenso beruhigte wie zwei Stunden Meditation und ich mich außerdem auch erst am nächsten Morgen wieder hasste. Also soff ich mich durch den Sommer und durch den Herbst, und dann kam, was kommen musste: die Frage im Familien-WhatsApp-Chat danach, wer wen an Weihnachten mitbringen würde.

In meiner scheiß Hippiefamilie war es Konsens, dass jede Person mindestens eine andere Person an Heiligabend einladen würde, sodass wir eine bunte Mischung ergeben würden. So stellten sich das jedenfalls meine Eltern vor, die an Heiligabend «der Welt einfach auch mal was Gutes zurückgeben» wollten. Und dieses «Gute» bestand in der Aufnahme zahlreicher Fremder, die wir, ihre fünf Kinder, auftreiben mussten. Das hatte in den letzten Jahren zu einem Brand geführt, zu einer heimlichen Orgie, von der ich erst Jahre später erfuhr, und zu zahlreichen Auseinandersetzungen und Krisen.

Eigentlich hatten wir uns alle immer Mühe gegeben, jemanden mitzubringen, mit dem es ein schöner Abend sein könnte. Aber irgendwann hatte Ulli eine Frau angeschleppt, die Psychotherapeutin war und uns alle unablässig ausfragte und analysierte, und als es schließlich zu einer Familienaufstellung kam, deren Teilnahme ich verweigerte, hatte mir mein Bruder Ulli leise ins Ohr geflüstert: «Und nächstes Jahr bringe ich einen Metzger mit.» Ich war Veganerin, und er wusste, wie sehr ich Fleisch hasste, und ich wusste, dass er Krieg wollte, und so begannen wir, in den letzten Jahren immer schlimmere Menschen mitzubringen, von denen wir sicher annahmen, dass der andere und im besten Fall unsere Eltern sie verachten würden.

Mein Part war etwas komplizierter, weil Ulli meinen

Eltern zwar recht ähnlich war (er arbeitete als Heilprak-
tiker und Yogalehrer), allerdings nicht so völlig kranke
Ideen hatte wie sie. Er glaubte an Homöopathie, nicht
jedoch an Engel wie meine Mutter. Er lehnte die Schul-
medizin nicht gänzlich ab und besaß einen Internet-
anschluss und einen Fernseher – beides Dinge, die meine
Eltern für Gift hielten. Mein alter Schulfreund Bernd, der
Soldat war und den ich 2014 mitgebracht hatte, hatte sich
im Verlauf des Heiligabends leider als Esoteriker heraus-
gestellt, der an Engel glaubte und daran, dass alles einen
tieferen Sinn hatte. Damit war das Thema Bundeswehr
schnell vom Tisch gewesen, und meine Hippie-Eltern
und er hatten sich blendend drei Stunden lang über das
Universum unterhalten und dass wir alle eine Aufgabe
im Leben hatten (Bernds Aufgabe war eben, auf Leute
zu schießen, aber na ja). Ulli hatte hämisch grinsend da-
nebengesessen und immer sehr laut gesagt: «Ja, ja, Katha,
da hat dein Freund recht!»

Dieses Jahr musste es besser werden. Dieses Jahr musste ich vorbereitet sein. Und der Plan war: einen reichen,
konservativen CDU-Wähler zu nehmen, der sie alle um
den Verstand bringen würde. Und Sebastian war perfekt.

Wir trafen uns Mitte Dezember in einer Weinbar. Ich
war bei der Maniküre gewesen, beim Waxing und bei
der Kosmetikerin und hatte mein letztes Geld in ein De-
signer-Kleid gesteckt, in dem ich furchtbar fror und über
dem all meine normale Kleidung billig und wertlos aussah, sodass ich mir von einer Freundin einen sehr teuren
Mantel leihen musste. Und ihre Perlenohrringe.

Ich hatte nur diesen einen Versuch. Denn trotz meines extra dafür manipulierten Tinder-Profils (ich beim
Surfen, ich im Urlaub, ich ganz süß und unschuldig, Bio:

Lieben, Reisen, Lachen, Leben einfach!) war mein Erfolg bei Typen wie Sebastian mittelmäßig geblieben. Ich gab mir große Mühe, möglichst dumme Sachen zu schreiben, die ich alle insgeheim verachtete. Aber ich war nicht gut genug darin und übertrieb immer mal wieder («Einfach peinlich, wenn man nicht die FAZ liest, oder?»), und außerdem fiel mir oft nicht ein, was ich aus meinem Leben erzählen sollte. Also erfand ich ständig Dinge, vergaß, was ich schon gesagt hatte, widersprach mir selbst, blamierte mich.

Sebastian hatte das Date zweimal verschoben, aber dann war es endlich so weit: Wir saßen uns gegenüber.

Die Weinbar war eigentlich ein französisches Restaurant und die Karte ein Albtraum für Veganer, aber davon hatte ich ihm nichts gesagt. In Sebastians Welt war ich Nichtraucherin, trank nur sehr selten mal etwas, liebte Sport, Reisen, lustige TV-Shows und romantische Filme. Ich war bodenständig, konservativ und hatte angeblich weder einen Instagram- noch einen Facebook-Account. Bei beiden hatte ich noch schnell den Namen geändert und sie auf privat gestellt. Ich war für ihn ein unbeschriebenes Blatt. Rein, spießig und sehr, sehr brav.

Sebastian trug ein blaues Jackett, ein weißes Hemd, dessen obere zwei Knöpfe offen waren, eine blaue Anzughose und Sneaker. Er hatte seine blonden, lockigen Haare nicht so streng zurückgegelt wie auf den Bildern und sich einen kaum sichtbaren Dreitagebart wachsen lassen. Er sah tatsächlich leider sehr, sehr gut aus. Er hatte eine dunkle, sanfte Stimme. Seine Zähne waren so gepflegt wie seine Hände. Er war charmant, sagte hin und wieder schlaue Sachen und brachte mich sogar zweimal zum Lachen. Wir tranken eine Flasche Rotwein und eine

Flasche Weißwein, und ich stimmte ihm in allem zu, damit er das Gefühl bekam, dass ich ihn wirklich toll fand. Reichensteuer? Nein, das ging natürlich gar nicht. Nationalstolz aber schon, deshalb war man ja nicht gleich ein Nazi. Und Klimawandel konnte man auch differenzierter sehen, oder?

Fast machte es Spaß, diese Katha zu mimen, die in einer Welt lebte, die mir völlig fremd war. Ich musste ein paarmal auf die Toilette verschwinden, um sehr ernste Gespräche mit mir selber zu führen, darüber, was ich wirklich von Sebastian wollte. Nein, Katha, sagte ich, Sebastian ist kein sympathischer, netter Kerl mit etwas biederen Ansichten. Er ist der Feind. Er ist nur dazu da, deine Eltern und Ulli zu provozieren. Dann ging ich zurück an den Tisch, nickte viel, trank noch mehr, und am Ende des Abends fand ich mich in Sebastians Apartment wieder, das unweit der Weinbar lag, und wir hatten langweiligen, betrunkenen Sex, und ich musste mich am Morgen auf seinem schicken Klo übergeben, um danach in meine versiffte, chaotische Altbauwohnung zu flüchten, in der ich den ganzen Tag die Decke anstarrte und mich fragte, was eigentlich aus mir geworden war.

Fast war ich so weit, meinen Plan aufzugeben und einfach meine Freundin Lena mitzunehmen, die ein Garant für Eskalation und Exzess war und zudem dealte, als mein Telefon vibrierte und Ulli ein Bild in den Familien-Chat schickte. Das Bild war ein Selfie von sich und einer hübschen jungen Frau, darunter stand: *Verena und ich freuen uns schon! See you @ heiligabend!*

Das war also sein Einsatz: Verena. Ich war beeindruckt. Mein Bruder war schlau. Verena sah so unschuldig aus, so niedlich und freundlich, dass ich sofort ahnte, dass sie etwas Schlimmes zu verbergen hatte. Er hatte seine Waffe gewählt. Und ich zog mir schnell die Jogginghose aus und schoss ein Bild von mir in Unterwäsche. Gerade als ich das mit einer lasziven Nachricht an Sebastian schicken wollte, besann ich mich. Dass wir so früh Sex gehabt hatten, war schon schlimm genug. Ich musste jetzt eher Reue zeigen, statt mich als sexy Vamp zu verkaufen. Also schrieb ich ihm eine Nachricht: «Du, wir müssen reden. Hättest du heute Abend spontan Zeit?» Sebastian antwortete sofort: «Klar! Bei mir um zwanzig Uhr?» Gerade wollte ich «ja» tippen, schrieb dann aber schnell: «Können wir uns auch in einem Restaurant treffen?»

Um zwanzig Uhr saß ich zurechtgemacht und mit einem sehr ernsten Gesicht vor Sebastian und sagte: «Sebastian, das mit gestern tut mir echt leid.» Er war überrascht: «Was denn?»

«Das mit dem Sex. Ich suche wirklich was Ernstes. Mir geht das zu schnell. Können wir noch mal von vorne anfangen?»

Sebastian lachte erleichtert auf: «Das finde ich super, dass du das so sagst, Katha. Ich sehe das genauso.»

Wir aßen zu Abend, danach folgte ein scheuer Kuss vor dem vietnamesischen Restaurant, und ich musste mich fast übergeben, als ich die Ente schmeckte, die er gegessen hatte.

Dann kam mein großer Auftritt. Ich wendete traurig meinen Kopf ab und seufzte. Er fragte, was los sei. Ich sagte: «Ach, das möchte ich nicht so gerne sagen.» Er sagte, ich könne ihm alles anvertrauen. Ich zierte mich. Er ließ nicht locker. Ich begann ein bisschen zu weinen und sagte: «Es ist so peinlich, echt. Ich sollte das nicht sagen.» Er streichelte mir über die Wange. «Du kannst mir alles sagen, Katha.» Dann begann ich richtig zu weinen und stieß hervor: «Es ist nur, weil bald Weihnachten ist, und meine Eltern sind so anders als ich und akzeptieren einfach meine politische Einstellung nicht. Sie sind Hippies, und ich bin halt ganz anders. Und ich hab so Angst davor, wieder mit ihnen den Abend zu verbringen, und alle machen sich über mich lustig. Das macht mich total fertig. Bei dir habe ich zum ersten Mal das Gefühl, dass mich jemand wirklich versteht. Ich wünschte, du könntest dabei sein.»

Er sagte «Uff» und «Ach, Katha» und dann «Das tut mir so leid» und dann «Du musst da nicht alleine durch, ich komme mit». Ich weinte in seine Schulter und sagte «Das musst du nicht» und dann noch «Würdest du das wirklich für mich tun?», und dann nahm ich sein Gesicht in meine Hände und küsste ihn dankbar, und mein Herz schlug schnell dabei, aber das lag bestimmt nur daran, dass ich es nicht gewohnt war zu lügen und dass die Angst, er könnte nein sagen, mich ganz verrückt gemacht hatte.

Drei Wochen später saßen Sebastian und ich Händchen haltend im Wohnzimmer meiner Eltern auf Sitzkissen und hörten dem Lied zu, das meine Eltern (Papa: Gitarre, Mama: Gesang) für die Gäste performten. Unser Heiligabend lief für gewöhnlich so ab, dass es dieses kleine Minikonzert gab, und danach wurde getrunken und gegessen. Geschenke gab es nicht, weil das meinen Eltern zu kapitalistisch war. Das Essen bestand wie jedes Jahr aus einem Motto-Buffet, dieses Jahr gab es Indisch. Als meine Mutter erwähnte, dass das extra für mich als Veganerin so geplant worden war, verzog ich das Gesicht und sagte laut: «Das war nur eine Phase. Wir Menschen sind dazu gemacht, andere Lebewesen zu essen. Das liegt in unserer Natur!»

Meine Mutter lachte nervös, und ich drückte Sebastians Hand. Ulli hatte angekündigt, erst nach dem Konzert zu kommen, und ich wartete nervös auf sein Erscheinen. Sein Gesicht, wenn er Sebastian sehen würde, erhoffte ich mir ähnlich zu dem meiner Eltern, als sie Sebastian in Anzug und Krawatte gesehen hatten. Ich hatte ihm gesagt, dass ich mir wünschte, dass er sich besonders schick machen würde, damit meine Eltern sahen, dass wir zusammengehörten.

Und er sah phantastisch aus. Sein grauer Anzug saß perfekt, sein weißes Hemd und die schmale schwarze Krawatte wirkten edel und teuer, und das weiße Einstecktuch rundete sein Outfit ebenso ab wie seine braunen Lederschuhe. Er hatte sich einen kleinen Bart wachsen lassen und seine Haare zurückgegelt. Er roch nach einem teuren, schweren Aftershave, das ich sehr an ihm mochte. Und er drückte unentwegt meine Hand und sagte Dinge wie «Wir gegen den Rest».

Ullis Blick war eine Enttäuschung. Er lächelte freundlich, als er Sebastian die Hand gab, und umarmte mich herzlich. Aber mich konnte er so nicht täuschen. Ich wusste, dass er etwas im Schilde führte. Dann stellte er uns Verena vor. «Das ist meine Freundin Verena. Sie ist Physiotherapeutin, und wir sind seit fünf Monaten zusammen.»

Wir gaben Verena die Hand, und ich betonte, wie sehr wir uns freuen würden, sie kennenzulernen. Ulli strahlte und Verena auch. Diese Schlangen.

Das Fest war in vollem Gang, meine Geschwister hatten Freunde eingeladen, und diverse Verwandte waren spontan dazugekommen. Meine Eltern standen vor dem Buffet und küssten sich glücklich, und ich fragte mich, was hier eigentlich los war. Es gab keinen Nazi-Opa, keinen Soldaten, es gab keine Domina oder einen Irren, es gab nur Leute, die sich miteinander unterhielten, und aus den Lautsprechern im Wohnzimmer kam fröhliche Musik. So ging das nicht weiter.

Ich sagte zu Ulli: «Der Sebastian ist übrigens Unternehmensberater. Ist das nicht spannend?» Mein Bruder presste die Lippen zusammen und sagte dann: «Ah. Ja. Und welche Unternehmen berätst du so?»

«Hauptsächlich Landwirtschaft.»

«Oh, spannend!», sagte Verena, und ich nickte. «Ja, Fleischproduktion international. Wichtiges Thema!» Ulli sah mich fragend an. «Bist du nicht Veganerin?» Ich schüttelte den Kopf. «Nein, das bin ich schon ewig nicht mehr. Tiere sind Produkte wie alle anderen auch. Und Sebastian hilft den Firmen, ihren Ertrag zu steigern. Das ist eben Kapitalismus.»

Sebastian sah mich liebevoll an. Ulli hustete kurz, fing sich dann und fragte: «Wie habt ihr euch eigentlich kennengelernt?» Ich drückte zärtlich Sebastians Hand. «Bei Tinder», sagte ich. Verena rief: «Ach, wie lustig, daher kennen Ulli und ich uns auch!» Alle lachten, ich besonders laut und hysterisch, ja, wie lustig, wie schön, dass sich hier alle so gut verstehen.

«Ja, heutzutage ist es ja echt schwer für uns Frauen. Die Männer wissen ja gar nicht mehr, wie sie sich verhalten sollen, ohne dass wir uns angegriffen fühlen. Da ist es doch einfacher, den ersten Schritt bei Tinder zu machen, oder?», fragte Verena und zwinkerte mir verschwörerisch zu. «Wer muss den ersten Schritt machen?»

Mein Vater tauchte plötzlich hinter Verena auf, umarmte sie und sah uns dann glücklich und ein bisschen besoffen an. «Der Mann natürlich!», sagte Verena und lachte.

«Das sehe ich ehrlich gesagt nicht so. Gleichberechtigung ist wichtig. Auch in der Liebe», sagte Sebastian neben mir, und ich erstarrte.

«Bist du Feminist, oder was?», fragte Ulli lachend, und Sebastian nickte. «Schon. Marktwirtschaftlich hätte es keinen Nachteil, wenn in den Führungsebenen genauso viele Frauen wie Männer säßen.»

Ulli lachte: «Na ja, so was muss man ja nicht mit so einem Quatsch wie einer Quote regeln. Alle Menschen sind gleich. Aber die Natur macht eben auch Unterschiede, allein so rein biologisch schon.» Verena pflichtete ihm bei. Mein Vater klopfte Ulli auf die Schulter und sagte: «Sehe ich so wie mein Sohn. Dieser Feminismus ist doch einfach reine Gleichmacherei. Frauen sind so stark. Die brauchen keine Quote. Sie sind ja keine Opfer, sondern Göttinnen.»

Sebastian schüttelte den Kopf, sagte aber nur: «Na ja, man kann ja verschiedene Meinungen dazu haben. Mir ist eigentlich hauptsächlich wichtig, dass es Katha gut geht. Sie ist eben meine Göttin.»

Ulli nickte. Ich wartete auf einen gemeinen Spruch, auf eine Erwiderung, auf irgendwas. Aber es kam nichts. Er lächelte einfach nur und sah mich liebevoll an. Mir reichte es. Ich ließ Sebastians Hand los und entschuldigte mich wütend auf die Toilette im ersten Stock, die für «Familienmitglieder». Gerade als ich sie verließ, hörte ich meinen Namen. Ulli kam die Treppe herauf.

«Was willst du?», fragte ich.

«Ich wollte dir nur mal kurz sagen, wie sehr ich mich freue, dass es dir so gut geht, Katha.»

Ich starrte ihn wütend an. Er hatte die oberste Stufe erreicht und versperrte mir den Weg und die Sicht nach unten. «Willst du mich verarschen?», fragte ich.

Ulli schüttelte den Kopf. «Nein, warum?»

«Weil du Sebastian nicht leiden kannst. Weil wir diesen Kampf haben, wer die schlimmere Person mitbringt, und du kannst mir nicht erzählen, dass du so einen Schnösel wie Sebastian gut findest.»

Ulli verzog das Gesicht. «Wow, Katha, wirklich», sagte er traurig und dann: «Keine Ahnung, was in deinem Kopf vor sich geht und was du mit diesem angeblichen Krieg meinst, aber ich freue mich einfach nur für dich. Sebastian scheint dich wirklich zu lieben.»

«Ich ihn aber nicht! Ich habe ihn ausgesucht, weil du ihn hasst und Mama und Papa auch. Ich meine, guck ihn dir an, der Anzug, sein Job. Als würdest du es gut finden, wenn so einer dein Schwager würde. Du kannst nur nicht verlieren. Ich hab gewonnen, Ulli, ich habe dieses Jahr gewonnen.»

Ulli grinste, dann wurde er sehr ernst und fragte: «Was stimmt eigentlich nicht mit dir?»

Er wendete sich um, und ... hinter ihm, am Fuß der Treppe, stand Sebastian.

Sebastian sah mich an, und ich drängte mich an Ulli vorbei und lief die Treppe hinunter zu ihm. Ich ergriff seine Hand, die kalt und nass war, und sagte: «Ich hab das nur so gesagt, ich ... also ...»

Sebastian sah mich an.

Dann sagte er: «Schade. Ich hätte es bemerken können, aber wahrscheinlich wollte ich nicht, weil ich so verliebt in dich war. Lass bitte meine Hand los, ich möchte gehen.»

Ich griff nach seiner anderen Hand, aber er entzog sich, ging in Richtung Wohnzimmer, und ich lief ihm hinterher. «Bitte nicht», bettelte ich, «es tut mir leid, es war nicht so gemeint!», aber er nahm unbeirrt seine Jacke, seinen Schal, gab meinem verdutzten Vater die Hand, entschuldigte sich, es gebe einen Notfall, verabschiedete sich von meiner Mutter, rief «Tschüs und danke für das schöne Fest!» in die Runde, während ich verzweifelt versuchte, ihn flüsternd zu überreden, mir zuzuhören.

Er ging zurück in den Flur, nahm seine Tasche, winkte Ulli zu, der noch immer auf der Treppe stand, dann verschwand er durch die Haustür. Ulli ging langsam die Treppe hinunter und zurück ins Wohnzimmer zu den anderen, die Party war schließlich gerade erst losgegangen.

Sören Sieg

Bruderherz

Wenn man schon Atheist ist, sollte man wenigstens an den Weihnachtsmann glauben. Das müssen sich meine Eltern gedacht haben, damals in Offenau, einem Ortsteil von Bokholt-Hanredder, einem Dorf in den Elbmarschen, wo sie billiges Bauland gekriegt hatten. Es war 1970 – Willy Brandt war gerade Kanzler geworden, die SPD baute Atomkraftwerke, und unter Umweltschutz verstand man, Altöl im Wald zu entsorgen –, da waren sie mit uns drei Kindern aus den Hinterhöfen des Hamburger Schanzenviertels weggezogen, in ein selbstgebautes Haus mit riesigem Musikraum im ersten Stock und drei Kinderzimmern, einer Terrasse und einem Garten. Von dort kam jedes Jahr der Weihnachtsmann und klopfte an die Terrassentür, während wir im Wohnzimmer warteten.

Für mich war es selbstverständlich, dass der Weihnachtsmann aus diesem Garten kam. Dabei wusste ich ja eigentlich, dass es hinten im Garten einen Palisadenzaun gab, und dahinter waren links die Schweineställe von Herrn Huckfeldt, die uns den Sommer über mit Fliegen versorgten, und rechts der Kartoffelacker von Herrn Gieseking, der mit dem Luftgewehr in unsere Richtung schoss, sobald mein Bruder und ich zu lange Klavier spielten oder meine Schwester Geige, und der direkt hinterm Zaun zwei große, haarlose Kampfhunde in einem Zwinger hielt.

Das heißt, der Weihnachtsmann hätte mit seinem Sack

und seinem dünnen Mantel durch die Schweineställe latschen oder am Hundezwinger vorbeischleichen müssen, um dann über unseren Palisadenzaun zu klettern. Und das Schleichen hätte auch nichts genützt. Denn wenn Herr Gieseking mich im Sommer zu einer Partie Halma in sein Gartenhäuschen einlud, musste ich erst durch den flachen Gelbklinkerbungalow und dann auf einem schmalen Pfad direkt am Zwinger vorbei, und dann sprangen die Hunde, doppelt so groß wie ich, gegen das Zwingergitter und machten bellend, gurgelnd und kläffend klar, was sie mit mir anstellen würden, wenn Herr Gieseking sie aus dem Zwinger ließe.

Das wäre dem Weihnachtsmann auch so ergangen. Er hätte nach wenigen Jahren aufgrund einer posttraumatischen Belastungsstörung seinen Beruf aufgegeben, und natürlich hätten wir das Kläffen gehört, bevor er an die Terrassentür klopfte. Aber darüber habe ich nie nachgedacht, weil ich mich auf das plattdeutsche Gedicht konzentrierte, das mein Vater mir in den Wochen davor beigebracht hatte:

> Kiek an, wat is de Himmel so rood
> Dat sünd de Engels, de backt dat Brot
> de backt den Wiehnachtsmann sien Stuten
> för al de lütten Leckersnuten!

Und das war schwierig genug, denn obwohl mein Vater plattdeutscher Schriftsteller war, hat er mit uns nie Platt gesprochen, auch meine Mutter nicht, es war, als müsse man etwas auf Chinesisch aufsagen. Diversität war noch nicht erfunden, es gab noch keine plattdeutschen Vorlesewettbewerbe, wir lernten makelloses Hochdeutsch, um einmal Professor werden zu können, und das ist meiner Schwester auch geglückt, sogar in einer Sprache, die aus dem Plattdeutschen entstanden ist, in Englisch.

Nach dem Gedicht holte der Weihnachtsmann das Hauptgeschenk aus seinem großen, groben Sack und gab es mir. Leider hat mein Vater nie miterlebt, wie ich das Gedicht meisterte, weil immer genau an Heiligabend etwas mit der Heizung war und mein Vater, sobald die Kerzen angezündet waren und es ziemlich heiß wurde im Wohnzimmer, feststellte, es sei irgendwie kalt, er müsse mal in den Keller und nach der Heizung sehen. Ausgerechnet dann, wenn mein Vater die Heizung reparierte, traf der Weihnachtsmann ein, sodass ich meinem Vater nachher immer haarklein erzählen musste, wie es gewesen war mit dem Gedicht und dem Weihnachtsmann.

Ich muss dazusagen, dass mein Vater keinen Nagel in die Wand schlagen konnte, ohne sich mehrere Finger zu beschädigen und alle Umstehenden schreiend dafür verantwortlich zu machen, wobei er beängstigend rot anlief, sodass ich früh eine Handwerksphobie entwickelte, die bis heute nicht geheilt werden konnte. Die Frage, wie er jeden Heiligabend in fünfzehn Minuten, ohne Hilfe meiner Mutter und ohne auch nur einmal zu brüllen, die Heizung reparieren konnte, stellte ich mir dennoch nie.

Mein Vater war cool. Er liebte es, Geschichten zu erzählen und Leute an der Nase herumzuführen, was ja auf dasselbe hinausläuft. Für mich ist das nichts. Ich habe Eva geheiratet, die genau so atheistisch ist wie meine Eltern und meine Geschwister und ich, wir haben drei Kinder bekommen und sind mit ihnen ins Schanzenviertel gezogen, denn niemand will mehr in Bokholt-Hanredder leben, obwohl das Bauland dort immer noch günstig ist, und wir haben unseren Kindern gesagt, dass das Leben eine Kerze ist, die brennt und brennt, heiß und hell, und irgendwann verlischt, dass danach nichts mehr kommt und daher nur eines zählt: ein möglichst schönes Leben zu leben. Und zu einem schönen Leben gehört der Weihnachtsmann. Aber ich kann nicht annähernd so gut schauspielern wie mein Vater. Ich kann nicht lügen. Wir haben auch weder einen Heizungskeller noch einen Garten noch eine Terrassentür. Deshalb haben wir immer jemanden engagieren müssen. Und da begannen die Probleme.

Onkel Horst sah aus wie eine gute Wahl, ein Schulfreund meines Vaters aus seiner Zeit auf der Hauptschule in Quickborn: grauer Bart, tiefe Stimme und keine Bühnenangst, im Gegenteil. Er hatte sein Leben lang Versicherungen verkauft und verstand sich aufs Plaudern mit Fremden. Er stimmte gleich zu, kam pünktlich Heiligabend um 17 Uhr zu uns in den dritten Stock mit dem Sack, den wir im Treppenhaus für ihn bereitgelegt hatten. Er fragte die Gedichte ab und verteilte die Geschenke. Alles lief perfekt.

«Ouh, Mann», sagte er dann in breitem schleswig-holsteinischem Akzent. «Das is' vielleicht saukalt draußen. Habt ihr vielleicht 'ne Flasche Bier?»

Der kleine Leo sah ihn ungläubig an.

«Äh, Weihnachtsmann», beeilte sich Eva, «musst du nicht weiter zu den vielen anderen Kindern?»

«Sicher», sagte Horst, «aber erst mal brauch ich jetzt ein Bier. Der Weihnachtsmann hat einen weiten Weg hinter sich, er muss sich stärken! Habt ihr denn gar nichts da? In der Küche?» Dort saß er dann, trank in aller Ruhe sein Flensburger aus und erzählte, wie er nachher noch

nach Indien und Australien müsse, um weiterzubesche-
ren. Und dass er nach 2000 Jahren in seinem Job langsam
etwas müde werde. Das war sogar für den dreijährigen
Leo kaum zu glauben.

Im Jahr darauf hatten wir Herrn Waibisch, den Vater unserer Nachbarin Inge, die Knetfigurenszenen für
die Sesamstraße drehte. Herr Waibisch war zwei Meter
groß, Ivan-Rebroff-Bass und Schwabe. Ich fand es schon
seltsam, dass er mich in Inges Küche so lange nach den
Kindern ausfragte und dabei sogar mitschrieb. Was hatte
er vor? Bevor er den Kindern Heiligabend um 17 Uhr die
Geschenke überreichte, zog er ungefragt ein riesiges gol-
denes Buch aus der Tasche.

«Sodele», brummte er, «Lina ... – du hascht also letztes
Jahr ang'fange, Gitarre zu spiele?»

Lina nickte ungläubig. Woher wusste der Riese das?

«Und ich höre, du hascht au wieder aufg'hört?» Lina
nickte stumm. Der Weihnachtsmann sah sie streng an.
«Das findet der Weihnachtsmann aber nit gut. Die Eltern
ham den teuren Unterricht g'zahlt. Und du hörscht einfach auf?»

Tränen schimmerten in Linas Augen.

«Nun muss der Weihnachtsmann aber los», griff Eva
ein.

«Na, na», unser bräsiger Schwabe blieb unbeirrt, «da
isch ja noch der Lukas. Ich hab g'hört, du hascht letztes
Jahr nit gnug für die Schule getan?»

«Normaal», sagte Lukas.

Der Weihnachtsmann hob die Rute. «Das muss sich
aber ändern!»

«Äh, wie?», fragte Lukas.

«Das war ja schwarze Pädagogik», regte Eva sich nachher auf. «Nie wieder holen wir einen Weihnachtsmann!» Man muss dazusagen, Eva ist Psychologin. Sie weiß, was bereits kleine Traumata in der Kindheit anrichten können. Ist man mit vier Jahren drei Minuten in einem dunklen Fahrstuhl eingesperrt, wird das später zu nachhaltigen Aufstiegsängsten führen.

«Eva!» Ich setzte mein Bester-Ehemann-der-Welt-Lächeln auf. «Der Typ war daneben, okay ...»

«Daneben? Da kriegt man Albträume!»

«Nächstes Mal nehmen wir jemanden vom Weihnachtsmannservice», schlug ich vor. «Die ziehn das professionell durch und sind nach fünf Minuten wieder draußen!»

Professionell. Das war das Stichwort. Wir zahlten fünfzig Euro, mussten die Bescherung auf halb vier vorziehen und bekamen einen Gregor-Gysi-kleinen Studenten mit einer roten Billigkutte, die er im Sommer für drei Euro bei eBay ersteigert hatte. Unter der kurzen Kutte lugten schlierige Turnschuhe hervor. Lukas stieß Lina an, die beiden kicherten vor sich hin. «Wisst ihr denn, wer ich bin?», piepste der Weihnachtsmann zu allem Überfluss in James-Blunt-Timbre.

Letztes Jahr dann der Höhepunkt. Der Student vom Weihnachtsmannservice war noch ganz in Ordnung gewesen, abgesehen vom sehr breiten Hamburger Akzent. Am nächsten Tag aber besuchten wir meine Eltern in Offenau, und plötzlich sagte meine Mutter, sie müsse verschwinden und sich um die Gans kümmern, da klopfte es schon an die Terrassentür, und ein Weihnachtsmann trat ein, der verdächtig nach Gendergerechtigkeit aussah.

«Äh, Weihnachtsmann», sagte Lukas, «du warst doch gestern erst da! Schon vergessen?»

«Nun, nun», meine Mutter presste ihre Stimme nach unten, was nicht ganz gelang, «mir waren da noch ein paar Geschenke vom Schlitten gefallen …»

Da musste selbst Lina losprusten. Und Eva und ich beschlossen: Jetzt ist Schluss. Nächstes Mal feiern wir ohne.

Es war Mitte Dezember dieses Jahres, neun Tage vor Heiligabend, als Leo, mittlerweile sieben Jahre alt, am Mittagstisch sein Lieblingsthema aufbrachte, Geschenke.

«Papa, ich wünsch mir zu Weihnachten eine Uhr. Mit Zahlen. Und einen Chemiebaukasten.» Er schlürfte langsam und laut Spaghetti in seinen Mund. Es war Dienstag, der Tag, an dem ich koche, und immer, wenn ich koche, gibt es Mirácoli, auch wenn der Wettstreit um die 18,9 Gramm Parmesan in der sogenannten Familienpackung unvermeidlich zu erbitterten Kämpfen führt. Doch der leicht metallische Geschmack der Sauce hat die Kinder längst so süchtig gemacht wie mich.

«Ich dachte, du wünschst dir den *Star-Wars*-Truppentransporter von Lego?», fragte ich.

«Beides, Papa. Weil: Ich *brauche* auch eine Uhr. Verstehst du? Und auf jeden Fall den Chemiebaukasten.»

Er sah mich mit einem strengen Blick aus seinen graublauen Augen an, der keinen Widerspruch duldete. Wir hatten längst den *Star-Wars*-Truppentransporter besorgt, den er sich Mitte November gewünscht hatte, und schon der überstieg das Budget pro Kind ganz erheblich.

«Mal sehen, ob der Weihnachtsmann das noch besorgen kann», wiegelte ich ab.

«Haha!», lachte Leo. «Papa, ich bin nicht mehr drei. Ich glaube doch nicht mehr an den Weihnachtsmann!»

«Weiß ich doch», antwortete ich. «Deshalb wird er dieses Jahr auch nicht mehr kommen.»

Leo sah mich entsetzt an. «Wieso das denn?»

«Weil», erklärte ich, «der Weihnachtsmann nur zu den Kindern kommt, die an ihn glauben.»

Leo saß da. Und guckte auf seinen Teller. «Äh, Papa – aber Lukas ist vierzehn. Der glaubt schon ewig nicht mehr an den Weihnachtsmann. Und trotzdem ist er jedes Jahr gekommen!»

Das war richtig. Und ich war Lukas auch dankbar, wie lange er dichtgehalten und mitgespielt hatte. «Vielleicht. Aber wenn *gar* kein Kind mehr ...»

Leo entglitten die Gesichtszüge. «Ihr wollt mich *erpressen!*» Tränen schossen ihm in die Augen. «Dass ich an den Weihnachtsmann glauben soll!»

«Aber Leo ...»

«Weil er sonst nicht mehr kommt! Und dann krieg ich gar nichts mehr geschenkt!» Heulend schmiss er seinen Löffel und seine Gabel hin, die kostbare rote Sauce spritzte auf sein Wilde-Kerle-T-Shirt. «Keine Uhr ... kein Lego ...»

«Aber Leo, natürlich kriegst du was geschenkt!», versuchte ich ihn zu beruhigen und wollte zu ihm, um ihn in den Arm zu nehmen.

«Ja, vielleicht irgendein dummes Bild von Lina. Toll. Die richtigen Geschenke bringt doch der Weihnachtsmann!»

Er stand auf, rannte heulend die strohsterngeschmückte Treppe hoch in sein Zimmer und schlug die Tür hinter sich zu. Er hatte recht. Die Hauptgeschenke hatten wir immer dem Mietweihnachtsmann in den Sack gelegt.

«Ich male dem gar kein Bild mehr, dem Dummi», sagte Lina, die längst mit dem Essen fertig war und einen weiteren Strohstern bastelte. Man muss dazusagen, dass Lina mit neun Jahren nicht nur besser malen konnte als Leo und Lukas, sondern auch als Eva und ich.

«Papa», sagte Leo, als ich ihn an diesem Abend zu Bett brachte, «einmal soll der Weihnachtsmann noch kommen. Ein einziges Mal!» – «Aber warum denn?»

Er sah auf seine blaue Harry-Potter-Bettdecke, die er zum Nikolaus bekommen hatte, und kratzte sich ausgiebig in seinen dichten blonden Haaren. Hoffentlich hatte er keine Läuse. Das würde noch fehlen, mitten im Advent.

«Papa, er *muss* kommen. Weil, dann kann ich ihm ein Abschiedsgeschenk geben!»

Es nützte nichts. Wir mussten den Plan noch einmal ändern, darüber wurden Eva und ich uns einig an diesem Abend. Ein plötzliches Weihnachtsmannverlusttrauma würde Leo sein Leben lang beziehungsunfähig machen.

Am nächsten Morgen um neun Uhr rief ich als Erstes den Weihnachtsmannservice an. Ob noch ein Weihnachtsmann frei sei, Heiligabend zwischen 16 und 18 Uhr, wir wohnten sehr zentral im Schanzenviertel. Die Frau am anderen Ende kam aus dem Lachen gar nicht mehr heraus.

«Heiligabend? Sie meinen dieses Jahr? Also, in acht Tagen? Ja, da haben wir noch einen Termin um Viertel nach neun morgens frei. Oder einen nach Mitternacht gegen halb eins.»

«Und wenn ich mehr zahle?»

Aufgelegt. Ich rief meinen Freund Ole an. Meinen Trauzeugen. Mit seinen gegelten schwarzen Haaren und seinem Dreitagebart sieht er aus wie ein Mafioso, aber er ist eins neunzig groß, hat eine tiefe Stimme und keine Kinder. Der ideale Kandidat.

«Bist du verrückt?», entgegnete er. «Ich war mit Leo im Stadion! Der erkennt mich sofort!»

«Quatsch, du sprichst etwas tiefer und ziehst dir den Bart ins Gesicht.»

«Ich hab überhaupt keine Ausrüstung!»

«Die stellen wir, komplett mit rotem Mantel, Glocke, langem Bart und Geschenkesack aus norwegischer Jute.»

Aber so leicht war Ole nicht zu überreden. Ob Lukas, der doch in der Vollpubertät sei, ihm den Bart nicht abreißen würde? Ob Leo überhaupt noch an den Weihnachtsmann glaube? Ob der Weihnachtsmann nicht überhaupt eine reaktionäre Figur sei, eine Pädagogik der Angst verkörpere, Zuckerbrot und Peitsche, tiefstes 19. Jahrhundert? Oder, noch schlimmer, eine Erfindung von Coca-Cola, also kommerzieller Mist wie Halloween? Ob man Leo nicht Grenzen aufzeigen müsse? Wie eine gesprungene Schallplatte wies ich ihn immer aufs Neue darauf hin, dass es nur um eine einzige Abschiedsvorstellung ging.

Ole keuchte wie nach einem 100-Meter-Sprint. Schließlich platzte es aus ihm heraus. «Sören, was soll ich sagen, ich ... ich trau mich nicht! Ich hab bloß BWL studiert. Ich bin kein Künstler so wie du!»

Ich konnte es nicht fassen. Was war nur mit uns Männern los? Es war Zeit für eine Ansprache. Ich räusperte mich.

«Ole, du warst ein erfolgreicher Handballer. Und Handballtrainer. Du leitest ein Unternehmen mit mehr als 300 Mitarbeitern. Mit 42. Du wirst es wohl schaffen, für drei Kinder den Weihnachtsmann zu spielen! Wenn nicht du, wer dann?»

«Marie killt mich. Wir müssen Heiligabend erst zu

meiner Omi, dann zu meinen Eltern, dann zu Maries Stieftante ...»

«Mit Marie hab ich gesprochen. Sie findet die Idee total süß, sie möchte am liebsten heimlich mitfilmen.»

Ole schwieg. Ich hatte das Todesurteil ausgesprochen. Nun nannte ich ihm noch die Uhrzeit, halb sechs, den Zeitrahmen, zwanzig Minuten, und versprach, mich zu revanchieren, falls er selbst mal Vater sei. Dann legte ich schnell auf und war ein bisschen stolz auf mich. Und erzählte Eva prompt, wie ich das Problem gelöst und Ole überredet hatte. Sie sah mich skeptisch an. *Überreden*, belehrte sie mich, funktioniere nie. Man müsse den anderen schon *überzeugen*. Ich seufzte. Irgendwie fand sie immer einen Grund, mich nicht zu loben.

«Und?», fragte Leo beim nächsten Adventskaffeetrinken. «Kommt der Weihnachtsmann noch mal?»

Ich lächelte geheimnisvoll. «Und wenn», sagte ich, «was würdet ihr denn für ein Gedicht aufsagen?»

«*Von drauß' vom Walde komm ich her*», sagte Lina. «Oder ich dichte selber was. Wenn es das letzte Mal ist.»

«Ich hab ein Gedicht!», rief Leo begeistert.

> «*Lieber guter Weihnachtsmann*
> *kleb den Bart dir wieder an*
> *und dann beschenk mich nicht zu knapp*
> *sonst reiß ich ihn dir wieder ab!*»

Mir verging das Lächeln.

«Na gut», sagte Lukas mit einer Stimme, deren krächziges Timbre anzeigte, dass er auf dem Weg vom Kinder-Sopran zum Erwachsenenbass war und Barry-White-Niveau anstrebte. «Dann hab ich auch eins:

Oh Tannebaum, oh Tannebaum
die Omi hängt im Gartenzaun
der Opa ist schon abgekratzt ...»

Ich konnte es nicht fassen. Das waren ja Oles schlimmste Albträume. Er würde mich umbringen.

«Leute», drohte ich, «wenn ihr so was bringt, nimmt der Weihnachtsmann den Geschenkesack einfach wieder mit!»

«Darf er nicht!», triumphierte Leo. «Das ist ein Student! Vom Weihnachtsmannservice!»

Ich sah Lukas an. Der grinste. Das kam davon, dass wir ihn an unseren Computer ließen. Kaum googelte er was mit W, erschien oben Weihnachtsmannservice in der Leseleiste. Ich hätte den Browserverlauf löschen sollen.

«Das ist gleichgültig», beschied ich. «Ungezogene Kinder kriegen keine Geschenke!»

Einen Moment war es still. Dann prusteten alle drei los. Sie kugelten sich geradezu vor Lachen. So erfolgreich war Angstpädagogik im 21. Jahrhundert. Um den Heiligabend und vor allem Ole zu retten, entließ ich Lukas kurzerhand aus der Gedichtepflicht und befahl Leo, Opa Herbert anzurufen, meinen Vater, der werde ihm ein besonders schönes Gedicht beibringen, auf Plattdeutsch. Leo fragte mich, was das sei, Plattdeutsch. Das erinnerte mich daran, dass Lukas mich neulich gefragt hatte, was das sei, Jazz. Anscheinend das Plattdeutsch unter den Musikstilen.

Jedenfalls fühlte ich mich den ganzen Abend schlecht. Hatte ich den Kindern denn gar nichts beigebracht? Dazu lag Eva mir in den Ohren, ob das mit Ole wirklich klappen würde. Ich solle noch mal nachhaken und anrufen. Leo gehe fest davon aus. Eine erneute Absage werde er psychisch nicht verkraften. Unglaublich. Wie konnte meine eigene Frau nur so wenig Vertrauen in mich haben, in meinen besten Freund und in den Wert von Versprechen, die sich beste Freunde geben? Echte Männerfreunde? Mein Trauzeuge?

Am Abend des 23.12. klingelte das Telefon. Kurz vor der *Tagesschau*. Es war Ole. Er musste die Gespräche mit Eva mitgehört haben. Es habe ihn erwischt, röchelte er, Marie habe ihn angesteckt, schwere Halsentzündung. Er könne erstens nicht sprechen, zweitens nicht aus dem Haus und drittens nicht verantworten, meine drei Kinder anzustecken. Dann legte er noch schneller auf, als ich *Gute Besserung* sagen konnte. Noch schneller, als ich vor einer Woche aufgelegt hatte. Das war das Problem mit Psychologinnen wie Eva. Sie machten sich erst völlig unnötig Sorgen. Und dann behielten sie recht.

«Wer war das?», fragte Lukas, der neben mir auf dem anthrazitfarbenen Bolia-Sofa saß und *Das Playbook* las, von Barney Stinson aus *How I met your mother*. 111 Maschen, wie man die heißesten Mädchen ins Bett bekommt. Vom «Tiefseetaucher» (Erfolgswahrscheinlichkeit: 1 %) bis zum «Milliardär» (Erfolgswahrscheinlichkeit: 100 %). Den Ratgeber hätte ich brauchen können, 1981 in Offenau. Obwohl, meistens geht es bei Barney um Frauen in Clubs. Ich bin mir nicht sicher, ob es Clubs gab, damals in Bokholt-Hanredder.

«Der Weihnachtsmann. Er hat abgesagt. Schwere Halsentzündung.»

«Geht ja gar nicht», entgegnete Lukas in seinem Tom-Waits-Timbre. «Leo rechnet fest damit. Und du hast es ihm versprochen. Soll der Weihnachtsmann Ibuprofen nehmen und sich zusammenreißen!»

Ich seufzte. Und ging zu Eva.

«Dann machst du das eben!», bestimmte sie. «Du machst es wie dein Vater. Du sagst, dass du die Heizung reparieren musst ...»

«Ich? Heizung reparieren?»

Eva sah mich fragend an. Ich sah sie fragend an.

«Ja, ich kann es auch nicht machen!», sagte sie schließlich etwas hilflos. Wir schwiegen verwirrt, ja sogar etwas stumpfsinnig vor uns hin. Alle unsere übrigen Freunde waren entweder über Weihnachten zu ihren Eltern ins Wendland oder ins Allgäu gefahren oder hatten selber Kinder.

«Kannst du's ihm wenigstens sagen?», fragte ich.

«Nee, echt jetzt», ärgerte sich Eva. «Dieser ganze Weihnachtsmanntick kommt doch von dir. Aus deiner Familie. Jetzt musst du's ihm auch sagen!»

Ich schlich mich in Leos Zimmer. Die leise Stimme von Rufus Beck drang durch die Kiefernholztür. Er hörte noch Harry Potter, obwohl es schon nach zehn Uhr war. In der Nacht vor Weihnachten, das wusste ich aus den letzten Jahren, konnte Leo kaum Schlaf finden. Wegen der Geschenke, die er selbst bekam, und mehr noch wegen der Geschenke, die wir von ihm bekamen. Daraus machte er schon seit Wochen ein Geheimnis.

Ich setzte mich zu ihm, nahm seine kleine, warme Hand und fühlte die Trockenheit in meinem Mund. Dann sagte ich es ihm: dass es leider nicht geklappt habe. Kein Weihnachtsmann. Eine schwere Grippe habe ihn dahingerafft. In letzter Sekunde. Nichts zu machen. Nun gelte es, mannhaft und tapfer zu sein, genauso wie Harry und Hermine ...

«Hahaha», lachte er, «den Trick kenn ich von Omi

Christa. Du willst mich nur reinlegen, damit ich nachher nur umso überraschter bin!»

«Nein, mein Spatz», unterbrach ich ihn, «es ist wirklich ...»

«Keine Chance, Papa!», kicherte er. «Ich durchschau dich! Bis morgen!» Er kam hoch, schlang seine Ärmchen um mich und drückte mir einen nassen Schmatzer auf die Stirn. Das erinnerte mich daran, dass Lukas in seinen ersten zwei Jahren immer ohne dieses Schmatzen küsste, das Küssen erst zum Küssen macht. Er drückte uns immer nur die zusammengepressten Lippen aufs Gesicht. Wenn das Barney wüsste.

Heiligabend. Wir schmückten zu fünft den Baum, aßen zu Mittag Mirácoli und machten einen langen Spaziergang durch den Kaifu-Park, während Eva die Bescherung und das Weihnachtsessen vorbereitete. Leo war bester Laune. Er hatte dem Weihnachtsmann ein riesiges buntes Bild zum Abschied gemalt.

Um fünf Uhr entzündete Eva die fünfzig Kerzen am viel zu großen Tannenbaum. Wenn der Feuer fing, würde auch der danebenstehende kleine blaue Eimer mit Wasser nichts nützen. Bei uns ist alles aus Holz: Boden, Türen, Stühle, Regale. Und all die Bücher, staubtrockenes Papier!

«So, und jetzt singen wir einfach so lange, bis er kommt!», strahlte Leo. Eva und ich guckten uns an, ich meinte, eine leise Missbilligung aus ihrem Blick zu lesen. Als sei ich daran schuld! Lina freute sich, weil sie so gerne sang, Lukas brummte eine Septe tiefer mit und hatte vorsorglich den Arm um seinen kleinen Bruder gelegt. Ich weiß nicht, woher er seine Gene hat. Ich konnte nach Auskunft meiner Mutter schon im Alter von sieben Wochen alle Weihnachtslieder mitsummen, zumindest die

Schlusszeile. Lina sang mit zwei Jahren glockenrein alle Melodien, nur beim Text haperte es («kehrt mit seinem Segel ein in jedes Haus»). Lukas traf mit vierzehn immer noch keinen Ton. *O du fröhliche, Lasst uns froh und munter sein, Es ist ein Ros entsprungen, Maria durch den Dornwald ging.* Das ganze Buch durch.

Um halb sechs sagte Eva: «So, und nun können wir ja mal langsam mit dem Auspacken anfangen, mit der Bescherung, der Jüngste fängt an ... Leo!»

«Nein!», flüsterte Leo eindringlich. «Erst muss doch der Weihnachtsmann kommen!»

Eva und ich guckten uns verzweifelt an. Dann sahen wir Leo an. Nichts schien ihn irritieren zu können. Wahrer Glaube war unerschütterlich. Waren wir nicht alle beinharte Atheisten?

«Leo», begann Eva, «manchmal im Leben ... da ... da ...»

Da klopfte es. Dumpf und schwer. Drei Mal. Und dann noch mal drei Mal.

«Jaaa!», jubelte Leo und rannte zur Tür. Öffnete. Und bat ihn herein.

«Hier ist ein Kind», brummte der Weihnachtsmann, «das sich von mir verabschieden will?»

«Genau!», krähte Leo begeistert und führte den Weihnachtsmann durch den Flur und die Küche ins Wohnzimmer bis vor den Baum. Ich sah Eva ungläubig an. Wer war das? Ole jedenfalls nicht, dazu war er zu hager. Und aus der Familie auch niemand. Hatte Eva noch jemanden organisiert? Ich fragte sie mit den Augen, sie schüttelte den Kopf.

«Dabei hattest du mit einigen meiner Assistenten ja wirklich Pech. Einer wollte Bier. Einer trug hässliche Turnschuhe. Und einer war sogar eine Frau!»

Meine Güte, woher wusste er das alles? War das der echte Weihnachtsmann? Der nur zu denen kommt, die wirklich an ihn glauben?

«Aber heute», sagte er mit tiefer Stimme, «bin ich selbst vorbeigekommen. Und nun sag mir mal dein Gedicht auf!»

Leo schluckte. *«Kiek an, wat is de Himmel so rood»*, begann er mit zitternder Stimme. *«Dat sünd de Engels, de backt dat Brod! De backt den Wiehnachtsmann sien Stuten för al de lütten Leckersnuten!»*

Mein Vater hatte es ihm am Telefon beigebracht. Plattdeutsch war doch noch nicht tot. Nicht am Heiligabend.

«Und du?», wandte sich der hagere Weihnachtsmann an Lina.

Sie stand auf und sprach mit leiser, fester Stimme:

«Eine Flocke fiel vom Himmel
ein strahlender Moment
eine Flocke fiel vom Himmel
wie ein Geschenk
eine Flocke fiel vom Himmel
glitzernd und klein
eine Flocke fiel vom Himmel
ich bin nicht mehr allein.»

«Wunderbar», schwelgte der Weihnachtsmann. «Das kannte ich noch gar nicht!»

«Ist von mir!», piepste Lina.

«Brav, brav», nickte der Weihnachtsmann und ignorierte Lukas geflissentlich. «Dafür bekommt ihr jetzt jeder ein Überraschungs-Ei. Der echte Weihnachtsmann hat nämlich kein Geld.»

Leo lachte glucksend und rannte in sein Zimmer.

Ich schaute Lina an. Sie zuckte mit den Schultern. Eva sah mich fragend an. Sie schien zu glauben, ich hätte noch jemanden auf der Straße angesprochen. Lukas guckte in den Baum. Und lächelte ganz leicht. Da sah ich dem Weihnachtsmann auf die Füße. Teure italienische Schuhe. Die trug nur einer. Eduardo, Lukas' bester Freund. Sizilianer. Sein Vater handelt mit dem wertvollsten Material der Welt: mit Trüffeln. Da kam Leo auch schon angerannt.

«Für dich, lieber Weihnachtsmann!» Er drückte ihm das riesige, selbstgemalte Bild in die Hand: fünf Strichmännchen vor einer Tanne. Ein Strichmännchen mit Brille, das musste ich sein. Eins mit zwei Kreisen, Eva. Eins mit Zopf, Lina. Eins mit Zigarette, Lukas. Wieso mit Zigarette? Und ein besonders großes in der Mitte, das winkte. Leo. Das war's, dachte ich. Mein jüngstes Kind verließ seine Zauberwelt. Mir kamen die Tränen, aber ich schluckte sie schnell wieder hinunter.

Der Weihnachtsmann ging. Wir machten Bescherung. Leo hatte die Uhr mit Zahlen schon wieder vergessen und freute sich über den *Star-Wars*-Truppentransporter, Lina über das Aquarellset und Lukas über die X-Box. Dann aßen wir wie jedes Weihnachten vegetarisch-dänisches Hotdog mit Tofuwürstchen und veganer Remoulade, reichlich Ketchup und ein bisschen sehr scharfem Senf.

Spätabends brachten Lukas und ich das Altpapier weg, einen großen Waschkorb mit Geschenkpapier und Geschenkbändern.

«Na, was hast du ihm bezahlt?», fragte ich ihn.

«Edu?» Lukas winkte ab. «Der mag Leo doch total.»

«Nix?» Das wollte ich nicht glauben.

Lukas warf das rote, glänzende Geschenkpapier in den großen, grünen Container. Dann sah er mich an und grinste.

«Na gut. Ein Sixpack.»

«Zahl ich dir gerne», bot ich ihm an. Ich meine – das war das Mindeste, was ich tun konnte.

«Auf keinsten», sagte er und legte den Arm um meine Schulter, und da sah ich, dass er schon wieder gewachsen war. Verdammt, er war größer als ich. Er war jetzt der Größte in der Familie.

Und ich dachte: Er ist streng ungläubig wie schon sein Großvater. Aber wenn er mal Kinder hat, wird es auch jedes Jahr diesen Besuch geben. Wenn man schon Atheist ist, sollte man wenigstens an den Weihnachtsmann glauben.

Anna Herzog

Das Lied

> Kommt her, ihr Kinder, singet fein,
> nun wiegen, wiegen wir.
> Dem allerlieblichsten Jesulein.
> Nun singet all' mit Schall
> dem Kindelein,
> dem liebsten Jesulein,
> dem heiligen Christ,
> Mariä, Mariä Sohn.

Kennen Sie dieses Weihnachtslied? Ich würde es auch nicht kennen, wenn es nicht zufällig das Lieblingsweihnachtslied meines Vaters gewesen wäre. Oh, wie gut ich mich daran erinnere! Mein Vater sang es, wenn er uns vier Kinder zur Bescherung rief, wenn die Kerzen bereits brannten, die Geschenke gut gegart unter dem Baum dampften und die Gans mit dem Einwickelpapier raschelte. Oder, Moment … andersherum. Klingelnde Glöckchen, die ins Weihnachtszimmer riefen, gab es bei uns nicht. Nur die Baritonstimme unseres Vaters, schön und laut.

Sehr laut.

Bis ins oberste Stockwerk unseres Hauses.

Wo wir Kinder zitternd warteten.

Ja, mein Vater liebte dieses Lied, wir Kinder hingegen … nicht, denn: Mein Vater meinte es bitterernst. Tatsächlich stellte es nichts anderes als eine Drohung dar: Wagt es nicht, im Weihnachtszimmer aufzutauchen und Geschenke einzufordern, ohne vorher Musik höherer Qualität von euch zu geben! Er selbst hatte früher, nach eigener Aussage, konzertreif Klavier gespielt und als Kind diverse Konzerte gegeben – auf Hochzeiten, auf Talentkonzerten in der Schule, solche Sachen. Nur unglücklicherweise hockte seiner Familie die gemeine Gicht in den Genen und ihm schon früh in den Fingern. Immerhin besaß er besagten Bariton, den er allerdings selten einsetzte. Genau genommen vorzugsweise zu Weihnachten.

Seine Regeln für Qualitätsmusik: Sie durfte maximal aus dem Jahr 1900 stammen. Alles danach galt als Geräusch. Am meisten schätzte mein Vater Romantik. Notfalls Barock. Musik wurde vorzugsweise von einem Instrument produziert, Singen war zweite Wahl. Singen *plus* Instrument (von einer einzigen Person ausgeführt) hingegen war okay. Solange es Musik von vor 1900 betraf. Geige stach Blockflöte. Klavier stach Xylophon. Wobei mein Vater uns einen gewissen Altersbonus einräumte, je kleiner, desto blockflöter, je älter, desto geiger.

Meine Mutter war von allen Regeln befreit. Sonst hätte es zu Scheidung geführt. Sie spielte leidlich Gitarre, begleitete uns und bügelte schräge Töne geschickt aus. Sie war unersetzlich.

Nach dem Konzert verteilte mein Vater Noten, und zwar per Gesichtsmechanik. Strahlte er über alle Backen: Eins. (Eins plus, wenn ihm vor Rührung die Tränen in den Augen standen, aber das ist nur einem Einzigen von uns mal gelungen, und ich habe vergessen, wem. Jedenfalls nicht mir.)

Zwei: anerkennendes Lächeln. Drei: Mundwinkel blieben gerade, aber anerkennendes Nicken. Zog er eine Augenbraue hoch: Vier. Zwei Augenbrauen: Fünf.

Was «Setzen, Sechs» bedeutete, erfuhren wir alle an einem besonderen Weihnachten, an das ich mich deshalb gut erinnere, weil es am Tag vor Heiligabend tatsächlich in dicken Flocken zu schneien begann und wir Kinder im Garten ausgesprochen fleißig gewesen waren. Am Heiligen Nachmittag, zur besten Baumschmückzeit, starrten eine ganze Reihe Schneemänner mit aufgerissenen Kartoffelaugen aus dem Garten zur Terrassentür hinein, was meinen Vater so irritierte, dass er die Vorhänge zuzog.

Eigentlich hätte ich das kommende Desaster schon da ahnen können, denn während wir drei Jüngeren, Martha, Sebastian und ich, richtig klassische Schneemänner gebaut hatten, mit Möhrennasen und alten Blättern als Knöpfen auf den dicken Schneemannwampen – und nein, Sebastian hatte seinem Mann *keinen* Lauch an eine bestimmte Stelle gesteckt, Sebastian nicht –, hatte Peter, unser großer Bruder, ein Schneemonster zusammengebacken, das alle Katzen der Gegend für Tage aus unserem Garten fernhielt (und Mama behauptete, sie hätte bis zum Frühling auch kein einziges Eichhörnchen gesehen). Kurz, das Monster war wahrhaft grausig mit seinen riesigen Zähnen und dem alten roten Schal als Zunge und den Papptellern mit den schwarzen Edding-Punkten als Augen. Peter, der kleine Racker, er war damals elf, hatte es beinahe direkt an der Terrasse erbaut, und wenn man ganz unschuldig ins Wohnzimmer kam, erschrak man jedes Mal fast zu Tode.

Ja, nach diesem Monster-Omen hätte man eigentlich ahnen können, dass auch der Weihnachtsabend nicht ganz ereignislos verlaufen würde, spätestens, als wir vier – sobald die letzten Baritontöne verklungen waren – flüsternd und zitternd die Treppe hinuntertapsten. Peter war der Einzige, der kein Instrument trug. Ich quälte mich damals mit einer Klarinette herum, Sebastian sabberte seine Altblockflöte stets so voll, dass ich darauf wartete, auf dem Holz Pilze wuchern zu sehen. Und Martha, die Kleinste von uns, malträtierte eine halbe Geige.

«Peter, ist dein Cello schon unten?», wisperte ich.

«Ich spiele heute Klavier», flüsterte er zurück.

Das fand ich tapfer.

Er hatte gerade erst angefangen, Klavier zu spielen, und wenn ich sage, gerade erst angefangen, dann meine ich eben präzise das. Oha, das versprach, ein spannendes Vorspiel zu werden.

Es wurde noch viel spannender. Als wir unten angekommen waren, verschwand Peter nämlich im Gästezimmer und kam mit etwas sehr Kindergartenmäßigem, Rotem mit zwölf sehr bunten Tasten wieder.

«Wieso holst du denn die Triola?»

Die Triola hatte er sieben Jahre zuvor von seiner Patentante bekommen, und Papa hatte sie, nach gefühlten zwei ... hüstel ... Tönen, in den Katakomben des Hauses verschwinden lassen. Nicht tief genug offensichtlich. Peter hatte sie wiedergefunden.

«Ey, willst du etwa auf dem Babydings spielen?», fragte Sebastian.

Peter grinste nur.

Wer einmal in einem Weihnachtszimmer gestanden hat (alle Kerzen am Baum brennen, über den Geschenken unter dem Baum liegt ein altes Laken, und man versucht, mit klopfendem Herzen zu erraten, ob sich da vielleicht ein großer Karton namens Playmobilbauernhof abzeichnet, aus der Küche riecht es lecker und immer leckerer nach gebratener Gans), mit einer Mischung aus rasender Vorfreude und gleichzeitig dem sicheren Gefühl einer kommenden Katastrophe im Bauch, der weiß genau, wie ich mich fühlte.

Peter spielte als Letzter.

Und als mein Vater (wir hatten alle Zweien kassiert) ihm aufmunternd zunickte, holte Peter die Triola hinter dem Rücken hervor. Während er spielte, vereiste die Zeit (oder sie verreiste, an irgendeinen Ort, wo es friedlich zuging), und parallel gefror das Gesicht meines Vaters. Und zwar zu einer Maske der Ungläubigkeit. Peter beging gleich zwei Sakrilegien. Nummer eins: die Triola, natürlich. Ein absolutes No-Go. Selbst wenn Peter noch ein Kindergartenkind gewesen wäre, hätte Papa mindestens eine pentatonische Blockflöte erwartet und nicht ein buntes Bums aus Plastik.

Nummer zwei: Er spielte das Lied meines Vaters. Das Weihnachtslied. *Das* Weihnachtslied. Das nur mein Vater singen durfte, und auch nur, um uns zum Baum zu rufen. Das sonst keiner von uns je sang oder spielte.

Und er spielte es bis zum Ende, weil niemand sich traute, etwas zu sagen. Und die ganze Zeit starrte ich auf den Parkettboden zu seinen Füßen. Ich weiß nur nicht mehr genau, ob ich mehr fürchtete oder mehr hoffte, dass sich dort ein Spalt auftun und Peter endlich verschwinden würde.

Ich hätte richtig, richtig gerne gekichert! Aus Nervosität, aber auch, weil Peter sich *das* getraut hatte. Weil ich schon damals irgendwie stolz auf Peter gewesen bin und mich so was nie im Leben selbst getraut hätte.

Papa begann zu schwitzen. Kleine Tropfen rannen an seinen Schläfen runter und blieben im Schnurrbart hängen. Im Weihnachtszimmer schwebte das Unheil wie eine riesige schwarze, ganz und gar unweihnachtliche Krähe und ließ sich dann ganz plötzlich auf Peter nieder.

«Raus.» Mein Vater schrie es nicht einmal, er schwitzte es mehr aus sich heraus, und Peter gehorchte sofort. Ohne etwas zu sagen, nahm er sein knallbuntes Bums und verließ das Weihnachtszimmer mit einem winzigen Lächeln im Mundwinkel.

So sah also ein Ungenügend aus. Peter musste seine Geschenke und sein Stück Gans mit Klößen ganz allein in seinem Zimmer genießen.

Und dann wurden wir groß, fanden Freunde und Freundinnen, bekamen Kinder und luden unsere Eltern reihum zu uns zu Weihnachten ein, wo das Fest nach *unseren* Regeln verlief.

Martha näherte sich Papa an. Sie verlangte von ihren drei Kindern jedes Jahr ein Konzert zu Weihnachten, aber sie war weniger dogmatisch in der Auswahl der Instrumente, Hauptsache, Musik.

Keiner von uns spielte nennenswert lang oder nennenswert kenntnisreich ein Instrument. Kaum kamen wir in die Pubertät, wickelten wir unsere Geigen oder Trompeten um den nächsten Laternenpfahl und gingen Fußball oder Theater spielen.

Sagte ich: keiner?

Das ist nur vorübergehend, also die Pubertät betreffend, richtig. Kaum war er ausgezogen, wuchs sich Peter, ausgerechnet Peter, zum Profimusiker aus. Zugegebenermaßen spielte er Instrumente, die mein Vater unter Klempnerbedarf eingeordnet hätte, die aber in allen Höhen und Tiefen und absolut wow waren. Die Rede ist von Saxophonen. Sopran, Tenor, Alt. Saxophone in allen Längen und Verknotungszuständen. Und besonders gerne setzte er sie in der Barockmusik ein. Peter hat seit vielen Jahren ein erfolgreiches Ensemble.

Und dann wurde mein Vater erst vergesslich und dann sehr vergesslich. Und Mama lud uns ein, ein letztes Mal Weihnachten zu feiern, gemeinsam, zu Hause, wir vier Kinder und Marthas Mann Bo und die sechs Enkelkinder (alle schon in der Pubertät oder darüber hinaus), in dem großen, stillen Haus voller Erinnerungen.

«Habt ihr noch etwas wegen Musik überlegt?», fragte Martha. «Meine drei spielen ein kleines Trio. Mama hat sich ja ‹alte Zeiten› gewünscht. Wir müssen Musik machen.»

Ich seufzte. Bloß nicht wieder die ganze alte Qual. «Kann man *Engel haben Himmelslieder* auch trommeln?»

«Auf was denn? Auf Töpfen?», fragte Sebastian.

«Papa hat ein Hörgerät. Ihr dürft auf keinen Fall zu laut trommeln. Das muss präzise in der richtigen Lautstärke kommen. Kriegt ihr das hin?» Martha öffnete den Backofen, um den Deckel wieder auf den Schmortopf zu schieben.

«Wir machen ein Weihnachtslieder-Potpourri», schlug Peter vor. «Zum Mitraten. Krach mit Rhythmus, alle Instrumente, die wir hier haben, bloß nicht *zu* laut. Und dann singen wir irgendwelche Liedfetzen, die die Kids erraten müssen.» Er ließ sich auf dem Küchentisch nieder.

«Meint ihr ernsthaft, das kriegt Papa noch mit, wenn wir keine, nun ja, korrekte Musik spielen?», fragte ich vorsichtig.

«Das Gedächtnis für Musik bleibt am längsten erhalten», sagte Martha mit Grabesstimme. «Ihr könnt doch bestimmt noch eure alten Instrumente spielen! Also ich habe jedenfalls keine Probleme mit meiner Geige!» Sie hatte die Geige erst vor kurzem wieder hervorgeholt und traf die Töne nur grob. Sie klangen wie die Socken, die ihre Waschmaschine verließen: nicht zueinander passend.

«Ich weiß genau, dass du noch Klavier spielen kannst!», rief sie und zeigte auf Sebastian.

Sebastian hob erschrocken die Hände: «Jeder einzige Finger von mir hat Gicht!»

«Und was spielst du?», fragte sie Peter.

«Mir egal. Sagt ihr, was ich spielen soll.»

Alle Geräusche verstummten für eine kleine Weile. Nur die Kerzen in dem alten Silberleuchter auf dem Küchentisch konnten das Knistern nicht bleiben lassen. Denn Peter macht, wie gesagt, *Musik*. Nicht gequält klingende Geräusche auf einem dafür ungeeigneten Gegenstand wie Sebastian oder Martha.

«Etwas Barockes?», schlug ich vor.

Peter nickte. «Ich wüsste etwas Schönes.»

Das Lied! Voll klang es wie immer die Stufen hinauf, und plötzlich war ich wieder klein und lief zitternd, in einer Mischung aus Vorfreude und Angst, im Pulk meiner Geschwister die Stufen hinunter.

Es war wie immer. Der Baum. Die knisternden Kerzen. Der Geruch nach leicht angebrannter Gans. Die Geschenke unter dem alten Laken. Meine Hände wurden feucht.

Zunächst spielten die Enkelkinder. Und das Leben kehrte in das maskenhafte Gesicht meines Vaters zurück. Seine Augenbrauen wackelten, seine Mundwinkel zitterten. Er vergab Noten wie eh und je. Und er war kein bisschen milder geworden.

Dann spielte Martha. Zum Glück hielt sie die Augen geschlossen und musste das Gewitter in Papas Gesicht nicht wahrnehmen. Sie hatte schon recht gehabt: Das musikalische Gedächtnis ist erstaunlich hartnäckig. Martha kassierte eine Vier minus.

Zuletzt stand Peter auf. In seinen Händen schimmerte das Sopransaxophon. Schlaue Sache. Bestimmt hatte er diese Saxophonvariante gewählt, weil es so ähnlich aussah wie eine Klarinette. Harmlos. Nach echter Musik.

Papa standen die Tränen in den Augen, als Peter ein Stück von Buxtehude spielte. Uns auch. Das bedeutete: Eins plus. Unser Ruf und der Nachtisch waren gerettet.

Das Stück war verklungen, eigentlich konnte jetzt nichts mehr schiefgehen, Mama wollte gerade in die Hände klatschen, um die Bescherung und das große Essen einzuläuten, da ... hob Peter noch einmal sein Saxophon. Er tat das mit einem winzigen Lächeln, mit seinem Wolfslächeln, und in diesem Moment wurde mir eiskalt, und obwohl ich das Instrument doch golden leuchten sah, schob sich ein anderes Bild darüber. Und das war rot und hatte zwölf bunte Tasten ...

Er wagte es. Er tat es. Verdammt, das war doch nicht möglich!

Und so unnötig! Wollte er seine Gans wieder ein paar Etagen höher essen? Martha rollte mit den Augen, Sebastian schloss sie gleich ganz. Sogar die Kinder begriffen, dass sich hier eine Katastrophe zusammenbraute.

Und plötzlich erhob sich Papa aus seinem Rollstuhl. Zitternd hielt er sich an der Lehne fest, die Augen voller Tränen.

Und dann öffnete er den Mund ... und etwas ganz und gar Unglaubliches war im Begriff zu geschehen: Das erste Mal nach so langer Zeit würde er singen, würde er sein liebstes Weihnachtslied vor uns ... Wir erstarrten.

Er sang. Und er sang falsch. Ich meine, er traf die Töne nicht nur so ein bisschen nicht, wie wenn man beim Basketball immerhin den Rand des Korbes trifft, sondern er traf gewissermaßen statt den Korb das Publikum.

Noch dazu klang seine Stimme dünn und erstaunlich hell. Das Ganze war die Taschenbuchversion des Liedes, das gerade eben noch die Treppe hinaufgeklungen war. Mir blieb der Mund offen stehen. Sechs. Setzen. Das war das Einzige, das ich denken konnte.

Mama half ihm, sich wieder im Rollstuhl niederzulassen. Dann strich sie ihm über die dünnen grauen Haare. Schließlich sah sie uns an. «Nun habt ihr es also herausgefunden», sagte sie traurig.

«Herausgefunden?», fragte Sebastian.

«Was meinst du damit?», erkundigte sich Martha vorsichtig.

Peter schwieg. Er sah aus wie jemand, der schon lange etwas wusste, das er vor uns geheim gehalten hatte.

Mama drehte sich um und kniete sich hin. Sie holte einen Gegenstand hinter dem Bücherregal hervor. Eine kleine Bluetoothbox.

«Früher haben wir es mit CD gemacht», erklärte sie.

Dann tippte sie etwas auf ihrem Smartphone an.

Kommt her, ihr Kinder, singet fein,
nun wiegen, wiegen wir.
Dem allerlieblichsten Jesulein.
Nun singet all' mit Schall

dem Kindelein,
dem liebsten Jesulein,
dem heiligen Christ,
Mariä, Mariä Sohn.

Voll und schön klang der Bariton. Und er traf jeden Ton.

Und über Papas ganzes Gesicht zog sich ein Lächeln. Tränen traten ihm vor Rührung in die Augen.

Eins plus. Qualitätsmusik. Sonderklasse.

Nur leider, leider aus der Dose.

Martha entspannte schweigend ihren Bogen. Sebastian verließ den Raum samt brennender Kerzen, um im Garten eine zu rauchen, Peter lehnte sich genussvoll in seinem Stuhl zurück und wippte mit dem Fuß.

«Du hast es gewusst!», zischte ich. «Dass Papa überhaupt nicht singen kann!»

Peter betrachtete lächelnd seine Fingernägel und nickte. «Und das ist nicht das Einzige.»

«Was meinst du mit: nicht das Einzige», hakte Martha nach, und ihre Stimme klang wie ein frisch geschmiedetes Solinger Qualitätsmesser.

«Nuuuuun ...» Peter ließ grinsend seine Finger knacken.

Ich schnappte nach Luft. «Was? Du meinst ...»

Peter nickte.

«Moment. Er kann auch nicht ...»

«Natürlich nicht.»

«Und die Gicht ...?», fragte Sebastian vom Türrahmen.

«Welche Gicht?»

Eine kurze Weile schwiegen wir alle.

«Nehmt es philosophisch», unterbrach Peter schließlich die Stille. «Ohne die allweihnachtliche Quälerei wüsstet ihr alle nicht, dass ihr mit selbstgemachter Musik wirklich gar nichts am Hut habt ... Oh, Entschuldigung, Martha, *fast* nichts am Hut hat. Und ich», er stand auf, «hätte nie herausgefunden, wie wichtig sie mir ist.» Er sah von oben herab auf Martha und mich.

Und da fielen wir alle über ihn her. Martha zog ihn an den verbliebenen Resthaaren, Sebastian verdrehte ihm den Arm, und ich kniff ihn in den Oberschenkel.

«Kinder!», rief Mama entsetzt.

Ihre Enkelkinder, die sowieso viel erwachsener sind als wir, starrten uns an. Es war ungeheuer befreiend.

Danach wurde es sehr lustig und laut. Wir trommelten auf Töpfen und Waschmittelpackungen und ein bisschen auf dem Sofa, holten die alte Triola heraus und machten einen Wettbewerb, wer am schiefsten singen konnte. Wir sangen alle Weihnachtslieder, die wir kannten, und auch welche, die niemand kannte, weil wir sie uns gerade erst ausgedacht hatten.

Nur ein Lied ließen wir aus.

Joachim Mischke

Halleluja

«Wetten», sagte der Kollege, «du schaffst es nicht, dir bis zu Weihnachten alle, wirklich alle Hamburger WOs anzuhören?»

«Warum denn nicht? Ich müsste mir nur innerlich stundenlang die Ohren zuhalten.» – «Ha, das schaffst du nie. Die Wette gilt – um die Ehre!» Das war wenig, aber gut genug.

Ich bin Musikkritiker, und WO ist das Kennerkürzel für das Weihnachtsoratorium von Johann Sebastian Bach, der für jeden Musikwissenschaftler der Muhammad Ali unter den Komponisten zu sein hat. Ist er für mich aber nicht. Ich finde seine Musik eher so lala. Eine Erklärung könnte sein, dass ich als Kind nicht auf Barockgeiger trainiert wurde, sondern Klarinette und Saxophon spielte – Instrumente, mit denen man in Schulorchestern beim Stümpern durch Bach-Suiten oder Brandenburgische Konzerte nicht dabei sein muss, weil es diese Instrumente zu Lebzeiten des Großmeisters noch nicht gab.

Vielleicht fehlt mir auch das notwendige Geschmacks-Gen. Die handwerkliche Meisterschaft, mit der dieser auf die Kirche fixierte Musiker seine Notenmassen aufs Papier geworfen hat, der Melodienreichtum, die gedrechselten Kontrapunkt-Passagen, die Kunst der vielen, vielen Fugen, das ganze Georgel und Gesinge, die Passionen und die gefühlt drei Millionen Kantaten, Dutzende für jede Minute des Kirchenjahres: All das weiß ich zu

würdigen, wie ich eine sauber unter Putz verlegte Strom-
leitung würdigen kann. Prima Handwerk. Doch wirklich
zu Herzen geht mir das nicht. Bachs Musik empfinde ich
mehr wie Rote Bete. Soll gesund sein, mag ich trotzdem
nicht.

Beim Thema Barockmusik bin ich im Team Händel.
Der Mann hat prächtige Opernarien geschrieben, herrliche Tränendrücker, und vor allem hat er im Gegensatz
zu Bach den «Messias» komponiert. Das ist der mit dem
glanzvollen «Haaa-lleluja». Den kann ich auswendig. Den
habe ich im Schulchor mitgesungen, bei einer denkwür-
digen Aufführung mit einem außerplanmäßigen und
unüberhörbaren Solo-Halleluja zu viel. Meine roten Ohren leuchteten noch am Tag danach. Georg Friedrich und
ich, dazwischen passt kein Blatt. Johann Sebastian und
ich? Das ist keine Liebe. Das ist pflichtbewusste Berufs-
bekanntschaft. Und genau wegen dieser chronischen
Bach-Begeisterungsschwäche ging es jetzt um die Ehre.
Um meine Widerstandskraft. Meine Leidensfähigkeit.

Nun muss man wissen, dass das WO – egal, ob hal-
biert oder tutto completto – zu den festesten Größen im
klassischen Konzertangebot Hamburgs gehört. Das ist so,
das war schon immer so, daran darf niemals gerüttelt
werden. Hamburg hat nicht nur mehr Kanäle als Venedig,
Hamburg gilt außerdem als Welthauptstadt der Kirchen-
musik. In jeder Kirche, in die man eine halbwegs ausrei-
chende Besetzungsstärke klemmen kann, wird das Stück
deshalb alle Jahre wieder gespielt und gespielt und sicherheitshalber, bis auch die letzte Eintrittskarte verkauft
ist, drei Tage später noch mal gespielt. Wo Platz für ein
WO ist, ist auch Platz für drei. Die Hauptkirchen böten es
am liebsten in Dauerschleife an. Es soll etliche freiberuf-

liche Musiker geben, die ihre Steuererklärung erst mit WO-Daueraufträgen in die schwarzen Zahlen geigen oder trompeten. Nach dem Totensonntag, dem kalendarischen Startblock für die Dauerbeschallung, muss man sich schon sehr anstrengen, um in Hamburg eine Kirche zu finden, aus der einem nicht WO-Chöre entgegenschallen. Kirchenmusiker, die bei Gemeinde-Planungskonferenzen auf die Existenz weihnachtlicher Stücke von Berlioz oder Schütz, von Saint-Saëns oder Humperdinck hinzuweisen wagten, mussten sich anderswo einen Job suchen.

Wir fixierten die Wette auf einem Bierdeckel. Damit ich mich nicht mit Tricks über die Ziellinie schummeln konnte, wurde vereinbart, dass ich mir jede einzelne Konzertkarte vom jeweiligen Veranstalter abzeichnen lassen musste. Anschließend sollten sie als Belege im Redaktionssekretariat gesammelt werden.

Zur Vorbereitung, also zum Abhärten, blieb wenig Zeit. Ich musste mir ausreichend fiese Sparringspartner suchen, um später gegen das WO eine Chance zu haben. Morgens beim Joggen trat ich an gegen eine Auswahl saisonaler Tracks, «Jingle Bells» mit Tenorknödeln, «Let it snow» unter Streichersoße, «O Tannenbaum» als suppiger Reggae, «Last Christmas», eigenhändig zersägt von finnischen Speed-Metal-Kreischern. Egal, immer her damit. Als ich bei «Bescherung am Ballermann, Vol. 17» Heinzi Müllers Brüller «Drei nackte Heilige Könige» mitsingen konnte, wusste ich: Ich war so weit. Bereit für die nächste Herausforderung. Bereit für die erste Runde WO.

Zum Auftakt sollte es St. Katharinen sein, so hatte der Konzertkalender entschieden. Immerhin also eine der Hauptkirchen, wenn auch noch nicht St. Michaelis. Bach im Michel, im prächtigsten, prestigeträchtigsten, altehrwürdigsten und hanseatischsten aller hanseatischen Gotteshäuser, das war so etwas wie der Endgegner. Ein weiterer wartete noch hoch über einem ehemaligen Kakaospeicher am Hafen: Elbphilharmonie, Großer Saal.

Für die traditionelleren Aufführungen hatte ich meine liebe Not, Begleitpublikum zu finden, auf dass geteiltes Leid halbes Leid sei. Eine Runde Jauchzen und Frohlocken in St. Jacobi oder in St. Nikolai am Klosterstern? Das zog nicht. Ich versuchte es mit der Hipster-Version eines Streicherorchesters, das als Ausdruck fröhlicher Selbstverwirklichung seine Mitglieder die Chöre und die Soli selbst singen ließ. Das Orchester wurde mit Akkordeon, Steel Guitar und E-Bass kieztauglich gemacht, in den Pausen sollte es Craft-Bier und vegane Stullen geben.

Doch egal wo, die häufigste Antwort auf meine Angebote war: Och nö. Ach, wie schade. Supergern, echt, aber leider. So ein Mist, ehrlich, hätte ich das früher gewusst. Einen Abend später hätte ich Zeit ...

Mal war es ein endlos lang geplanter Theaterbesuch, mal ein Kochkurs, bei dem das Geheimnis der Grünkernaufläufe offenbart wurde. Wintertraining für den Hamburger «Ironman» gefiel mir als Geflunker am besten. Ein einfallsarmer Kollege traute sich, einen Schwiegermutterbesuch vorzutäuschen. Elende Oratoriumsschwänzer! Ist in Hamburg wohl doch nicht so weit her mit der Bach-Begeisterung, dachte ich mir. Ich musste allein da durch. Feiglinge.

St. Katharinen also. Heiliger Boden einerseits, Feindesland andererseits. Dort hatte Bach höchstselbst, wie es heißt, die Orgel geschlagen, mehrmals sogar. Zum ersten Mal 1701, als Teenager, und 19 Jahre später wieder, als er sich um einen Posten bewarb. Er hatte sich am Ende gegen den Job entschieden. Der erste WO-Abend fand also ausgerechnet dort statt, und er begann passabel. Dass einige Chor-Soprane, von der Rührung über die eigene Leistung ins Trudeln gebracht, sich einen Halbton vom Rest der Belegschaft entfernten, ich nahm es hin. Weihnachten ist das Fest der Liebe.

Viel wichtiger: Mir war kalt, elend kalt. Kalte Füße, kalter Hintern, kalte Ohren, um die ein eisiger Zugwind pfiff; jemand hatte die schwere Tür offen gelassen. Die wenigsten alten Kirchen verfügen über Fußbodenheizung, im Gestühl sucht man vergeblich nach dem Schalter für die Sitzerwärmung. Die Stammkunden in meiner Reihe kannten das alles, die waren abgehärtet, dick eingepackt in mehrere Lagen himalajatauglicher Funktionswäsche, die sahen aus wie Daunenjacken-Rouladen. Unterhalb der Wollmütze blieb ein Sehschlitz für die Augen, die Ohrläppchen waren apart über den Schal geklappt.

Der Evangelist vom Dienst ließ sich beim Erzählen mehr Zeit, als es sich mit den schwankenden Tempovorstellungen des Dirigenten vereinbaren ließ. Die Hörner kieksten, wann immer sie den richtigen Ton verfehlten; deshalb gelten sie in jedem Orchester als «Glücksspiralen». Beim Choral «Wie soll ich dich empfangen» begann ich mir Gedanken über den nächsten Einkauf zu machen. War ausreichend Kaffee da für den Besuch? Welcher Aufschnitt sollte es sein für das Sonntagsfrühstück mit den Nachbarn vom Erdgeschoss? Die beiden älteren Damen hinter mir hielten sich durch Plaudern wach. Über die Zutaten für das perfekte Sauerbraten-Rezept hatten Ingrid und Gisela offenbar seit Jahrzehnten nicht mehr gestritten. Das holten sie nun nach.

Mit jeder der folgenden Aufführungen rückten die

Einkaufsüberlegungen näher ans eröffnende «Jauchzet, frohlocket». Im dritten WO – Liebreiz in den Streichern, nur die Oboe versemmelte ihre Soli – nahm ich mir vor, für das nächste Mal Notwehrlektüre ins Konzert zu schmuggeln. Ein ganz kleines Buch nur, ein schmales, so dünn, dass es ins Programmheft passte. Reclam-Storm oder Reclam-Fontane, völlig schnurz. Aber durfte man bei Bach etwas anderes lesen als die Taschenpartitur oder die Texte? Das wütende Synchron-Schnaufen des Ehepaars rechts neben mir sorgte dafür, dass ich mir diese Blasphemie kein zweites Mal leistete.

Die vierte Runde in einer Kirche am Stadtrand, mit lediglich der ersten WO-Hälfte, war kurz und schmerzhaft. Bach ist nichts für Amateure. Aber erkläre das mal einer den Amateuren. Zum Glück habe ich kein absolutes Gehör, sonst hätten diese Abende für mich in der Notaufnahme geendet.

An den Tagen ohne WO war ich dankbar für jede musikalische Ablenkung. Meistens hörte ich Wagner, am liebsten die lauten Stellen. In der Redaktion wurde mein Martyrium respektvoll zur Kenntnis genommen. Eine Sekretärin hatte sich bereit erklärt, jede Eintrittskarte mit Eingangsstempel abzuheften. Neben meinem Monitor hatte ich eine Postkarte des berühmten Haußmann-Porträts von Bach aufgestellt. Für jedes komplette WO gönnte ich mir zwei Kerben in den Rahmen, halbe Portionen brachten immerhin eine Kerbe.

In einem der Programmhefte stieß ich auf ein tröstliches Zitat von Albert Schweitzer. Der war nicht nur Urwaldarzt gewesen, sondern auch Bach-Experte. Er hatte davor gewarnt, das gesamte WO dem Publikum an einem einzigen Abend zuzumuten, weil sonst «der ermüdete

Hörer die Schönheiten des zweiten Teils nicht mehr zu fassen vermag». Es sei vorteilhafter, reichlich zu streichen. In Hamburg ein vergeblicher Wunsch.

Nach WO Nummer fünf kam mir eine Idee, die ich schon früher hätte haben können: das Guinness-Buch! Zwischen Weltrekorden im Teebeutelweitwurf bei Vollmond und Slalomläufen zwischen Maßkrügen hindurch sollte doch Platz sein für die meisten WO-Besuche in einer einzigen Advents-Saison? Die Guinness-Juroren prüften nicht lang. In einer kurz angebundenen Absage wünschten sie mir viel Glück, vor allem für die Zukunft.

Schade. Denn mittlerweile hatte eine nicht unangenehme Gewöhnung bei mir eingesetzt. Teil I nahm ich kaum noch wahr, der rauschte glatt durch. «Schlafe, mein Liebster, genieße der Ruh», empfiehlt der Alt in Teil II. Das ging zwar nicht, doch die meisten Kirchenmauern waren nicht massiv genug, die Mobilfunksignale auszusperren. Während unablässig das liebe Jesulein besungen wurde, konnte ich – auf den nun bevorzugten Randplätzen in verschatteten toten Winkeln – in Ruhe Mails beantworten und auf Wikipedia die Entwicklungsgeschichte der Hass-Avocado studieren.

Obwohl ich die Texte mittlerweile mitsingen konnte, weigerte ich mich, es tatsächlich zu tun. Nur nicht schwächeln!, sagte ich mir. Keine Verbrüderung jetzt! Keine Kompromisse! Bach oder ich, es konnte nur einen geben.

Um mich bei Laune zu halten und weil Mitte Dezember sibirische Schneestürme die Stadt heimsuchten, ergänzte ich meine Ausrüstung um eine Tupperdose mit Lebkuchen, Spekulatius, Schokoweihnachtsmännchen und eine Thermoskanne. Glühwein hielt in ungeheizten

Kirchen warm und hob die Stimmung beim Ausharren auf harten Holzbänken. Nach jedem Choral belohnte ich mich im Halbdunkel mit Trostgebäck. Die erbosten Blicke spähender älterer Damen waren nicht erfreulich, aber auch kein Hinderungsgrund. Eine rammte mir ganz unchristlich ihren Ellenbogen in die Seite. Egal. Schuld war allein Bach, das sollte sie ruhig begreifen.

Allerdings nahm ich nun auch zu. Bachforscher nennen es Kummerspeck. In Poppenbüttel sank der Kopf des rüstigen Rentners vor mir glücklich zur Seite, bereits viereinhalb Minuten nach den ersten Tönen, und ruhte auf Schulter und Schal. Den Rest des Konzertes begleitete er mit seligen Schnarchgeräuschen, die gerade leise genug waren, um lediglich unsere zwei Reihen in den Wahnsinn zu treiben.

In Eimsbüttel entdeckte ich entgeistert, wie meine linke Hand dem Chor Einsätze gab, während die rechte die Tupperdose mit den Zimtsternen umklammerte. War das bereits das gefürchtete musikalische Stockholm-Syndrom? Bei den schnelleren Arien in Winterhude juckte es meine halbgefrorenen Finger, das lethargisch schrammelnde Orchester durch energisches Mitklatschen zu wecken. Wir haben nicht ewig Zeit, Leute!

In Blankenese, umgeben von gehobenen Alkoholikern, wurde mir so fad, dass ich den Kollegen, der mir diese Wette eingebrockt hatte, kalt ansimste, während der Evangelist «Und da acht Tage um waren» deklamierte. Mir hätte es schon geholfen, wenn nur dieses Konzert sein Ende gefunden hätte. Die verdoppelten Spekulatiusrationen waren verzehrt, der Hosenbund spannte mittlerweile gürtelgefährdend. Unter der Gesangbuchablage holte ich mein Smartphone heraus und tippte ein verzweifeltes «Begrabt mein Herz an der Biegung der Elbe!» in die Welt. Erst als der Chor ausgelaugt in Richtung Schlussakkord torkelte, vibrierte es in meiner Jackentasche. «Soli Deo Gloria» stand dort, jene drei Worte, mit denen Bach seine Kompositionen unterschrieben hatte. Nur hatte er vermutlich keine Zwinker-Smileys verwendet.

Doch alles hat einmal ein Ende, das galt selbst für diese Prüfung. Der Showdown fand am 22. Dezember statt, im Großen Saal der Elbphilharmonie. Als Zeugin meines heroischen letzten Gefechts hatte ich eine Kollegin aus dem Lokalen an meiner Seite, die schon auf der Rolltreppe immer fröhlicher strahlte. Ihr erstes Konzert hier, und so kurz vor Weihnachten, und dann auch noch Bach! Den mochte sie ja besonders gern, immer schon! Ich freute mich ehrlich für sie, und noch viel mehr freute es mich, dass ich nur noch drei Kantaten entfernt war von der himmlischen Ruhe. Drei Kantaten! Das würde ich schaffen. Das hatte ich schon so oft geschafft in den vergangenen Wochen. Kinderspiel.

Die Dose mit den Zimtsternen hatte ich zu Hause gelassen. Schon deswegen, weil auch der kleinste Versuch, einen bröselnden Keks anzubeißen, im brutal hellhörigen Saal der Elbphilharmonie keine Chance gehabt hätte. Dort hören 2072 Menschen bereits, wenn jemand nur daran zu denken wagt, in einen Keks zu beißen. Und nie im Leben wäre ich mit meiner Thermoskanne am Aufsichtspersonal vorbeigekommen. Doch das machte nichts. Die letzten zwei Stunden Bach vergingen, als wären es Minuten. Die Glückshormone wirkten offenbar schon. Kaum hatte Teil I begonnen, war er schon wieder Vergangenheit. Mir wurde ganz leicht zumute, geradezu selig. Um die Wartezeit auf Teil II zu verkürzen, erklärte ich der Kollegin, welche Positionen auf der Bühne für Gesangssolisten geeignet sind und welche verheerenden Probleme andere mit sich bringen können. Ein bekannter Tenor hatte wenige Monate zuvor auf die harte Tour lernen müssen, wie schnell es sich rächte, dort zu stehen, wo er es gern wollte.

Als auch Teil II sich auf sein Ende hin wälzte und der Choral «Wir singen dir in deinem Heer» erklang, durchflutete mich Euphorie. Weggesungener Bach war guter Bach, war toller Bach, war musikalisches Genie! Das Wunder einer WO-freien Weihnacht strahlte mich vom Ende des Programmheftes an. Mit jeder Zeile Rezitativ, jeder Arie, jeder Note kam ich meinen Feiertagen, meiner Freiheit näher. Und noch bevor der Chor kurz auf der Zielgeraden «Höre der Herzen frohlockendes Preisen» schmetterte, wurde mir warm ums Herz, zum ersten Mal. Und während ich mit der begeisterten Kollegin («Ich könnte das jetzt gleich noch einmal hören») auf der Rolltreppe in die Freiheit befördert wurde, summte ich leise, aber triumphierend einen barocken Superhit in die Nachtluft, während der Schnee erfreulich geräuscharm die Hafencity berieselte: «Halleluja».

Käthe Lachmann

Zement

«Alles klar mit der Gala?» Meine Agentin klang, als hätte sie eine ganze Nacht durchgeraucht. «Micha hatte gestern Weihnachtsfeier, ich war mit», erklärte sie. «Und ich mache heute früher Schluss, ich will nur sicher sein, dass du alles hast, was du brauchst.»

Hatte ich. Eine Gala – das klang mondän, das klang nach Festsaal, roten Samtvorhängen, gewienertem Parkett, nach Champagner und gutgelaunten Menschen in stilvoller Abendgarderobe. Aber solch eine Gala hatte ich noch nie erlebt. Für mich bedeutete Gala, dass jemand eine Feier veranstaltete mit einem Bühnenprogramm, bei dem ich als Komikerin vorgesehen war. Das Publikum konnten betrunkene Reifenhändler sein, für die ich auf einem Segelschiff spielte, oder ausgelassene Arzthelferinnen und Ärzte einer radiologischen Praxis, die ein Restaurant gemietet hatten, oder, jetzt, die Belegschaft eines Zementwerkes, das zum achtzigjährigen Bestehen ein beheizbares Bierzelt auf dem Werksgelände errichtet hatte.

Zement also. Meine einstündige Comedyeinlage sollte möglichst auch ein paar Witze zum Thema enthalten. Mein Repertoire an Zementwitzen war bislang recht übersichtlich gewesen. Doch für die in Aussicht gestellte Summe wollte ich gern Zement mit Weihnachten verbinden und hatte schon nach thematischen Gags recherchiert, hatte mir auch selbst welche einfallen lassen und bestehende Scherze angepasst.

«Ich habe meine Weihnachtskekse zu spät aus dem Ofen geholt, weil ich noch Blockflöte üben musste. Nun sind sie hart wie aus Beton. Apropos: Was ist eigentlich der Unterschied zwischen einer Blockflöte und Beton? – ? – Blas mal rein!» – Oder: «Vor ein paar Tagen habe ich den frisch gekauften Tannenbaum nach Hause geschleppt, da komme ich an der Großbaustelle fürs Einkaufszentrum vorbei. Am Bauzaun wundere ich mich, dass die sogar bei Schneefall arbeiten. Einen Arbeiter, der gerade ein Päuschen einlegt, mit Kaffee und Lebkuchen, frage ich: ‹Wie viele Männer arbeiten hier eigentlich?› Er antwortet: ‹Rund ein Drittel, würd ich sagen.›»

Von italienischen Weihnachten wollte ich erzählen, dass die Mafia an Weihnachten extra keine Zementschuhe macht, sondern die Füße von Feinden in ungenießbare Christstollen steckt. Einen Spruch über einen Maurer wollte ich bringen, der eine Wand verputzt («Heute ist aber Nacktputzen angesagt!»). Ansonsten wollte ich meine regulären Knaller spielen, einen durchtriebenen Mörder-Song weihnachtlich verpacken, und außerdem hatte ich eine lustige Familiennummer vom Vorjahr ausgegraben. Ich hatte mir allerhand ausgedacht und fast alles zementgerecht aufbereitet.

Gut gelaunt ließ ich mich an einem klirrend kalten 23. Dezember, nach einer unspektakulären S-Bahn-Fahrt vom Taxi ins Industriegebiet chauffieren und zur Pforte von Zemmer Zement fahren. «Zemmer geht immer!», stand etwas ungelenk auf einem Plakat am Eingang zum Firmengelände. Ich war erleichtert. Wer das als Motto hatte, würde auch meine Gags mögen.

Eine aufgeregte junge Frau im dunkelblauen Kostüm unterm Daunenmantel empfing mich und stellte sich als

Mandy Sagofelwur vor. Es war immer wieder erstaunlich, wie viele Namen existierten. Man konnte wahrscheinlich alle Buchstaben, die es gab, in x-beliebiger Reihenfolge aneinanderkleben – herauskommen würde ein Name von irgendjemandem irgendwo auf der Welt.

«Ich bin ein Riesenfan von Ihnen!», strahlte sie. «Ich habe Sie mal gesehen, da haben Sie an der Uni gespielt, mit anderen zusammen, das war toll! Seitdem bin ich Fan!» Sie wollte nicht aufhören, meine Hand zu schütteln. «Das ist der erste Event, den ich organisiere, und ich habe Sie Herrn Zemmer vorgeschlagen!»

Bescheiden senkte ich den Blick. «Und jetzt», strahlte sie, «zeige ich Ihnen mal, wo Sie auftreten und wo Sie sich aufhalten können.» Es hätte mich stutzig machen müssen, dass sie nicht von «Bühne» und «Garderobe» sprach, aber sie war so fröhlich-hibbelig, dass ich nicht darauf kam.

Wir betraten ein großes, kaltes Zelt. Für einen Moment hatte ich gedacht, drinnen würde es schön muckelig sein. Ich erblickte Heizpilze, die offenbar abgeschaltet waren, und eingemummte Kellnerinnen, die die langen Biertischgarnituren mit Sitzkissen bestückten und die Tische mit roten Papierservietten, Teelichten und Tannenzweigen dekorierten.

«Nachher, wenn die Gäste da sind, wird geheizt», ließ Mandy Sagofelwur wissen. Ich zog die Mütze fester über den Kopf und fürchtete mich vor dem Soundcheck. Die Gesundheit ist des freischaffenden Künstlers höchstes Gut, und wenn ich auch in den nächsten Tagen keine weiteren Auftritte vor mir hatte, wollte ich doch meine freien Tage gesund genießen. Dass die Kellnerinnen und der Licht- und Tontechniker, den Mandy jetzt vorstellte, die Weihnachtstage ebenfalls ohne Halsschmerzen und

Triefnase verleben wollten, schien für die Zementchefs keine Rolle zu spielen.

Andy, der Tontechniker, war sehr sympathisch. Alle Techniker im deutschsprachigen Raum waren freundlich und zugewandt. Wir schüttelten uns die klammen Hände, er drückte mir ein Mikro in die Hand. Ich wollte gerade auf das zwei mal vier Meter große Podest klettern, als Mandy fragte: «Soll ich Ihnen nicht noch schnell zeigen, wo Sie sich aufhalten können? Dann könnte ich weitermachen mit den geladenen Gästen.» Ich schaute zu Andy, er nickte, und ich folgte Mandy in ein kleines Nebenzelt, in dem Getränkekästen gestapelt waren und eine Bierzeltgarnitur stand, auf deren Tisch sich Klarsichtfolie über einem Teller mit belegten Brötchen spannte. Daneben standen ein Glas und mehrere Flaschen Wasser. «So, das ist Ihr Reich!», verkündete Mandy, als hätte sie mir gerade die Präsidentensuite im Adlon präsentiert. «Hier kommt nicht ständig jemand rein. Brauchen Sie noch etwas?»

Ich sah mich um. «Einen Heizpilz.» Mandy sah sich ebenfalls um, dann sah sie mich an und wirkte hilflos. «Bis zu meinem Auftritt sind es noch drei Stunden», erklärte ich. «Kann ich mich irgendwo aufhalten, wo es wärmer ist? Und könnte ich eine Thermoskanne mit Tee bekommen?» Mandy wirkte so verzweifelt, als sei sie auf alles, wirklich alles vorbereitet gewesen, nur nicht auf solche Fragen, und als hätte sie den ganzen Tag damit verbracht, dafür zu beten, dass ich sie nicht stellen würde. Sie tippte auf ihrem Tablet herum und hielt mir nach einigem Suchen eine E-Mail unter die Nase. «Der Aufenthaltsraum für die Künstlerin ist das Getränkezelt», las sie vor und zuckte entschuldigend mit den Schultern.

«Gibt es im Hauptgebäude einen beheizten Raum?», fragte ich. «Irgendein Büro oder die Kantine, irgendwas?»

«Im Gebäude wird renoviert. Da kann ich Sie nirgends unterbringen.»

«Ist hier ein Café in der Nähe?»

Sie war geknickt. «Ich kenne mich hier nicht aus, ich bin nur von der Eventagentur und muss auch frieren!»

Ich musste sie in Ruhe lassen. Nur das noch: «Gibt es einen Spiegel für mich? Zum Schminken?»

Ich wusste, wie ihre Antwort lauten würde, und schüttelte mit ihr gemeinsam den Kopf.

Der Soundcheck verlief komplikationslos. Andy bot an, mich zum Aufwärmen in seinem Fiesta ein wenig durch die Gegend zu chauffieren. Er rauchte dabei und drehte die Anlage auf: «Das ist die neue EP von Kotzreiz, mit denen war ich letztes Jahr auf Tour. Ich bin ja mehr mit Bands unterwegs, so was wie heute mach ich nur selten. Was hörst du so?»

«Eher was mit Melodie.»

Er nickte und drehte sich eine weitere Zigarette, die er an derjenigen anzündete, die er noch im Mund hatte.

War es sinnvoller, die letzte Stunde vor dem Auftritt mit freien Atemwegen in Eiseskälte auszuharren? «Ich glaube, ich gucke noch mal in meine Texte, bevor es losgeht, fährst du mich bitte zurück? Ich spiele ja heute ganz neues Material.»

Andy lächelte verständnisvoll und ließ mich vor meinem Zelt aussteigen. «Sag denen, die sollen die Heizdinger anmachen, die Kälte ist Gift für die Anlage. Ich dreh noch 'ne Runde. Die zahlen den Sprit.» Dann war er weg.

Ich atmete so tief durch, wie es die klirrend kalte Winterluft zuließ. Eine aufgeregte Mandy kam mir entgegen.

Sie schien die Kälte nicht zu spüren. «Da sind Sie ja! Gott sei Dank! Geht es Ihnen gut? Ich soll Ihnen Bescheid sagen, dass sich alles um eine Stunde nach hinten verschiebt. Aber ich habe Tee für Sie! Und wenn Sie wollen, können Sie in die Damentoilette. Die ist beheizt! Und schminken können Sie sich da auch!»

Es stimmt, das Glück liegt in den kleinen Dingen. Ich teilte mir den winzigen Waschraum mit sechs Kellnerinnen, aber das förderte die Erwärmung, und unmittelbar vor Veranstaltungsbeginn konnte ich es mir sogar noch allein in dem gefliesten Raum gemütlich machen. Ich mümmelte meine Käsebrötchen und spielte ein Spiel nach dem anderen auf dem Handy, während Mandy ab und zu hereinschaute und weitere Verschiebungen nach hinten verkündete.

«Die Rede vom Chef war leider etwas länger», ließ sie wissen und: «Jetzt will der Juniorchef auch noch eine Rede halten», später: «Die sind noch am Essen, wir müssen warten», und: «Sie kommen dann nach dem Nachtisch.»

Ursprünglich hatte ich gegen halb neun dran sein sollen. Es war halb elf, als Andy mich abholte: «Dein Auftritt! Es geht los! Viel Spaß!», rief er und war gleich wieder weg.

Gerade eben hatte ich trotz Müdigkeit bei Candy Crush ein neues Level erreicht. Jetzt fuhr ich mir schnell mit dem Puderpinsel durchs Gesicht, frischte den Lippenstift auf und machte drei Kniebeugen, um den Kreislauf in Schwung zu bringen. Im Kostüm rannte ich rüber zum Festzelt. Ich gab Andy das Signal, und er fuhr meinen Jingle nebst Showlicht hoch. Am Eingang stand Mandy mit erhobenen Daumen. Ich schlängelte mich durch zweihundert Menschen, die lachend und schwatzend noch mit ihrem Nachtisch beschäftigt waren. Dass ich nicht angekündigt würde, hatte Mandy schon gebeichtet. Niemand hatte sich zuständig gefühlt. So war ich froh, wenigstens den Jingle zu haben, um die Aufmerksamkeit auf meinen Auftritt zu lenken. Bei einem Dutzend Menschen klappte das sogar. Sie spendeten Applaus. Die übrigen hoben kurz den Kopf und wandten sich dann wieder ihren Gesprächspartnern zu.

Firmenveranstaltungen sind hart. Diese Erfahrung hatte ich schon häufig gemacht, sonst hätte ich die Resonanz an diesem Vorweihnachtstag vielleicht persönlich genommen. Es ist etwas anderes, ob die Menschen in mein Programm kommen, weil sie mich sehen möchten, oder ob sie eigentlich feuchtfröhlich mit Kollegen feiern wollen und durch einen Show-Act eher gestört werden. Gerade Weihnachtsfeiern, bei denen viel Glühwein fließt und die in vielen Firmen als Pseudonym für ausfallendes Benehmen stehen, sind extrem schwierig. Ich nehme sie nur bei sehr gutem Schmerzensgeld an.

Ich sah auf die Uhr. Vertraglich vereinbart war eine Stunde. Und ich würde diese Stunde durchziehen, um nicht Gefahr zu laufen, die Gage zu verlieren. Wenn zwei, drei Leute – neben meinem Fan von der Eventagentur – Spaß hatten: wunderbar.

Bereits im November und erst recht im Dezember kommen kleinere Gruppen in meine gewöhnlichen Vorstellungen, Mitarbeiter aus Arztpraxen oder aus Steuerberaterbüros. Die haben meist vorher schon zusammen gegessen und ausgiebig getrunken, und die Büroplatzhirsche fühlen sich bemüßigt, den Kollegen zu zeigen, dass sie mindestens genauso witzig sind wie die Frau da auf der Bühne. Zum Glück habe ich als Einzige ein Mikrophon. Denn es ist erstaunlich, wie der Herr aus dem Controlling oder die Frau aus dem Vertrieb auf einer Weihnachtsfeier im Theater nach drei Gläsern Metaxa so aus sich herauskommen. Wenn man Pech hat, feiern sie mit den Kollegen im Publikum ihre eigene Party, stören die Leute, die zuhören wollen, und machen den Auftritt auf der Bühne zum Höllenritt.

Aber heute war es ja nun eine extra angesetzte Weihnachtsfeier, nur für Zementexperten. Ich knipste mein strahlendstes Lächeln an und breitete die Arme weit aus: «Hallo, einen wunderschönen guten Abend!» Vereinzelt wurde applaudiert, hauptsächlich von Mandy, die für vier jubelte und klatschte. «Ich freue mich sehr, heute Abend hier mit Ihnen feiern zu können!», flunkerte ich, und der erste, nicht mehr ganz nüchterne Mitarbeiter rief: «Ausziehen!» Betrunkenes Gelächter in seinem Umfeld.

«Ah, ich sehe, wir haben auch Gäste aus der Hochbegabtenförderung dabei, schönen guten Abend!» Diesmal hatte ich ein paar Lacher auf meiner Seite. Daumen hoch von Mandy. Die Scheinwerfer hingen so, dass ich sie im dämmerigen Eingang noch erkennen konnte.

«Ausziehen!», schallte es abermals. Ich behielt meine Mundwinkel professionell oben. Ob meine männlichen Kollegen auf derartigen Veranstaltungen ähnliche Probleme hatten?

«Wieso denn ausziehen?», rief ich ins Mikro und sah mich übertrieben irritiert um. «Ich wohne hier doch gar nicht!» Der Scherz brauchte einen Moment, um bei den Zuschauern die Alkohol-Hirn-Schranke zu passieren, dann kam sogar so etwas wie Jubel. Jetzt hatte ich sie!

Vielleicht. Nicht zu früh freuen. Ich begann mit meinem ersten Stand-up, in dem ich erzählte, woran ich merkte, dass ich älter wurde. Nämlich an der Art meiner Unterhosen. Zwar hatte ich ziemlich lange Frotteeunterhosen getragen, ich meinte mich zu erinnern, sogar meinen Führerschein noch in Frotteeunterhosen gemacht zu haben, erzählte ich der unruhigen Meute, da schrie eine Frau: «Die trag ich heute noch! Wollta sehn?» Sie stand auf und begann, ihr Kleid aufzuknöpfen, was ihr Gelächter und Applaus bescherte, aber auch ein paar etwas weniger betrunkene Frauen auf den Plan rief, die die Exhibitionistin in spe gerade noch zurückhalten konnten.

Es war laut und unruhig, was ich durch gezieltes Leisersprechen zu kompensieren versuchte. Im Theater klappte das oft, hier nicht.

Jetzt war der Weihnachtsgeschenke-Song dran. Der hatte ein stattliches Playback, das die übermütigen Gäste zur Räson bringen musste. Ich bedeutete Andy, das Stück abzufahren, und begann mit der Choreographie. Der Song war angelehnt an «Billie Jean» und lautete «Billige Jeans». Gewöhnlich war er ein Garant für frenetischen Beifall und ausgelassenes Gelächter.

Heute nicht. Niemand klatschte mit, nur Mandy. Niemand sonst interessierte sich für das, was ich auf der Bühne abspulte. Ich suchte ihren Blickkontakt, um einen Leuchtturm in diesem tosenden Gewässer zu haben. Die Gespräche und das Gelächter, das nicht meiner Perfomance galt, wurden lauter. Ich schuftete. Ich machte noch komischere Bewegungen. Ich versuchte, einen Herrn in der ersten Reihe zu betören, der müde abwinkte. Zwei, drei schwache Klatscher am Schluss des Liedes. Das fröhliche «Hey, Leute, alle oder keiner, das klingt sonst zu sehr nach Mitleid!» hätte ich mir sparen sollen.

Ich versuchte, Kontakt zum Publikum aufzunehmen. Besonders laute Störenfriede knöpfte ich mir persönlich vor, fragte, ob sie mit Betreuer da wären oder ob sie ihre Tropfen noch nicht genommen hätten, was zu Lachern führte. Aber die Gruppe derjenigen, die überhaupt nicht zuhören wollten, war zu groß und schien sogar zu wachsen. Nur Mandy, die sich anscheinend köstlich amüsierte, gab mir Kraft. Ich sah auf die Uhr. Es galt, noch zwanzig Minuten durchzuhalten. Irgendwie. Ein Grüppchen stimmte aus dem Nichts «Stille Nacht, Heilige Nacht» an. Es war mehr Grölen als Gesang. «Was zum Teufel hat man Ihnen heute in den Zement gerührt?», fragte ich mit hochgetackerten Mundwinkeln. Lachflash bei Mandy, sonst nur Unruhe und Gemurmel. Nicht aufgeben, vor allem nicht zugeben, wie anstrengend das war. Für die freundliche Eventagenturfrau.

Da kam mir eine Idee. Die einzige Chance, die Leute vielleicht noch zu erreichen: Ich musste runter vom Podest. Mich unters Volk mischen und die nächste Nummer direkt im Publikum machen. Ich bat Andy, das Licht aufzudrehen. Um mich herum glänzende Gesichter, glasige Augen, die dümmlich stierten, und andere, die sich gar nicht erst umdrehten.

Gerade war ich in einen neuen Charakter geschlüpft, eine überdrehte Schwäbin, die davon erzählte, dass sie fix und fertig war, weil ihr Sohn ausgezogen war, in die Etage unter ihr, da geschah das Unfassbare: Eine Frau, die nicht mal so betrunken wirkte wie ihre Kolleginnen, war aufgestanden und kam auf mich zu. Wollte sie vorbei, aufs Klo?

Nein, sie blieb kurz vor mir stehen. Höflich sagte sie: «Könnten Sie bitte etwas leiser sprechen? Wir wollen uns unterhalten!» Drehte sich um und ging an ihren Platz zurück.

Wie sollte ich reagieren? «Man versteht mich schlecht», platzte auf Schwäbisch aus mir heraus. «Ich soll lauter sprechen, das mache ich doch gern!» Ich war belustigt und zugleich wütend und aufgebracht.

Sollte ich abbrechen? Danke, das war's? Und abgehen?

Nein, entschied ich, die fehlende Viertelstunde ziehe ich jetzt noch irgendwie durch. Ich kann mein Material auch ganz für mich alleine spielen – und für meine Komplizin. Für uns beide würde ich spielen, ob es jemanden sonst interessierte oder nicht.

Die Mundwinkel noch etwas fröhlicher nach oben gepresst, erzählte ich genüsslich meinen Text, machte Pausen, wo Lacher sein sollten, suhlte mich in meiner Rolle und freute mich an meinen Pointen, die immerhin noch genau eine weitere Person zum Lachen brachten. Niemand konnte mir mangelnde Professionalität vorwerfen. Ich sprach einige Zuschauer ganz direkt an, hielt ihnen das Mikro unter die Nase und zog es schneller weg, als sie hineingrölen konnten. Heimlich linste ich auf meine Armbanduhr. Mit dem Ende der Nummer war auch meine vertraglich vereinbarte Auftrittszeit vorüber.

Ich hatte es geschafft! «Wir kommen zum Ende, meine Damen und Herren, ihr Geld ist leider abgelaufen», scherzte ich erleichtert und erntete, kaum zu glauben, ein enttäuschtes, kollektives «Oooooh». War das Hohn? Ich verbeugte mich, und tosender Applaus brandete auf, Jubel, anerkennende Pfiffe. Jetzt war ich wirklich wütend. «Danke, danke!», presste ich hervor. Die Gesichtsmuskeln schmerzten vom ewigen Mundwinkelhochziehen.

Ich ging hinten von der Bühne ab, versteckte mich

hinter einem eigens aufgestellten Paravent und zeigte dem Publikum – unsichtbar – den Stinkefinger in mehreren Varianten.

«Zugabe, Zugabe!», schallte es herüber, und ich platzte fast vor Zorn. «Zugabe am Arsch, ihr Pissnelken!», unflätete ich vor mich hin. «Erst nur stören und keinen Bock haben, und jetzt eine Zugabe wollen! Ich glaub, es hackt!» Die Zugabe-Rufe wurden lauter. Einen Scheiß würde ich tun und dem ignoranten Pack eine Zugabe geben!

Ich musste allerdings warten, bis der Mob sich beruhigt und bestenfalls aus dem Zelt bewegt hatte. Es gab keinen Hinterausgang. Ich musste durchs Publikum, um rauszukommen.

Von dort kam jetzt die wie ein Heizpilz strahlende Mandy mit knallroten Wangen und umarmte mich herzlich, während das Volk weiter rhythmisch klatschend nach mehr verlangte.

«Das war so klasse, großartig, ich habe Tränen gelacht – haben Sie noch einen für uns? Bitte, bitte!» Ich schüttelte den Kopf. Ich hatte auch meinen Stolz! «Ach, kommen Sie, ich weiß, Sie hatten es schwer, aber es ist doch Weihnachten! Machen Sie uns das Geschenk! Machen Sie es für mich!»

Weil die da draußen immer weitermachten und sie so sehr darum bat und weil ich auch einfach nach Hause wollte, nickte ich seufzend, schob mit beiden Zeigefingern meine Mundwinkel wieder nach oben und schleppte mich abermals auf die Bühne. Wie im Reflex straffte sich mein Körper, ich strahlte, als hätte ich die Idioten nicht noch vor wenigen Minuten am liebsten geschlossen mit Zementschuhen in der Nordsee versenkt, und bedankte mich. «Und weil morgen die Feiertage beginnen, jetzt noch eine Zugabe für Sie!» Und ich legte los, als wäre nichts gewesen.

Was soll ich sagen, ich spielte noch drei Zugaben, die Zementmenschen amüsierten sich königlich, und hinterher kam Mandy überglücklich zusammen mit dem Zementchef, und beide beteuerten, was für ein außergewöhnlich schöner Abend das gewesen sei. Herr Zemmer versprach, mich auf jeden Fall wieder zu buchen, und alles in mir schrie: «NEIN! Nie wieder!», während ich mich artig bedankte und zu bedenken gab, dass es zwischendrin für mich zuweilen schwierig gewesen sei.

«So sind die Kollegen. Denen hat's unheimlich gefallen, die können nur nicht so aus sich rausgehen.»

«Die kamen schon aus sich heraus, nur eben anders», murmelte ich. Herr Zemmer klopfte mir auf die Schulter: «Ganz große Klasse!», und war weg.

Mandy hatte noch eine Frage: «Wir haben nächste Woche noch eine Gala, da hat uns die Künstlerin abgesagt, weil sie sich beim Skifahren was gebrochen hat, auch in einem Zelt, das organisiert meine Kollegin, ein Unternehmen für Medizintechnik, an Silvester, könnten Sie da einspringen?»

Ich starrte sie an, als hätte sie drei Köpfe, und zwar grüne. «Klar», sagte ich. «Warum nicht?»

Hilmar Klute

Der Winterfestmensch

In den Wochen vor den Festtagen kam es zwischen Franziska und mir immer wieder zu sogenannten Spannungen. Sie stellten sich ein, wenn die Kinder im Bett lagen und wir unter uns waren. Eltern, die am Ende eines von Büro und Kita-Nachbereitung durchwirkten Tages unter sich sind, haben zwei Möglichkeiten: Sie spülen den Tag, durch den sie gepoltert sind, mit einer Flasche Wein weg und reden von Dingen, die nichts mit Beruf und Familie zu haben. Oder sie sprechen ausschließlich von Dingen, die mit Beruf und Familie zu tun haben, und trinken Ingwertee mit Minze. In dem Fall enden ihre Abende, wie bei uns, in Zwietracht.

Bei uns kam es an jenem Abend, der zu dem führte, was ich mein soziales Weihnachtsexperiment nenne, zu einer Art emotionalen Kernspaltung. Es ging um die Frage, ob wir Weihnachten bei Franziskas Mutter und Hubert verbringen sollten, ihrem zweiten Mann. Oder ob wir, was ich bevorzugte, das Fest als Kleinfamilie begehen durften. Was bei herkömmlichen Familien eine reguläre Kulturleistung ist, bekam bei uns eine Dimension wie Trumps Entscheidung, das Pariser Klimaabkommen aufzukündigen.

«Wir fahren jedes Jahr zu meiner Mutter, weil die Kinder es mögen und weil es für uns Entspannung bedeutet.» Wenn Franziska das Wort Entspannung aussprach, klang es wie eine Kündigung.

«Was ist daran entspannend, wenn Hubert ständig davon redet, unsere Kinder würden zu viel auf den Handys herumwischen? Und wir würden schon irgendwann sehen, dass ihre Hirnkapazität auf dem Stand eines Waschbären bleibt?»

«Er meint das nicht böse», sagte Franziska.

«Nein, er *ist* böse», sagte ich.

So ging es hin und her und endete in dem Vorwurf, ich sei nur feindselig, weil ich selber keine Familie hätte und einfach nicht wüsste, was es bedeutet, einen Heimathafen zu haben.

«Mein Heimathafen seid ihr», seufzte ich und hätte den Satz am liebsten gleich wieder eingefangen. Sentimentalität und alles übertrieben Gefühlige sind die CO_2-Fußabdrücke jedes friedliebenden Festgastes. Ich wollte keinen Zank. Aber die Aussicht, wieder nach Viersen fahren zu müssen und während der zähen Abende keinerlei Fluchtmöglichkeit zu haben, ließ mich mit einem kühnen Plan vorstellig werden.

«Wie wäre es denn», fragte ich in einer betont musikalischen Sprechfigur, «wenn ich diesmal nicht mitkäme? Wenn ich stattdessen andere, nicht ganz so glückliche Familien mit einer Bescherung überrasche?»

Das Schweigen Franziskas *Schweigen* zu nennen, wäre eine obszöne Untertreibung. Franziskas Schweigen war das Schweigen nach dem Ende alles Irdischen. So still und gleichzeitig so angespannt würde sich die Welt anfühlen, kurz nachdem sie ihren Status als Welt abgelegt hätte.

Der Abend erholte sich nicht mehr von diesem Schweigen. Ich öffnete noch eine kleine Flasche Flensburger und malte mir den kommenden Morgen aus. Einen Morgen im Zeichen schlechter Laune und allmählich nachlassender Wut, der sich eine Art konstruktiver Gleichgültigkeit anschließen würde.

«Tu, was du nicht lassen kannst», lautete der erste Satz, den Franziska während des gemeinsamen Frühstücks äußerte. Unsere beiden Töchter, Bea und Olga, nahmen auch teil, aber aus gebührender Distanz. Sie waren mehr damit beschäftigt, mein neu erworbenes Konvolut alter Schellackplatten auf Windschnittigkeit und Flugfähigkeit zu testen. Meinen Vorschlag, einfach mal reinzuhören, wiesen sie ab; schon das Wort *Reinhören* klänge nach Siebziger-Jahre-Spießigkeit. Sie konnten nicht wissen, dass die siebziger Jahre das unspießigste Jahrzehnt des vergangenen Jahrhunderts gewesen waren. Aber was sind historische Fakten im Angesicht schwindender elterlicher Autorität.

«Du willst also Weihnachten ohne uns verbringen», sagte Franziska. Es klang jetzt weniger nach Vorwurf, eher wie eine nüchterne Zusammenfassung meines Geisteszustandes.

«Ja, ich glaube, es fällt nicht weiter ins Gewicht, wenn ich dieses Jahr fehle! Hubert wird die Weihnachtsgeschichte lesen, und wie immer so umständlich und mit verschrobenen Kommentaren verziert, dass alle das Gefühl haben, nicht Lukas habe die Geschichte geschrieben, sondern James Joyce. Anschließend wird deine Mutter mit der Glocke bimmeln, und Bea und Olga bekommen wieder eine Ahnung davon, wie sich der Spätkapitalismus anfühlt, wenn er unter einer gefällten Fichte stattfindet.»

Franziska blickte schweigend in ihre Kaffeetasse. Für einen kurzen Moment hatte ich den Eindruck, sie müsse sich ein Lächeln verkneifen. Natürlich konnte sie mit Huberts pathetischen Inszenierungen genauso wenig anfangen wie ich, und die Geschenkeflut, der unsere Töchter jeden Dezember ausgesetzt waren, stellte uns immer wieder vor logistische Probleme. Wir wussten nie, wie wir das ganze Zeug nach Hause bringen sollten.

War es im vergangenen Jahr oder davor? Jedenfalls haben wir mal mit Bea und Olga an einem reißenden Fluss gestanden, irgendwo bei Düsseldorf, ja, der Rhein war es wohl, in den die beiden Mädchen das Barbie-Schmink-Set und die behämmerte Hello-Kitty-Bettwäsche geworfen hatten. Es war ein Trennungsritual, so hatte Franziska es den Kindern erklärt. Ich sehe noch vor mir, wie die Hello-Kitty-Bettwäsche sich vor Schreck blähte, sobald sie das Wasser berührte, und sich dann genüsslich vollsaugte, um herrlich elend unterzugehen.

Aber Franziska war auch eine Frau mit Herz, deshalb haben wir uns ja so lange über Wasser gehalten. Ihr war bewusst, dass ich ein einziges Mal das Recht hatte auszuscheren. Schließlich hatte ich nach Beas Geburt ein ganzes und nach Olgas Eintritt ins Irdische ein halbes Jahr Elternzeit genommen. Lustigerweise war ich beide Male von unterschiedlichen Chefs verabschiedet und wieder bewillkommnet worden. Die Zeit bleibt nur für den stehen, der sich eine Auszeit nimmt.

Der Tag kam, an dem meine drei Frauen – diese Wendung hört man als Vater von Töchtern so oft, dass man sie irgendwann selber lustig findet – ins Auto stiegen, vollgepackt mit Zeug, das nur dazu da war, von anderem Zeug komplettiert zu werden. Mir fiel der Satz meines Lieblingssängers Martin Heidegger ein: «Zum ganzen Zeug in seiner Zeugganzheit gehört je immer ein Zeugganzes, darin es dieses Zeug sein kann, das es ist.» Hubert hätte das nicht verstanden, weil er aus diesem Zeugganzen seinen Lebenssinn zieht. Wer viel hat, zeigt auch gern, dass er viel hat.

Ich half Franziska beim Einpacken. Ihre Laune war besser, als ich erwartet hatte. Ich wurde misstrauisch: War sie deshalb so gut gelaunt, weil ich nicht mitkam? Hatte sie auf einmal Spaß daran gefunden, eine allein-reisende Mutter zu sein, die sich bei ihrer Mutter über den unzuverlässigen Ehemann auslassen konnte? Bea und Olga nahmen ohne Tränen von mir Abschied. Genau genommen sagten sie nicht mal tschüs, weil sie damit beschäftigt waren, zu streiten, ob sie ein komplettes Jus-tin-Bieber-Konzert auf YouTube anschauen sollten oder in der Mediathek eine Staffel *Germany's Next Topmodel*.

Als der Corsa das Ende der Straße erreicht hatte und Franziska den Blinker nach rechts setzte, also Richtung Viersen, das 600 Kilometer von uns entfernt in einer un-bewohnten Landschaft lag, ging ich ins Kaffee Blaumond und sah mir die Mails an, die ich auf meine Anzeige hin bekommen hatte. Es waren drei, und ich hatte die Wahl.

Im Anschluss an unseren jüngsten Streit hatte ich auf Facebook nach einer Familie gesucht, die einen Weih-nachtsmann für den Heiligen Abend benötigte. Natürlich würde ich auch Geschenke mitbringen, den Kindern eine kleine Predigt halten und gegebenenfalls das eine oder andere Lied mitsingen. Besonders verlockend war sicher der Zusatz, ich verstünde dies alles als eine Art selbstlosen Liebesdienst und würde kein Geld nehmen.

Drei Familien hatten mich angeschrieben. Eine wohn-te gleich um die Ecke. Ich bin ein Mensch, der Bequem-lichkeit nicht für eine Untugend hält, und sagte zu. Na-türlich wäre der Besuch bei einer Familie in Marzahn oder im Wedding barmherziger gewesen als bei Leuten in der Wörther Straße. Aber das Nächstliegende ist oft wie die erste Idee, die man hat und die sich im Nachhinein als die beste herausstellt. Heute weiß ich, dass es nicht schaden kann, auch weitere Angebote auf ihre Tauglichkeit zu prüfen, ehe man Verpflichtungen eingeht, deren Folgen für immer im Gedächtnis bleiben.

Weder Franziska noch die Kinder hatten den Karton gefunden, in dem ich meine Arbeitskleidung aufbewahrte, das Nikolauskostüm mit der spitz auslaufenden Papstmütze, deren Bommeligkeit die Autorität des Nikolaus ein wenig dämpfen sollte. Ich wollte ein Weihnachtsmann des Friedens und der Versöhnung sein, ein Robert Habeck der Bescherungskultur, ein freundlicher Mahner, der das Beste aus den Kindern herausholen möchte.

Den Tag verbrachte ich in meditativer Einkehr, übte wohl auch das tiefe Sprechen ein bisschen, den sonoren Ton, der Kinder beruhigen soll. Gegen fünf trank ich ein Glas Tokajer und begann, mein Kostüm anzulegen. Es war wie eine Papstmesse, so als würde ich mich selbst inaugurieren. Dazu legte ich die *Krönungsmesse* auf, nicht die von Mozart, sondern die besonders feierliche von Cherubini. Der Bart verwandelte mich in eine traditionelle Vaterfigur, die ich bislang nicht gewesen war. Ob Bea und Olga sich nach einem weißbärtigen Vater mit roter Nachtmütze sehnten? Wer weiß, was in ihren Instagram-Köpfen vorgeht. Ich würde es an diesem Abend ausprobieren. Was sich einmal bewährt, das lässt sich auch seriell anwenden.

Die Wohnung, in der ich an diesem Heiligen Abend für kindliches Staunen und spannende Erwartung sorgen wollte, lag in der Nähe des Kollwitzplatzes, dem Bethlehem des Prenzlauer Bergs. Ich maß meine Schritte am Saum meines Kostüms, als ich die gut geputzten

Dielentreppen in den vierten Stock hochstieg. Ich fand die Wohnungstür weit geöffnet. Es wurde schon viel und betont gelacht, die Vorfreude gehörte zum Stil des Hauses. Ich beugte mich ein bisschen vor, um zu sehen, ob ich gelegen käme; aber ein Weihnachtsmann kommt ja meistens gelegen, außer es ist August, und alle sitzen in der Strandbar und warten auf den Animateur.

«Hallo, da sind Sie ja schon», sagte der Mann, der jetzt plötzlich vor mir stand. Er war ein bisschen kleiner als ich und trug sein Haar wie eine Art Filzmütze. «Gustav und Miro freuen sich schon auf den Winterfestmenschen.»

Winterfestmenschen? War ich falsch? Herr Keller lächelte spröde: «Wir haben uns in der Family darauf geeinigt, nicht mehr Weihnachtsmann zu sagen, weil das andere Religionen und Geschlechter ausschließt.» Wenn es wahr ist, dass ein Lächeln gefrieren kann, hätte man auf dem Lächeln von Herrn Keller Schlittschuh laufen können.

Er führte mich in das Wohnzimmer, in dessen Mitte ein opulent geschmückter Baum stand, klassisch mit Lametta und Kugeln behangen. Die Geschenke, zwei Bücher und eine CD mit *Weltmusik für Kinder* lagen bereits darunter.

«Ziehen Sie bitte Ihre Schuhe aus?» Frau Keller stand in der Tür und musterte mich von oben bis unten. Zum ersten Mal spürte ich die Rechtmäßigkeit des Wortes Musterung, wobei ich die Ansprache des Mannes im Kreiswehrersatzamt als herzlicher in Erinnerung hatte. Ich gab zu bedenken, dass ein Weihnachtsmann – also, vielmehr ein Winterfestmensch – ohne Stiefel einiges an Charisma verlieren würde. «Reicht Ihnen der Bart nicht als Ausweis der Männlichkeit?», fragte Frau Keller.

Ich stellte mir Franziska, Bea und Olga auf der Autobahn vor, aus dem Smartphone singt Lukas Rieger, der Teeniestar, «All I want for Christmas», und das Glück liegt vor ihnen als mäßig befahrene A9. Bald würden sie in Viersen ankommen, plappernd von Hubert in Empfang genommen werden und in eine Atmosphäre anstrengender, aber heiterer Festlichkeit tauchen.

Hier kamen jetzt Gustav und Miro aus einem der hinteren Räume und drückten sich schweigend an mir vorbei ins Bescherungszimmer. Dort versammelte sich die Familie und stellte sich auf wie zu einem offiziellen Gruppenfoto. Ich stand vor ihnen. Sie starrten mich an. Miro und Gustav schienen mich als riesiges Insekt wahrzunehmen. «Und?», fragte Frau Keller. «Wollen Sie uns nicht etwas erzählen?»

Richtig, ja. Ich schloss kurz die Augen und begann so gravitätisch wie möglich meinen Monolog mit der Anrufung der beiden Jungen, deretwegen ich hergekommen sei, um gute neue Mär zu bringen. Das Wort Mär ließ die Münder staunend aufspringen, sie kannten es nicht. «News», übersetzte Herr Keller. «Wegen Christi Geburt und so.» Er nickte mir motivierend zu.

«Ja, ich habe gehört, ihr seid das Jahr über brav gewesen», fuhr ich fort und fing mir eine scharfe Unterbrechung ein. «Es geht nicht darum, ob Kinder brav sind», erläuterte Frau Keller. «Es geht darum, dass sie achtsam miteinander und mit anderen umgehen.» Ich hätte das Vokabular vorher abgleichen sollen.

«Oh ja», pflichtete ich ihr bei, «ich habe gehört, ihr seid das ganze Jahr achtsam mit euch und anderen umgegangen. Das habe ich von so tollen Jungs wie euch auch nicht anders erwartet.»

Jetzt schaltete sich Herr Keller ein, der mit einer Beschwichtigungsgeste verhindert hatte, dass Frau Keller mir widersprach. «Entschuldigen Sie, guter Winterfestmensch, Gustav und Miro sind zwar Jungen, aber wir sehen als Family keine zwingende Logik darin, dass an Jungen andere Erwartungen gestellt werden als an Mädchen.»

Ich verstand oder tat jedenfalls so. Ich sprach Miro und Gustav nun persönlich an. Ob sie ein Weihnachtsgedicht hersagen könnten? Oder mit mir zusammen ein Weihnachtslied singen wollten? Miro und Gustav sahen mich an wie in Trance. Ihre Mutter sprang ihnen bei: «Wir lehnen das Singen von solchen Liedern ab, weil die meisten deutschen Weihnachtslieder einem paternalistischen Verständnis von Macht entspringen.»

Herr Keller streichelte seiner Frau die Schulter und machte den Vorschlag, ich solle Stück für Stück mein Kostüm ablegen und so gewissermaßen die autoritäre Figur des Weihnachtsmanns dekonstruieren.

«Und wenn Sie am Ende als ganz normaler Mensch vor uns stehen, wissen Miro und Gustav, dass Menschen das Winterfest auch ohne Furcht vor alter weißer Männerdominanz feiern können.»

Unterm Kostüm trug ich eine Jogginghose. Also gut. Ich nahm den Bart ab und reichte ihn Gustav, der ihn in den Weihnachtsbaum hängte wie einen erbeuteten Skalp. Die Eltern klatschten, als ich meinen roten Mantel abgelegt hatte, und klatschten wieder bei der Entledigung meiner roten Mütze.

Und als sie fertig waren mit dem Klatschen, beschloss ich, dass es an der Zeit war, auch ein wenig zu dekonstruieren. Ich fragte sie also, wo sie den armen Tannenbaum erbeutet hatten. Ob sie ihn selbst mit der Axt entwurzelt und seinem natürlichen Umfeld entrissen hätten? Herr und Frau Keller schwiegen. Miro fragte: «Stimmt das, Mama, was der Winterfestmensch sagt?»

«Natürlich nicht.»

«Sie haben den Weihnachtsbaum ...»

«Winterfestbaum», korrigierte Herr Keller. Seine Frau sah ihn verächtlich von der Seite an.

«Haben Sie den Baum nicht als brutal getötetes Lebewesen aus der Hand eines ökologischen Verbrechers erstanden?», fragte ich scharf. «Warum präsentieren Sie ihn jetzt Ihren Kindern als grünes Schlachtopfer, zynisch mit bunten Kugeln behängt?»

«Mama, wenn das stimmt, will ich weg», sagte Gustav. Schon hatte er eine kleben.

«Iris!», rief Herr Keller. Frau Keller lief in die Küche. Gustav und Miro machten sich daran, den Baum abzuschmücken und die roten Kugeln auf die Straße zu werfen, wo sie mit sanftem Klirren, das wie Schlittenglöckchen klang, zerschellten.

Ich klaubte meine roten Sachen zusammen, wünschte noch ein nachhaltiges Fest und pfriemelte mein Smartphone aus einer der vielen Taschen. Die Bahn-App fand noch einen Zug, der über abenteuerliche Umwege nach Viersen fuhr. Von unterwegs rief ich Franziska an, die ihrer mäßigen Begeisterung über meine Änderungspläne mit genauso mäßiger Begeisterung Ausdruck verlieh. Später, im Speisewagen beim zweiten Weißbier sitzend, meldete ich mich bei Hubert und bat ihn, mich gegen Mitternacht am Viersener Bahnhof abzuholen. Er freute sich wie ein Weihnachtsmann und sagte, es gebe jetzt schon viel zu erzählen.

Oliver Uschmann & Sylvia Witt

Schwiegersohn in Brand

Die Tochter und der Schwiegersohn haben viel zu tun. Sie schreiben Bücher und veranstalten Ausstellungen. Haus und Garten wollen gepflegt werden und zahllose Tiere. Der Schwiegersohn reist ständig durchs Land und nutzt sämtliche Situationen mit besten akustischen Voraussetzungen, um mich von seinem Unterwegstelefon aus anzurufen. Vielgleisige Bahnhöfe in Berlin, Leipzig oder Hamburg. Autobahnen ohne Flüsterasphalt. Fußgängerzonen. Ich freue mich jedes Mal, höre ich so doch was von der Welt. Gäbe es noch «Wetten, dass ...?», würde ich mich bewerben und die verschiedenen Innenstädte des Landes an ihrem Klangbild erkennen. Die Tochter wiederum spricht nur über klarste Leitungen. Alle paar Wochen verstricken wir uns bei aller Klarheit in Diskussionen, die wie schlecht verstaute Lichterketten kein gutes Ende nehmen. Meist hat sie recht. Ihr gegenüber kann ich das selbstredend nicht zugeben. Das gehört zum Grundhandwerk einer Mutter.

Heute jedenfalls brennen die vier Adventskerzen, und ich weiß beide Kinder auf dem Weg zu mir in meine denkmalgeschützte Kölner Altbauwohnung. Im Herd backen die Kekse, und im CD-Player dreht Gregory Porter seine souligen Runden. Der Schwiegersohn ist Musikjournalist und bringt Sänger an mein Ohr, von denen ich ohne ihn nie gehört hätte. Für ihn habe ich den Zettel auf *rotem* Papier geschrieben. Die Tochter werde ich bitten, die Dinge auf dem *gelben* Bogen zu erledigen. Zwei Tage gehen schnell vorüber, da muss man Systematik reinbringen.

Hugo reinigt derweil lautstark den Teppich im Schlafzimmer. Seit er bei mir ist, erledigt er ohne zu murren seine Aufgaben. So eine Zuverlässigkeit ist selten geworden. Von sämtlichen seiner Vorgänger musste ich mich nach wenigen Jahren trennen, oft schon nach Monaten. Mit der Zeit lernt eine Frau, wann es keinen Zweck mehr hat.

Es klingelt.

Mein Blutdruck steigt.

Kommen die Kinder früher als angekündigt? Sie wissen doch, dass mich derlei Überraschungen vollkommen aus der Bahn werfen! Der Tisch ist noch nicht gedeckt, die Kekse brauchen Zeit, und das Bad wische ich erst, nachdem ich duschen war.

Ich öffne die Tür.

Auf dem Flur steht Karl Marx mit einem Mandelstollen.

«Frohe Weihnachten, liebe Frau Witt!»

Meine Güte. Jetzt hat mein Nachbar etwas für mich, und ich habe nichts für ihn. Ich prüfe unauffällig, ob die Folie des guten Stücks einen Aufkleber enthält. Gott sei Dank. Wenigstens Bäckerware.

«Herr Marx», sage ich, «einen Augenblick!»

Ich nehme den Stollen aus seinen Händen und eile ins Esszimmer. Mein Blick fällt auf den Schreibtisch, den mir die Kinder vor zehn Jahren selbst gebaut haben. Das Grundmodell bestellten sie in Einzelteilen bei einem Echtholzmöbelhändler im Internet, doch die eigentliche Arbeit begann erst danach. In der heimischen Garage schliffen sie das Holz ab und beizten es in exakt der Farbe, die meine restlichen Möbel im Esszimmer haben, einem wunderschönen Mahagonidunkelrot. Es herrschten Minusgrade in jenem Dezember, und der Schwiegersohn sagte, er habe fast zwei Finger verloren, als er das Schleifgut am Außenwasserhahn abspülte. Er verglich die Maßnahmen mit der Antarktis-Expedition von Richard E. Byrd Ende der zwanziger Jahre. Mein Schwiegersohn neigt zur Übertreibung. Wobei er nicht übertrieb, war die Menge der einzelnen Teile. Es ist kein einfacher Tisch. Ich habe meine Vorstellungen, und fangen meine Kinder einmal an, setzen sie diese auf den Millimeter genau um. Besser gesagt: Die Tochter setzt sie um, und der Schwiegersohn assistiert ihr ergeben. Der Tisch musste sogar noch gekürzt werden und sieht trotzdem gut aus. In Fragen der Konstruktion und Kalkulation ist sie das Gehirn und er das Werkzeug. Er kann Taktzahlen von Schlagzeugrhythmen zählen und weiß, wer 1997 in der Innenverteidigung von Fortuna Köln gespielt hat, doch ein räumliches oder technisches Vorstellungsvermögen besitzt er nicht.

«Der Hugo ist aber heute wieder fleißig!», ruft Karl Marx von der Tür aus. Ich hätte ihn reinbitten müssen, aber die Kinder machen Meter auf der A1, und es ist noch zu viel zu erledigen. Ich klaube einen trockenen Merlot von 2013 aus dem Regal mit den geistigen Getränken und puste den Staub von der Flasche. Der Schwiegersohn macht sich hin und wieder darüber lustig, wie oft ich in der Wohnung feudele und wische, doch nun sieht man, wozu es gut ist. Lächelnd trage ich den guten Tropfen zur Tür.

«Für Sie war ich mal wieder in aller Ruhe nebenan.»

Eine Kreuzung weiter befindet sich ein Spezialgeschäft für Weine, dessen Ursprung bis ins 19. Jahrhundert zurückreicht. Ein solider 2013er könnte durchaus aus dessen Sortiment stammen. Schuldgefühle wegen des kleinen Tricks habe ich keine. Viele der CDs oder Bücher, die mir der Schwiegersohn mitbringt, sind in Wirklichkeit Presseexemplare, die er als Journalist gratis bekommen hat. Er denkt, ich bemerke es nicht, und ich lasse ihn in diesem Glauben.

Karl Marx wiegt die Flasche in seinen Händen: «Wussten Sie, dass Goethe bei seinem Weinhaus neunhundert Liter pro Jahr gekauft hat?»

Ich schüttele den Kopf. Hugo stößt beim Arbeiten gegen die Kommode. Herr Marx schaut kurz auf und grinst schelmisch, als gefalle ihm dieser winzige Protest.

«Herr Marx, ich würde Sie wirklich gerne reinbitten, aber die Kinder sind unterwegs, und ich bin noch lange nicht fertig mit allem.»

Karl Marx hebt seine Brauen und öffnet leicht den Mund.

«Oh, die Kinder? Auch der Schwiegersohn?»

«Auch der.»

«Hat er es sich überlegt? Also, was mich angeht, ich bin da! Er braucht bloß zu klopfen.»

Karl Marx hat meine Kinder vor zehn Jahren um diese Zeit kennengelernt. Er war selbst gerade eingezogen, als die Weihnachtszeit anbrach und die Kinder die vielen Einzelteile des Schreibtischs direkt hier im Esszimmer zusammenbauten. Sie montierten ihn in die gewünschte Ecke, wie ein maritimer Innenarchitekt eine Yacht auskleidet. Die Montage begann abends nach der Bescherung und dauerte bis zum Morgengrauen. Immer wieder stand ich in der Tür und bedauerte sie lautstark. «Ihr armen Kinder!», sagte ich, um meine Dankbarkeit zum Ausdruck zu bringen. «Ihr armen, armen Kinder!»

An Schlaf war nicht zu denken. Wie hätte ich schlafen können, wenn ich sie arbeitend wach wusste? Gegen drei Uhr nachts stand Herr Marx vor der Tür, der aufgrund der Bohr- und Hammergeräusche mein Schicksal teilte. «Du hast gesagt, es sei niemand im Haus!», erschrak die Tochter, doch der neue Nachbar zeigte Verständnis. Er lud mich nach oben ein, damit «die Produktion ungestört ihren Gang gehen kann», und aß am nächsten Mittag mit uns, genau wie ich das Wunderwerk bestaunend. Als der Schwiegersohn hörte, dass der kleine Mann mit dem neckischen Blick allen Ernstes Karl Marx hieß, sagte er aus Spaß, er könne seiner Redaktion ja mal eine neue Serie vorschlagen: Interviews mit Menschen, die genauso heißen wie berühmte Persönlichkeiten. Noch halb im Taumel nach der durchgearbeiteten Nacht zog er, die Hand erhoben, zwischen Zeigefinger und Daumen den imaginären Beginn des Artikels in die Esszimmerluft: «Trier war gestern! Heute lebt Karl Marx unauffällig an einer der längsten Straßen in Köln. Wir trafen ihn auf ein Gaffel in einer Traditionskneipe nahe seiner Wohnung.»

Im Schlafzimmer kracht und rumpelt es wieder.

Herr Marx lacht: «Ich weiß nicht mehr, wer es gesagt hat, aber ein berühmter Rat für Männer lautet: Einmal richtig ungeschickt im Haushalt erspart lebenslanges Helfen.»

Ich räuspere mich.

«Sie sollten zum Hugo gehen», sagt Herr Marx, klopft mit dem Zeigefingerknöchel auf die Merlot-Flasche und klettert die Stufen hinauf.

Als der Schwiegersohn zum dritten Mal versucht, meine Matratze umzudrehen, holt er mit dem oberen Ende die Bilder von der Wand, während das untere meinen Nachttisch leer räumt. Im Grunde kann man sagen, seine Mühen haben in einem Rutsch mein Schlafzimmer entbildert. Er flucht. Seine Arme sind dünn geworden, die Matratze ist rund dreimal so dick wie sein Bizeps.

«Soll ich helfen?», ruft die Tochter aus dem Esszimmer. Sie sitzt am schönsten Schreibtisch der Stadt, den sie erschaffen hat, und installiert meinen Rechner neu.

«Nein!», antwortet der Schwiegersohn. Auf seiner Stirn glitzern Schweißperlen. Im Wohnzimmer erklingt das Weihnachtsalbum von Mahalia Jackson. Nur noch eine Stunde bis zum Essen und drei bis zur Bescherung, denke ich, doch ich will mich nicht beschweren. Seit die Kinder pünktlich kamen, haben sie schon einige der Punkte auf dem roten und dem gelben Zettel abgearbeitet. Der Schwiegersohn war sogar Wasser holen, nur fünf Minuten bevor der Supermarkt seine Türen für zwei Tage schloss. Womöglich hat ihn das Herauftragen und Einräumen der vielen Sechserpacks in die Vorratskammer genau die Kraft gekostet, die ihm nun bei der Matratze fehlt.

«Nur noch ein Stück unten schieben, und dann lässt du sie erst mal fallen», leite ich ihn an. «Dann haben wir sie schon mal auf der anderen Seite.»

Der Schwiegersohn macht wie geheißen. Mahalia Jackson stürzt sich in «Hark! The Herald Angels Sing». Es ist wichtig, dass die Matratze auch mal andersherum zum Einsatz kommt. Zweimal im Jahr lasse ich sie drehen, zu Weihnachten und zum Geburtstag. Gerne würde ich den Schwiegersohn häufiger dazu überreden, wenn er aufgrund beruflicher Aufträge in der Nähe ist, doch springt er an diesen Tagen mit einem Ausdruck im Gesicht bei mir herein, als habe er soeben kein Interview geführt, sondern wäre vom Wasserwerfer der Polizei während einer Demonstration von der Straße gefegt worden.

«So, Mutter, jetzt guck bitte, wie du deinen Desktop sortiert haben willst», ruft die Tochter. Beim Versuch, die umgedrehte Matratze wieder gerade aufs Bett zu schieben, setzt sich das leichte Gestell in Bewegung und bringt die Stehlampe zum Sturz. Beim Versuch, sie aufzufangen, steht Hugo im Weg. Der Schwiegersohn stößt Beschimpfungen aus, die Mahalia Jacksons gesegnete Worte aufs unchristlichste konterkarieren. Ich gehe in die Küche, greife zum roten Zettel, auf dem des Schwiegersohns Aufgaben stehen, und streiche schweren Herzens zwei davon durch. Muss die Deckenlampe eben ein andermal repariert werden. Die Vorhänge allerdings können mit der Wäsche nicht bis zum Geburtstag warten. Da werden Neuplanungen fällig.

Gegen 21 Uhr sitzen wir im Wohnzimmer und starten die Bescherung. Nur eine halbe Stunde Verzögerung, damit kann ich leben. Immerhin hat die Tochter das einzigartig schöne Bild wiedergefunden, das ich als Hintergrund auf meinem Bildschirm verwendet hatte, bevor der Rechner alle viere von sich streckte. Eine Bibliothek mit Kerzen und Katzen, flackerndem Licht und huschenden Mäusen. Es war sehr schwer zu finden in den Weiten des Internets, da es bei keinem der logischen Suchbegriffe sein Köpfchen aus dem Dickicht reckte. Wie sie es erneut gefunden hat, bleibt ihr Geheimnis.

Der Schwiegersohn legt die CD mit dem Originalglockengeläut des Kölner Doms ein und entzündet die Kerzen am Baum. Die kräftig grüne Nordmanntanne ist prachtvoll gewachsen. Vor zwei Wochen hat der Schwiegersohn sie vorbeigebracht und aufgerichtet, wieder nach einem Termin. Zornig kippte er den Kaffee in den Schlund und aß die bereitgestellten Eclairs, als wären sie keine Süßigkeiten zum Genießen, sondern Wurzelknollen für Ausgehungerte auf einem Überlebensseminar im Wald. Als er das Netz von der Tanne schnitt und sein Kopf halb in den sich streckenden Zweigen verschwand, erlosch allerdings sein getriebener Blick und machte kurz Platz für einen Ausdruck des Friedens. Als sei er mit einem Mal als kleiner Junge in einem duftenden Märchenwald verschwunden. So guckt er auch jetzt wieder und ebenfalls die Tochter. Sie haben zwei Klappkisten voller Geschenke für mich mitgebracht, so einfallsreich verpackt, dass ich sie am liebsten gar nicht aufreißen möchte.

Alle Kerzen brennen. Wir wünschen uns frohe Weihnachten. Die Tochter sagt zum Sohn: «Du fängst an!» Ich werfe mich in den Sessel. Der Schwiegersohn geht in die Knie und hockt sich vor den Baum wie ein Zehnjähriger. Er ist ganz bei sich. Hugo steht schweigend neben der Kommode mit dem Fernseher darauf, die wir ein wenig versetzt haben, damit das Kieferngewächs aus dem Kaukasus Platz findet.

«Was zuerst?», fragt er und schaut uns vorfreudig an.

«Das große rote», antwortet die Tochter.

Der Schwiegersohn macht sich lang und kriecht unter den Baum wie ein robbender Kämpfer im Dschungel.

«Was das wohl sein ...», setzt er an, doch bis zu dem Wörtchen «mag» kommt er nicht mehr, denn aus einer unbegreiflichen Laune heraus setzt sich Hugo in Bewegung. In unglaublichem Tempo hat er den einen Meter von der Kommode zum Baum zurückgelegt und stößt dem auf dem Boden liegenden Schwiegersohn in die Seite. Der erschreckt sich und stößt wiederum das Paket gegen den Hebel des Christbaumständers. Die Klemmzargen lösen sich vom Stamm, und die Tanne gerät ins Wanken. Heißer Wachs tropft von den Kerzen auf den Rücken und den Hals des Schwiegersohnes. Zwei Kerzen geraten aus der Fassung und fallen auf den Boden. Ich zerre Hugo vom Baum weg, brülle ihn an und sperre ihn im Schlafzimmer ein. Die Tochter behält als Einzige die Übersicht.

«Halten!», ruft sie dem Schwiegersohn zu. «Halten! Den Baum unbedingt halten!» Unter Klagelauten tut er, wie ihm geheißen. Unerbittlich landen die Wachstropfen auf seiner Haut. Die Tochter springt auf und ruft: «Eimer! Eimer und Decken!»

Ich zerre meinen Putzeimer aus dem Flurschrank und werfe ihn ihr zu. Während sie ihn in der Küche mit Wasser füllt, hole ich alte Decken aus dem Schlafzimmer. Hugo tönt und klagt darin, doch ich stoße ihn zurück und sage: «Das war's mit uns, mein Lieber! Das war's mit uns!»

Kaum drei Sekunden später hasten wir ins Wohnzimmer mit Löschwasser und Decke. Der Schwiegersohn hat seine Klagelaute eingestellt und sich in der Situation eingerichtet. Schicksalsergeben hält er den Baum und ergibt sich dem heißen Wachs und den winzigen Bränden auf seiner Hose. Eine Eimerladung Wasser beendet die heilige Feuersbrunst. Die Tochter löscht die wenigen Kerzen, die noch in der Fassung stecken geblieben sind. Der Schwiegersohn bleibt liegen wie ein vom Regen durchnässtes Kantholz. Ich werfe die Decke über ihn. Die Domglocken läuten.

Am Morgen des ersten Weihnachtsfeiertages stehen wir im Innenhof an den Mülltonnen. Ein Natursteinweg schlängelt sich durch die Rasenfläche jenseits des Pflasters. An der Hauswand rankt Weinlaub in die Höhe. In die riesigen Terrakottatöpfe hat der Vermieter Agaven gepflanzt.

«Ich halte das nicht für richtig», sagt die Schwiegertochter. «Hugo hat einen Fehler gemacht. Nur einen einzigen.»

Die Tür zum Haus öffnet sich, und Herr Marx betritt den Hof mit einer Mülltüte in der Hand.

«Einen schönen guten Morgen!», freut er sich. «Der Schwiegersohn! Gut, dass ich Sie treffe. Ich habe da mal recherchiert und jede Menge weitere lustige Leute gefunden. Einen Friedrich Engels in Sundern. Einen Richard Wagner in Buchenberg. Sogar einen Heinrich Himmler. Der alte Haudegen hat sich in Wächtersbach versteckt und gibt nicht mal seine Adresse an. Ich habe den Ort über die Vorwahl herausgefunden. Ein kleines hessisches Städtchen mit großer Tradition in Sachen Keramik und Steingut. Da können Sie beim Interview bestimmt auch gute Fotos machen!»

Der Schwiegersohn reagiert nicht. Karl Marx beendet seinen Redeschwall.

«Was machen Sie denn da?»

Er schaut auf mich, auf die Kinder, auf Hugo.

«Er muss weg», sage ich. «Fast hätte er die Wohnung in Brand gesteckt. Wir haben echte Kerzen im Weihnachtsbaum.»

Karl Marx runzelt die Stirn. So ein herzenskalter Darwinismus gefällt ihm überhaupt nicht.

Er zeigt auf Hugo: «Was sagt er dazu?»

Ich antworte: «Er flüchtet sich in Fachausdrücke und Ausreden.»

Die Tochter schüttelt sachte den Kopf. Der Schwiegersohn tippelt mit der Fußspitze wie ein Junge, der endlich weiter sein Geschenk austesten will. In dem großen roten Paket befand sich ein riesiges, strategisches Brettspiel aus Holz. Es ist oben bereits aufgestellt. Doch zuvor muss die Sache mit Hugo geregelt werden.

Herr Marx klatscht in die Hände und sagt: «Ich nehme ihn. Wenn er mag. Sie können ihn nicht einfach ausmustern und an die Straße stellen.»

Ich verschränke die Arme, unwillkürlich.

«Guter Mann!», sagt der Schwiegersohn.

Die Tochter geht zu Hugo und klopft ihm auf die Flanke: «Aber nicht wieder das Haus anzünden.»

Karl Marx sagt: «Ich habe keine Kerzen in Betrieb. Und nur ein Gesteck auf dem Tisch. Bäume gehören für mich in die Erde. Alles andere ist Ausbeutung.»

Er wirft seinen Müllsack in die Tonne.

Hugo schweigt.

Der Schwiegersohn sagt: «Wissen Sie was? Wir machen das! Köln, Sundern, Wächtersbach. Und wenn es im Selbstverlag ist. Arbeitstitel: *Sie sind wieder da!*»

Karl Marx strahlt.

Dann klemmt er sich den frech gewordenen Staubsaugerroboter unter den Arm und stolziert ins Haus.

Die Tochter ist zufrieden.

Ich löse meine Arme wieder und sage dem Schwiegersohn, dass er sich demnächst, wenn er herkommt, um Karl Marx zu interviewen, ein bisschen mehr Zeit nehmen soll. Zurück in der Wohnung, schreibe ich den roten Zettel neu.

Judith Luig

Das Kind unterm Baum

«Deiner Mutter geht es nicht gut», sagt mein Vater. Ich bin gerade aus der Schule gekommen. «Sie hat sich hingelegt. Machst du ihr bitte einen Tee?» Als ich ihr den Tee bringe, liegt sie in der Badewanne. «Wie war es in der Schule?» – «Weiß nicht.» – «Na, du kannst es mir ja später erzählen.»

Ein andermal ruft mein Mathe-Lehrer an, morgens um halb acht. So wie jeden Montag, wir haben montags in der Ersten Mathe. «Kommt Ihre Tochter auch wirklich in meinen Unterricht heute?» Die Frage ist nicht ganz unberechtigt. «Ja», sagt meine Mutter, «ich verspreche es Ihnen. Wir sind ja selbst überfordert mit ihr.»

Oder: Meine Freundin ist zu Besuch, meine Mutter ist da. «Das ist Susanne», stelle ich sie vor. Wir sind seit drei Jahren befreundet und gehen in die gleiche Klasse. «Aber ich kenne doch Silke. Hallo!», sagt meine Mutter.

«Sprich mit deiner Mutter», sagte mein Vater manchmal, wenn er mir etwas nicht erlauben wollte. Das war effektiv. Ich hätte nie mit meiner Mutter über etwas gesprochen, was ich haben wollte. Wozu? Es ging da ja um Sachen wie eine Lederjacke, eine Jeans, Ins-Kino-Gehen. Lauter Dinge, die sie gering schätzte. Hätte ich mit ihr darüber gesprochen, wir hätten gestritten. Am Ende hätte ich mich dafür entschuldigen müssen, dass ich so einen gewöhnlichen Wunsch überhaupt gehabt hätte. Meine Mutter hasst das Gewöhnliche.

«Du weißt doch, sie ist da sensibel», hätte mein Vater gesagt. «Geh doch bitte und entschuldige dich.»

Wir gingen Schuhe einkaufen. Meine Mutter stürmte das Geschäft. Die Verkäuferin hetzte hinter ihr her. «Welche Größe hat Ihre Tochter?», fragte sie meine Mutter. Die hatte schon eine etwas klotzige Sandale in der Hand und drehte sie prüfend hin und her, «32», sagte sie. «34», sagte ich und fixierte ein Paar rosa Ballerinas. «Wie gefallen dir diese braunen mit den grünen Absätzen», fragte meine Mutter. «Ich mag eher diese hier», sagte ich leise. «Die? Die haben doch alle.» – «Eben.»

Meine Mutter hatte einen Vollzeitjob und drei Kinder zu einer Zeit, in der das niemand hatte, den wir kannten. Wenn ich nach der Schule zu Freundinnen mit nach Hause ging, dann standen deren Mütter am Herd. Montags gab es Reste vom Sonntagsbraten, mittwochs Leberkäse und Rührei, freitags Fischstäbchen. Bei uns gab es Tiefkühl. Mein Vater kochte.

Die Mütter, die damals einen Vollzeitjob hatten, hatten den nicht, um Karriere zu machen, sondern um zu überleben. Meine Mutter war Ärztin und nie zu Hause. Und wenn sie zu Hause war, dann musste sie sich ausruhen vom Ärztinsein.

Heute wäre unsere Familie modern. Damals war sie einzigartig. Man redete über uns in der tiefschwarzen Provinz, in die wir gezogen waren, weil mein Vater da einen Job hatte. Ich stand nicht drüber. Meine beste Freundin war eine, die anders war, so wie ich. Nur anders anders. Bei ihr stand zwar eine Frau am Herd, wenn wir aus der Schule heimkamen, aber die war nicht die Mutter meiner Freundin, die war die neue Frau vom Vater.

Aus einer feministischen Perspektive bin ich stolz auf

meine Mutter. Was die alles erreicht hat. Aus der Perspektive des Kindes frage ich: «Wo warst du?»

Nur manchmal war es anders. An ganz besonderen Tagen. An Weihnachten. Da war es auf einmal total wichtig, dass alle wahnsinnig viel Spaß hatten.

Vielleicht bin ich deswegen süchtig nach Weihnachten.

«Schau mal, das habe ich für deine Schwester gekauft», sagt meine Mutter. Sie läuft in ihr Zimmer, kommt zurück mit einem bunten Kleid. «Die trägt doch immer nur Schwarz!» – «Deswegen, ist doch mal was anderes.» Sie hat recht, und sie hat nicht recht. Sie hat eine Strickjacke mit Reißverschluss für meinen Vater besorgt, obwohl der lieber Strickjacken mit Knöpfen trägt.

Schon im Herbst fängt sie an, über Geschenke nachzudenken. Was könnte für den passen, was für die? Sie denkt sich lauter Dinge aus, die die Beschenkten zu besseren, glücklicheren Menschen machen könnten. Indem sie Dinge tragen, die ihr gefallen.

«Was wünschst du dir zu Weihnachten?», sagt sie. Und dann muss man vorsichtig sein. Man darf sich nichts wünschen, das ihr missfällt.

Wenn ich an meine Kindheit denke, denke ich immer an meinen Vater. Nur wenn ich an Weihnachten denke, sehe ich meine Mutter. Wie sie am leuchtenden Baum steht und sagt: «Das war das Lieblingslied meines Vaters», und mit ihrer klaren Sopranstimme singt: «Menschen, die ihr wart verloren.» Wie sie sich mit einem auf den Boden kniet, um ein neues Spielzeug auszuprobieren. Sie liebt Weihnachten, dann ist sie glücklich.

«Komm, wir trinken noch einen», sagt meine Mutter. Wir sind im Theater gewesen. Sie ist zu Besuch in Bonn, wo ich studiere. Sie lädt meine Freundinnen auf einen Wein ein. «Den *Kirschgarten* haben wir mal in Salzburg gesehen», sagt sie dann. Oder: «Klaus Maria Brandauer habe ich zuletzt in der Burg erlebt.» Und dann trinken wir zusammen Wein und rauchen Zigaretten und lachen uns kaputt, und am Ende des Abends weiß sie sogar immer noch, dass meine Freundinnen Annika und Sabine heißen. Später fuhren wir gemeinsam zu den Salzburger Festspielen, ich brachte ihr bei, wie man Aperol Spritz trinkt. Wir stritten darüber, ob man ein Drama in einer Aufführung modernisieren darf. Meine Mutter meinte, es gehöre verboten. Sie konnte sich aufregen wie niemand anderes und wusste immer etwas zu erzählen, und wenn alle schon ins Bett wollten, machten mein Vater und ich und sie uns noch einen Wein auf.

So war das, als ich erwachsen wurde. Als ich studierte, als ich anfing zu arbeiten. Und meine Mutter nicht mehr Arbeiten und kleine Kinder kombinieren musste. Auch wenn ich nie das Gefühl gehabt hatte, sie hätte da groß was kombiniert.

Einmal habe ich in einem Schrank ein Bild gefunden. Da stehe ich auf einem Zaun und schaue mir irgendwelche Pferde an, und meine Mutter steht neben mir und schaut mich an. Als ich das Bild sah, dachte ich: Da war ich klein, und trotzdem hat sie mich gemocht. Und ich mochte sie. Vielleicht war doch nicht immer alles so wie die Sache mit den Schuhen und dem Mathelehrer und Susanne, dachte ich. Und vielleicht war das auch gar nicht so verkehrt gewesen.

Mein Onkel und meine Tante begannen schon mit dem Streit ums Erbe, lange bevor meine Großmutter starb. «Macht dich das nicht wütend, Mama?», fragte ich.

«Nein», sagte sie, «man soll sein Herz nicht an Dinge hängen.» Ich habe auch viel gelernt von ihr.

«Willst du mal mein Geschenk auspacken?», fragte meine Mutter. Es waren so viele Geschenke, dass fast der ganze Wohnzimmerboden bedeckt war. Neben dem Weihnachtsbaum fand ich ein großes Paket mit einer roten Schleife, auf der «Jule» stand. Es war weich. Ich setze mich zu meiner Mutter und packte es aus. Es war ein Cocktailkleid. Ein schwarzes, knappes. Genau so eines, wie es viele Frauen trugen. «Du warst bei Silvie», sagte ich erstaunt. Das war meine Lieblingsdesignerin. Und dann ging ich raus und zog es an. Ich stellte mich vor den Spiegel. Fast hätte ich geheult.

«Was machen wir an Weihnachten?», fragt mein Freund. «Lass uns mal schauen», sage ich. Es stimmt nicht. Ich lüge ihn an. Ich weiß, was wir machen, aber ich kann es ihm noch nicht sagen. Vielleicht will er ja gar nicht.

Ich habe ein Kind bekommen, es ist erst ein paar Wochen alt. Manche Menschen sagen, dass ein Kind einen Menschen total verändert. Bei mir ist das anders. Ich bin einfach nur noch mehr ich selbst geworden. Alles ist gut. Alles war immer schon gut. Ich habe die besten Eltern der Welt. Ich werde alles genau so wie sie machen, bei meinem Kind, ich werde alles total anders machen.

Wir sitzen im Zug, im Kleinkindabteil, lauter stillende Mütter. Wir reden von zu wenig Schlaf, von Baby-led Weaning, wo das Kind selbst bestimmt, wann es nicht mehr gestillt wird. Wir sind eine neue Generation Mütter, wir reden über Teilzeit und Freizeit und ob man wohl jemals wieder ausgehen wird. Wir reden über unsere Eltern, welche Art von Eltern wir selber sind, wir reden darüber, dass dies das erste Fest sein wird, wo unsere Kinder dem Jesuskind Konkurrenz machen.

Ich bin glücklich.

Ich werde ein Kind in das Haus bringen, in dem ich Kind war. Ich verstehe mich gut mit meiner Mutter, seit ein paar Jahren schon. Sie ist wie eine Freundin, es ist anders jetzt. Wir reden, wir lachen, wir machen Sachen zusammen.

Ich freue mich darauf, meinem Freund das alles zu zeigen. Nicht die dysfunktionale Familie, sondern die andere, die, die zusammenhält. Die lauter kleine gewachsene Traditionen hat, vor allem an Weihnachten.

An Heiligabend hat mein Freund einen Anzug dabei, darum habe ich ihn gebeten.

Das Glöckchen klingelt, das Christkind war da. Die Kinder meiner Schwester laufen die Treppe runter. Mein Freund läuft mit. Mein Kind fängt an zu schreien. Es schreit und schreit und schreit, und ich muss mich entscheiden, ob ich nun Mutter bin oder Tochter. Ich bleibe oben. Versuche, das Kind zu beruhigen. Es gelingt mir nicht.

Mein Freund kommt die Treppe hoch. «Bist du verrückt? Was ist das denn da unten? Deine Nichten tragen Gedichte am Baum vor. Warum lässt du mich alleine?» Wir streiten, flüsternd, weil das Kind endlich eingeschlafen ist. Ein Flüsterkrach, unser erster. Mein Freund wird so wütend, dass er wieder geht.

Ich bleibe alleine zurück in meinem Schaukelstuhl. Auf einmal ist das Vertraute mir fremd. Da unten feiert meine Familie, mein Vater, meine Mutter, meine Schwestern.

Da unten findet gerade mein Freund all diese Traditionen höchst befremdlich. Ist er jetzt meine Familie? Oder die anderen? Es ist wieder da, dieses Gefühl, das ich als Kind hatte.

Mein Neffe kommt die Treppe hoch, er bringt mir etwas zu essen, dann geht er wieder. Ich mag ihn sehr.

Ich sitze oben in meinem Zimmer, es ist dunkel. Ich halte mein Kind im Arm. Ich denke darüber nach, wie unser Leben wird. Ich male mir alles Mögliche aus. Meine Tochter atmet ganz leise ein und aus.

Ich werde gleich runtergehen. Aber jetzt noch nicht.

Ocke Bandixen

Möbelhändlerweihnacht

Es begann immer mit einem Klopfen. Erst Pochen, dann Tackern mit einem Schlüssel oder einem Ring am Finger gegen die Schaufensterscheibe. Dann wurde gedröhnt, gedroschen, gedonnert. «Hallo! Ist da noch jemand? Kundschaft! Ich bin's!»

Wir hatten unseren Möbelladen am 24. Dezember pünktlich wie an einem regulären Sonnabend geschlossen, mittags um 12 Uhr. Wer «ich-bin's»te da? Jetzt, als endlich auch für unsere geplagte Händlerfamilie die heilige Zeit beginnen sollte? Nach all dem Gerenne zwischen Gestecken und Gedecken und Rabattaktionen, mit Weihnachtsdekoration nicht nur in den Schaufenstern, sondern auch zwischen den Sofas und Beistelltischchen und Schaukelstühlen und Taschenfederkernmatratzen 90 × 190, «geht aber auch größer!».

Meine Eltern, meine Geschwister und ich hatten uns die Feiertage besonders verdient. Im Rundfunk hatte der Sprecher des Einzelhandelsverbandes von einem «durchwachsenen, doch zufriedenstellenden Verkaufserfolg in einer immer schwieriger werdenden Branche» gesprochen. Genau, hatten wir alle gedacht. Wir Kinder hatten im Laden ausgeholfen, wie man das so machte in einer «immer schwieriger werdenden Branche» mit immer älter werdenden Eltern.

«Ich bin's, macht doch mal auf!» Wenn einer sich nun aus der Mittagsruhe reißen ließ und, leise!, die Ladentür wieder aufschloss, dann konnte der andere, also der vor der Tür, der von draußen, der Anklopfer, der Eindringling, sich mehr als glücklich schätzen.

Jedes Jahr kamen welche. Es waren richtige Onkel, Nennonkel, Nachbarn und verschwägerte Cousins von irgendeiner Seite, Feuerwehrkameraden meines Vaters oder alte Bekannte meiner Eltern, bei denen sich niemand erinnern konnte, woher und warum man sie überhaupt kannte. Allerdings, jemanden in der Kleinstadt, in der wir lebten, nicht zu kennen, war schwerer als das Gegenteil.

«Psst!» Der Mittagseindringling kam auf leisen Pfoten, sprach gedämpft, sah sich über einem hochgeschlagenen Mantelkragen verstohlen um, ob er nicht doch gesehen worden war. Denn er kam nur aus dem einen, nur zu verständlichen Grund: Er brauchte sofort, jetzt, unverzüglich und ohne lange zu überlegen, ein Geschenk. Es konnte sein, dass es für seine Frau war. Das war am wahrscheinlichsten. Oder, bei Junggesellen, für die alte Mutter. Oder für die Schwester.

Das Problem betraf ausschließlich Männer. Für sie waren die Festtage wieder völlig überraschend gekommen. Und jetzt also für unseren klopfenden Onkel, der von einem Bein aufs andere trat.

Ein Geschenk? Für uns kein Problem. Diese weihnachtlichen Notfälle lagen alle recht ähnlich. Wir hatten da auch schon so eine Idee. «Ein Zeitungsständer, Kurt! Hier, Eiche massiv! Oder hier drüben, Buche natur. Ist doch schön. Habt ihr noch nicht, oder?»

Kurt wusste es nicht so genau, nickte aber schon mal. «Meinst du? Zeitungsständer, da freut sie sich drüber?»

«Kannst du so im Kofferraum mitnehmen.» Dieses

Argument war das Trumpf-Ass. Ob der Zeitungsständer nun schön war oder zum restlichen Möbelensemble passte – dass er sofort mitnehmbar war, hatte eine so wuchtige Überzeugungskraft, da konnte die Holzart keine Rolle mehr spielen.

Entweder Onkel Kurt nickte, bezahlte, tippte sich an die Mütze und verschwand, den Mantelkragen wieder hochgeschlagen, mit einem zufriedenen Lächeln auf den Lippen und einem Zeitungsständer unterm Arm, dem wir noch eine Schleife mit Tannenzweig verpasst hatten.

Oder der Onkel zweifelte. «Eiche massiv? Buche natur? Meinst du?»

«Ja, klar, oder Birke lackiert! Hier, auch schick, ist ein Einzelstück!» Jeder, der einen Einblick in den Einzelhandel genossen hat, weiß, wie sich die Sprache von Verkäufern ändert, sobald sie auf ihre Opfer angesetzt werden. Sie preisen und schmeicheln und loben und locken. Der Kunde kaufte die Inszenierung mit. Einzelstück! Das zeugte von Expertise und sicherem Blick: Schatz, das war ein Einzelstück, das habe ich für dich entdeckt unter lauter austauschbaren Teilen, die zu einem stilvollen Haus wie unserem (dank dir, Schatz!) nicht passen.

Einzelstück klang jedenfalls besser als Restposten, Ladenhüter oder, wie mein Vater die vergessenen Endstücke lang verkaufter Kollektionen nannte, «alte Räuber». An Weihnachten zur Mittagsruhe schlug ihre große Stunde.

Über die Jahre haben um diese Zeit viele Zeitungsständer unseren Laden verlassen wie begnadigte Strafgefangene. Manchmal – um Hausfrauen, die sich noch ohne Scham so bezeichnen ließen, eine Freude zu machen, wurde noch eine Flasche gute Politur draufgelegt.

«Schützt ideal», schon der Untertitel und die Gebrauchs-anweisung «Einmal wischen, Holz erfrischen» erhöhten den ideellen Wert des Last-Minute-Geschenkes.

«Zeitungsständer!? Was sollen wir denn damit?»

Dieses Gegenargument des nur durch unsere fest-liche Gnade bedienten Hilfsbedürftigen war eine Unver-schämtheit. Aber geübte Verkäuferinnen und Verkäufer, wie wir es waren, ließen so etwas vorbeiziehen wie abge-nudelte Weihnachtsschlager.

Nun trat Plan B in Kraft: Angriff auf andere Kleinmö-bel, deren größter Vorteil immer lauten musste: Kannst du gleich mitnehmen! Wer wollte sich mit einer ange-zahlten Wohnzimmerschrankwand unterm Mistelzweig blamieren? Auch konnte man als erfahrener Vertreter des Einzelhandels unschwer ausmachen, dass der Onkel kein Interesse an üppigen Geldausgaben hatte.

Dennoch, vorzeigbar musste das Geschenk sein. Manch festlich geschmückte Weihnachtsstube ist schon verschandelt worden durch das in Plastik eingeschweiß-te Lattenrost 100 × 200, verstärkt mit Schiebeelementen im Lendenwirbelbereich. Und wer könnte ein großes Stück Marzipan ungetrübt verspeisen im Angesicht eines wasserundurchlässigen Matratzenschoners? Oder eines Kellerregals für überzählige Schuhe?

Die Maßgabe lautete also: Es musste sich neben dem Tannenbaum gut machen. Also traten sie nacheinander an wie die Preise in einer altmodischen Spielshow. Näh-kästchen zum Beispiel, gern zweimal angeboten, denn der Wert dieses nützlichen Klappmöbels stieg erfah-rungsgemäß bei Mehrfachnennung, sank allerdings ein wenig mit der Antwort: «Hat sie schon.» – «Und fürs Wochenendhaus?»

Dann eben Satztische. Dabei handelte es sich um eine Dreiergruppe ähnlicher Tischchen unterschiedlicher Größe, die übereinandergeschoben einst in vielen Wohnzimmerecken Staub sammelten. Sie hatten als schick gegolten, als praktisch und, das war entscheidend, als gutes Geschenk.

«Haben wir auch schon! Habt ihr nicht was anderes?»

Der Onkel wurde allmählich unruhig, und wir merkten, dass es mit dem Plan vom schnellen Notverkauf und dann rasch wieder aufgenommenen Mittagsschlaf schwierig werden würde.

Stärkere Gifte mussten her: «Blumenbank mit Kacheln»? Seit Jahrzehnten aus der Mode, aber bei älteren Semestern beliebt wie alte Urlaubspostkarten. Immerhin, der Onkel überlegte. Dann doch Kopfschütteln.

«Tablett mit Messingbeschlägen und Intarsien?» Fremdworte erhöhten den ideellen Wert. Der Onkel blickte auf das angebotene Stück, fasste es kurz an. «Ach, nee.»

Wie hartleibig! Wie widerspenstig und uneinsichtig! Wir ahnten, warum des Onkels familiäre Situation als angespannt galt.

Dann eben: «Ein Spiegel, für den Flur.»

«Haben wir schon.»

«Klar, aber nicht so einen!»

«Doch, haben wir geerbt, von meiner Schwiegermutter.»

Dann weiter: «Dieses Gewürzregal könnte ich dir geben.»

Man beachte die Wortwahl in diesem Stadium des Beratungsgespräches. Wir könnten es, *könnten*, es Onkel Kurt geben. Wir *mussten* überhaupt nichts. Er war es schließlich, der ein Geschenk brauchte, nicht wir! Wir hatten mit allen das Weihnachtsgeschäft in unserem Möbelladen überaus erfolgreich bestritten. Auf diesen kleinen Fisch waren wir nicht angewiesen. Nein. Wir nicht!

Wir *könnten* also.

«Gewürzregal?»

«Das ist jetzt sehr im Trend!» Dieses etwas welke Argument benötigte noch eine saftige Zugabe. Bitte sehr: «Monika hat doch auch Geschmack!»

Dieser Hieb war riskant. Doch der erfahrene Last-Minute-Verkäufer kennt seine Waffen. Und die Vornamen der Ehefrauen gehörten zu den Hausaufgaben. Man wagte es, den Namen Ehefrau auszusprechen und mit dem Begriff des Geschmacks zu koppeln. Der gute Verkäufer erinnerte vage die Möbelkäufe der Teuersten; was sie für die Küche ausgesucht hatte (Birke, lackiert), was für das Schlafzimmer (Taschenfederkernmatratze, alle halbe Jahre wenden!) und was für das Wohnzimmer nicht geklappt hatte («Kirschbaum? Nee, da sieht man ja alles drauf! Wir gucken noch in einem anderen Laden. Komm, Kurt!»).

«Ja, nee, Geschmack hat sie.» Und schon hatte das Möbelhändlerfamilienmitglied einen entscheidenden Schritt im Verkaufsgespräch gemacht: die direkte Kontaktaufnahme. Jetzt hieß es, nicht ungeduldig zu werden oder den Kunden mit zu viel Nähe zu bedrängen! Also keinesfalls nachlegen mit Worten wie: «Ja, Geschmack, und was für einen, Junge, Junge!» Und erst recht nicht das bekannte reibende Fingerzeichen für Geld vollführen.

Unser Nervenkostüm war im Weihnachtsgeschäft reichlich strapaziert worden. Überstunden, verkaufsoffene Sonntage, teure Anzeigen, die nur schleppend den anvisierten Kaufimpuls auslösten. Natürlich waren wir alle belastbar, ungefähr wie eine frisch gewachste Eichentischplatte («Da siehst du nix, einfach drüber, und alles ist wieder schier!»). Aber nun, am 24. Dezember mittags, waren auch wir langsam mürbe geworden.

Manche Kommode oder Eckbank war in den letzten Wochen schon leicht unter dem ursprünglich angepeilten Verkaufspreis verkloppt worden mit den abendlich in der Familienrunde benickten Worten: Dann ist die auch mal weg, die Eckbank. Oder die Kommode. Die konnte auch gut mal weg!

Die ultimative Steigerung erfuhr die Argumentation vor dem erschöpften adventlichen Familiengericht mit den weisen Worten, die als finales Argument angebracht waren, wenn sonst nichts half: Weg ist weg! Was bedeutete: weit unter Preis verkauft. Was, die hast du für *den* Preis verkauft?

Und ein subtile Melodie mischte sich in den alljährlichen Singsang der Vorweihnachtszeit: die der drohenden Inventur. Stets zwischen den Jahren angesetzt und ebenfalls, nach kurzer Atempause während der Festtage, ein großfamiliäres Ereignis. Inventur: Das war das katalogisch genaue Erfassen der bestehenden Waren. Ohne Ausnahme, ohne Gnade, ohne Verzögerung. Wie wertvoll wurde in diesen Tagen ohne Müßiggang und ohne Tageslicht jedes verkaufte Stück, das eben nicht mehr gezählt werden musste!

«Beim Gewürzregal, kann man da am Preis noch was machen?»

Der Onkel schätzte seine Lage in dieser Phase der Verkaufsbeziehung offenbar eher unsicher ein. Nein, bei dem Preis konnte man natürlich nicht *noch was machen!* Schließlich lebten wir, auch wenn Weihnachten war, in einer funktionierenden Marktwirtschaft. Und das hieß, dass die Nachfrage den Preis bestimmte. Feierabend!

«Eher nicht, Kurt!»

Diese Absage passte nicht ganz in die besinnliche Stimmung, nun, da der Trubel schon einem sich entfernenden Schlitten mit Geläut glich. Aber langsam war es auch mal gut!

Und der Gedanke an die Inventur, also dass mit dem Gewürzregal ein weiteres für die Jahresbilanz unerhebliches Stück den Laden verlassen könnte, dieser Gedanke war zu schwach. Noch hatten wir ein Rest Möbelhändlerwürde. Auch wenn jetzt die Müdigkeit an ihr kratzte.

«Dann also doch der Zeitungsständer, Kurt? Ist ja nun auch bald Zeit.»

Man kannte das. Manches Verkaufsgespräch dreht zum Anfang zurück. Man wird kompromissbereiter, wenn die Stunde schlägt. Und das tat sie. Draußen, wir registrierten es mit feinem Lächeln, ertönte die Glocke des Kirchturms zur nächsten vollen Stunde.

Zeit für einen Hieb: «Wo willst du denn jetzt sonst noch hin?»

Der Verkäufer, stets Freund und Helfer, in diesem Fall auch noch verwandt! Nein, wir konnten wirklich kein Wässerchen trüben. Aber schließlich verzichteten wir in dieser angespannten Lage darauf, ans Schaufenster zu treten und auf all die anderen, längst fest verschlossenen Ladentüren zu verweisen. Was willst du sonst denn noch kaufen? Ach, drüben beim Ofensetzer ist ja noch Licht! Oder: Beim Gemüsehändler stapeln sie noch die Kisten. Vielleicht einen schönen Sack Kartoffeln?

War da nicht dieser schlichte, gleichwohl formschöne, dieser praktische, solide, dieser zeitlos moderne hölzerne

Zeitungsständer die allerbeste aller jetzt noch denkbaren Möglichkeiten?

«Geht das auf Rechnung?»

Der Onkel spielte auch seine Trümpfe aus. Wer wären wir denn, dass wir in dieser stillen Nacht sagen würden: Nein, in dieser Herberge ist kein Platz für Knicker und Knauser, für angeblich klamme Typen, die sich nicht rechtzeitig um ein anständiges Geschenk gekümmert haben?

Die Blöße konnten wir uns nicht geben. Der Skonto bei Barzahlung würde aber schon mal wegfallen.

«Welchen denn: Eiche massiv oder Buche natur?»

«Den da, der geht ja noch.»

«Ich leg noch eine Zeitung rein, dann sieht das gleich nach was aus.»

Dem Kunden wurde schließlich mit der Ware zugleich ein gutes Gefühl verkauft. «Und noch die Zweige hier!» Ein Stück Weihnachtsdeko, das wir nicht mehr abbauen mussten. «Und vielleicht noch unser aktueller Prospekt? Sind einige interessante Angebote drin. Für Kenner, Kurt!»

Der Onkel, längst geschlagen, nahm auch diesen Hieb hin, wartete, schielte verstohlen auf die Armbanduhr, während wir den Auftrag schrieben, die Zahlungsmodalitäten eintrugen und einen Stempel aufs Papier drückten.

«Und kann ich sonst noch was für dich tun?»

Onkel Kurt schüttelte matt den Kopf. Er hing in den Seilen unserer einladenden Verkaufsräume, den Zeitungsständer unterm Arm samt Zeitung, Prospekt und Tannengrün. Aber auch erleichtert, erschöpft vom schlechten Gewissen, von der Torschlusspanik, die nun ein Ende gefunden hatte. Dem Zeitungsständer sei Dank.

Ein festliches Lächeln umspielte unsere Lippen, als wir – die Rechnung hineingelegt – die Kasse mit einem vernehmlichen Ruck schlossen. Was wäre Weihnachten ohne Last-Minute-Käufer? Ohne Verwandte, die sich auf uns, ihre Möbelhändlerfamilie, verlassen konnten, selbst in letzter Minute?

Aus purer Bosheit legten wir noch das Fläschchen Politur dazu. «Hier, Onkel Kurt, zur Pflege, geht aufs Haus. Einmal wischen, Holz erfrischen! Sagt auch Stiftung Warentest. Schöne Grüße – frohes Fest.»

Helmut Maaß

Verhoben

Vermutlich habe ich meinen Körper jahrelang überfordert. Das tägliche Heben und Bewegen schwerer Bücherkisten in meinem kleinen Buchladen war am Ende zu viel. Nun ist die Leiste hin. «Die Ladenkasse war zu voll», mutmaßt Onkel Erich. Aber das kann ich leider ausschließen. Erich lebt ein paar Straßen weiter in unserer kleinen Stadt und ist gerade Rentner geworden. Obwohl eigentlich Maurermeister, gilt er als ärztliche Kapazität der Familie und glänzt mit Erfolgsberichten aus seinem Medizinerleben. Bis 1989 diente er als Sanitäter in der Kampfgruppe seines Baukombinates. Die Sani-Tasche überführte er nach der Wende treuhandgemäß in seinen Privatbesitz.

Es ist nur natürlich, dass ich den drohenden Krankenhausaufenthalt mit ihm bespreche. Ich möchte mich ungern in unserer Stadt operieren lassen. Zu viele Leute kennen mich hier. «Hat mir nichts ausgemacht!», winkt Erich ab. «Als das Jucken nicht mehr auszuhalten war, bin ich einfach hier ins Krankenhaus, und das war gut so!» Kurz vor der Operation sei eine Klasse von Schwesternschülerinnen in sein Zimmer geführt worden. Der Arzt habe ihn gebeten, den Unterricht zu bereichern. Dieser kollegialen Bitte sei er selbstverständlich nachgekommen. «Bug voran, Heck in die Höhe», erläutert Erich. So habe er sich aufs Bett gekniet. Spitze Schreie und polyphones Aufstöhnen hätten bewiesen, dass sein Einsatz nachhaltig der Wissenschaft gedient habe.

Nun möchte ich erst recht in die Nachbarstadt. Der Chefarzt dort gehört zu unseren Kunden.

«Bleiben Sie angezogen, den Bruch sehe ich schon so», winkt er ab, als ich an einem lichtlosen Novembertag durch seine Tür trete. «Nur habe ich keine Termine mehr!» Der einzige, den er speziell für mich, aber nur ausnahmsweise und gegen die Regel, arrangieren könne, fällt in die Vorweihnachtszeit. Leider völlig unmöglich für mich. Das ist die arbeitsintensivste Zeit im Buchhandel. «Können Sie das einrichten?», fragt er. Ich bin Kassenpatient: «Selbstverständlich!»

Es ist ein glücklicher Umstand, dass wir die Buchhandlung bereits geschmückt haben. Wir legen in diesem Jahr keine Tannengirlanden aus Kunststoff ins Schaufenster, denn selbst die nadeln. Wir hängen Kugeln an die Decke. Die Kunden bemerken sie kaum. Eine Kollegin aus der Kreisstadt hat im vergangenen Jahr einfach vergessen, ihren Laden zu schmücken. Den meisten sei das nicht aufgefallen, hat sie berichtet, und die anderen hätten sich gefreut, in einer kitschfreien Zone einzukaufen. «Das könnten wir doch auch machen», habe ich meiner Frau vorgeschlagen. «Es einfach vergessen!» Sie hat mir schweigend den Karton mit den Kugeln hingestellt. Vielleicht ist unsere Stadt zu klein, um Weihnachten zu leiden. Kugeln also.

Und ein leuchtender Weihnachtsbaum im Portal des Spitals. Am festgelegten Tag darf ich ihn bereits kurz vor sieben bewundern. Onkel Erich hat mich hergefahren. «Sie haben für dich geschmückt», erkennt er. Die Vorfreude ist begrenzt. Zwei grün gewandete Damen beäugen die Verkabelung am Baum und prüfen die Symmetrie der Zweige. Ich frage, wo ich einchecken dürfe.

Bei ihnen jedenfalls nicht, geben sie prustend zur Antwort. «Wir sind die Putzkolonne.» Aber da hinten, wo *Dienstzimmer* draufstehe, da sei tatsächlich eins drin.

Mit verzagtem Morgengruß poche ich an die angelehnte Tür. Die Gesichter von drei Krankenschwestern wenden sich zu mir um, und ich erschrecke. Eines dieser Gesichter kenne ich doch? Ja! Das gehört einer Stammkundin. Richtig, jetzt fällt es mir ein, Vera Hänsel arbeitet als Krankenschwester. Und nun weiß ich auch, wo. Stimmt. Sie liest gern Schicksalsromane und hat auch schon Kinderbücher gekauft.

«Zimmer eins», erklärt sie, neutral lächelnd. «Gleich neben dem Eingang!» Dort breitet sie ein OP-Hemd auf das höhenverstellbare Bett mit dem anheimelnden Metallrahmen. Ein Häubchen und ein weißer Netzschlüpfer rauben mir den letzten Rest meiner literarischen Würde. Die Kundin, jetzt nur noch Schwester Vera, rückt mit einem Elektrorasierer an. Hinlegen. Schon schert sie drauflos. Es brummt. Es zwickt. Haben wir nicht erst vor kurzem noch schöngeistige Gespräche geführt?

Ich erinnere laut daran, dass sie einige Rosamunde Pilcher bei uns gekauft habe. «Und ein Aufklärungsbuch für meine Tochter», erwidert sie. Der Gedankenaustausch gerät ins Stocken. In Erinnerung an das aufklärende Werk legt sie unten pragmatisch etwas von rechts nach links, um Fläche für den Rasierer zu schaffen. «Wat mutt, dat mutt!», murmelt sie. Ich fühle mich entmannt. Das Laken sieht aus wie nach der Wildschweinschur.

Ein Blick in den Spiegel. Eine fette Made blickt zurück. Da kann ich mir auch die Haube aufsetzen. Und Weihnachten wird gefastet, das ist schon mal klar. Meine Frau wird ja unterdessen von selbst schlank. Das ist der gesundheitsfördernde Aspekt der doppelten Arbeit, die sie in der nächsten Zeit leisten muss. Sie macht Fitnesstraining, während ich mich nicht bewegen darf. Sie darf morgens die neu angelieferten Bücher auspacken, tagsüber schwungvoll durch den Laden laufen und Kalorien im Gespräch mit schwierigen Kunden verbrauchen. Sie wird Bücher aus den Regalen ziehen und wieder einordnen und nach dem Abschließen der Tür aufräumen und dabei die ganze Zeit Muskeln aufbauen.

Ich hingegen werde auch die letzte verbliebene Muskelmasse verlieren. Ich werde gerollt. Durch lange grämlich beleuchtete Flure. In einen Fahrstuhl. Durch weitere lange Flure. Der schiebende Pfleger stellt mich in einem zugigen Gang ab und verspricht, mich gleich wieder abzuholen. Tut er nicht. Da stehe ich liegend. Aus einer Nische mit einem Kaffeeautomaten, wohl einer Art Zwischenaufenthalt für das Personal, leuchtet ein Adventskalender. In unserer Buchhandlung wurde der nicht erworben. Das ist Discounterware, in China gedruckt. Mal zählen, wie viele Türchen geöffnet sind. Und wie viele noch bleiben. Er hängt zu weit weg, als dass ich die Bildchen erkennen könnte. Die Kerze in der Mitte, ein flackerndes Lebenslicht? Ist hier der Flur für die aufgegebenen Fälle?

Nein. Irgendwann, man dürfte schon ein weiteres Türchen öffnen, nähert sich eine ungewöhnlich kleine Dame. Sie gibt sich als Anästhesieassistentin zu erkennen. Sie ist so winzig, dass sie mir bekannt vorkommt. Spielt sie an freien Tagen im *Tatort* mit? Zwei forsche Helfer bugsieren meinen Körper durch eine Schwingtür und durch noch eine und wuchten ihn in einem hellen Raum auf eine Schlachtbank. Ist dies die Rechtsmedizin?

«Beginnen wir mit den Grausamkeiten», frohlockt die Kleinwüchsige und verschafft sich an meinem linken Handrücken Zugang für Kanülen aller Art. Der Chefanästhesist schiebt sich ins Bild. «Ah!», begrüße ich ihn mit gesammelter Zuversicht. «Wie lange werde ich eigentlich ...?», ja, wie sagt man eigentlich? «Kurz vor Heiligabend wachen Sie wieder auf», erlaubt er sich zu scherzen. Schon spüre ich, wie ich müde werde. Ich bin dann mal weg.

Gegen halb elf dämmert es in den verbliebenen Zellen meines Gehirns. Aufwachen. Ich bin wieder da, nur woanders. Rechts wird geächzt. Ein großzügig eingegipster Mann verlangt nach stärkeren Drogen. Ich habe keine Schmerzen oder spüre sie noch nicht. Ein Tropf entleert sich in die linke Hand. Der Anblick der stetig fallenden Tropfen bringt etwas ins Bewusstsein. Ich würde gern aufstehen und – «Sie bleiben liegen!», erschallt es scharf. Ah, eine Diensthabende. «Ich bringe Ihnen eine Ente!» Und als nachgeschobenen Routinescherz: «Statt Weihnachtsgans.»

Es gibt Situationen, in denen werde ich ungern beobachtet. Der Unfall guckt nicht, aber die Diensthabende steht erwartungsvoll da. Gleich könnte noch die Schiebetür aufgehen, um weitere interessierte Zuschauer einzulassen. Wer späht durch die Kamera hinten im Winkel unter der Zimmerdecke? «Machen Sie was für YouTube draus?», frage ich. Die Reaktion fällt steinern aus. «Lesen Sie?», setze ich versöhnlich nach. «Weil, ich bin ja Buchhändler.» Schwacher Versuch. Keine Antwort. Da bringe ich nur ein Pfützchen zustande.

Aber schön hier im Ruheraum. An der kahlen Rückwand hängen schlaff zwei Tannengirlanden aus echten

Plastiknadeln. Sind es die, die wir in der Buchhandlung aussortiert haben? Ich hatte gelesen, dass das Krankenhaus sich über Spenden freut und bewusst recycelt. War meine Frau hier? Vom Flur spült gestreamte Weihnachtsmusik herein, die saisonalen Spotify-Charts. Haben wir in diesem Jahr aus dem Laden verbannt. Es gibt genug Gedudel. Im letzten Jahr kam ein Herr in Uniform in den Laden, ein Feldwebel, um nach Weihnachtskarten mit Musik zu forschen. Meine Frau zeigte sie ihm: «Zwölf unterschiedliche Bildmotive! Aber die Melodie ist immer dieselbe: ‹Stille Nacht›.»

«Zwölf verschiedene?», rief der Feldwebel staunend. «Nur die Melodie ist immer dieselbe», beruhigte ihn meine Frau. Er öffnete die erste Karte, tatsächlich: «Stille Nacht»! Er klappte sie wieder zusammen und ergriff die zweite. Meine Frau stutzte. Abermals ertönte quäkend «Stille Nacht». Der Webel vom Feld lächelte ungläubig. Ich krauste hinter der Kasse die Stirn. «Nur die Bildmotive unterscheiden sich», erklärte meine Frau noch einmal. «Die Melodie ist immer ...»

Er hatte bereits die dritte Karte aufgeklappt.

«... Stille Nacht», seufzte meine Frau. Er klappte die vierte Karte auf. Meine Frau zog sich zurück. Ich wartete statuenhaft an der Kasse. Nachdem der Mann alle zwölf Karten aufgeklappt und durchgehört hatte, verließ er verwirrt murmelnd und ohne einzige Karte unsere Buchhandlung. Ich habe das Militär immer mit einer gewissen Skepsis gesehen. Aber die Feldwebel sind ein eigener Schlag. Und ist meine Frau jetzt allein mit dergleichen Weihnachtsverwirrten? Oder hat sie Vetter Franz zu Hilfe gerufen?

«Der Leistenbruch kann abgeholt werden», tönt es

durch die Tür. Ich fühle mich persönlich angesprochen. Es kommt Bewegung in den Stillstand. Für einen Moment. Dann wird draußen geflucht, kurz, aber überzeugend. Die Steinerne kommt herein und teilt uns Wiedererwachten mit: «Die Fahrstühle sind ausgefallen. Alle beide. Die Reparatur läuft. Aber das wird dauern, das kann ich Ihnen sagen.»

Im Buchladen hatten wir mal einen Heizungsausfall in der Vorweihnachtszeit. Die Verweildauer der Kunden reduzierte sich massiv. Die Beratung musste knapp und präzise ausfallen. Der Bilanz schadete das nicht. Wenn die Heizung rundläuft, sammeln sich häufig Leute vor den Regalen, die sich lediglich aufwärmen wollen und dann so tun, als wollten sie etwas suchen. «Kann ich Ihnen helfen?» – «Nein, danke, ich sehe mich erst mal um.»

In der Weihnachtszeit verirren sich Literaturferne und sogar Leseunkundige in den Laden. «Haben Sie Glühwein?», fragen sie und sind verwundert bis verärgert, wenn wir den gerade nicht abzapfen können. «Oder Zuckerwatte?» Ebenfalls nicht. «Sie wollten doch im Winter Waffeln anbieten!» Nein, das war die Eisdiele nebenan. Solche Kunden sind oft böse, dass wir nichts backen oder ausschenken, und verlassen den Laden so stürmisch, dass schon mal ein Stapel Bestseller dabei zu Boden geht. Die Mäntel sind lang im Winter und schwingen bei schnellen Wendungen. Daher die Eselsohren im Buchumschlag.

Hier jetzt finde ich mich mit der Langsamkeit ab. *Wir warten auf den Weihnachtsmann* hieß früher eine Sendung, die unruhige Kinder zur Geduld erziehen sollte. Doch nach einer weiteren Stunde friedfertigen Aufwachens komme ich mir geheilt vor und biete an, zu Fuß ins Nachbargebäude zu humpeln. Es sind allenfalls fünfzig Meter.

«Ich auch!», schließt sich der Verkehrsunfall an. Er hat ein Bein und beide Arme in Gips. Leicht wäre es nicht für ihn. Dass er es solidarisch anbietet, rührt mich. Nicht jedoch unsere steinerne Aufpasserin. Sie geht gar nicht erst auf uns ein. «Hatten Sie heute was Lustiges im Adventskalender?», frage ich demütig. Keine Antwort.

Zwei Stunden später trifft die Nachricht ein, ein Fahrstuhl funktioniere wieder, er hätte eine Probefahrt überstanden, sowohl ab- als auch aufwärts. Ich darf als Erster die Party verlassen. Abermals geschoben. Schwester Gerlinde verfügt über einschüchternde Oberarme. Im Fahrstuhl frage ich, was passieren könnte, wenn wir jetzt stecken bleiben würden. «Dann müssten Sie ein Stück zur Seite rücken, damit ich nicht zu stehen brauche!», erwidert sie, ohne zu überlegen. Ich lache untertänig. Offenbar hat sie in der Fortbildung den Umgang mit um Smalltalk bemühten Patienten erlernt.

Zimmer eins, gleich neben dem Eingang, scheint unverändert. Das Nachbarbett ist unbelegt geblieben. «Die meisten wollen nicht gerade in der Weihnachtszeit operiert werden», erläutert Gerlinde mit einem Unterton von Ärger. «Dabei machen Sie es den Patienten doch wirklich gemütlich!», behaupte ich. Sie lächelt schräg.

Und nun das noch: Das Bett lässt sich nicht absenken. «Verflixt noch mal!» Sie presst einen, dann zwei, dann zornig sämtliche Knöpfe der Bedienungseinheit. Auch andere Funktionen, etwa das seitliche Auskippen des Patienten, verweigern den Dienst. «Geht so was nicht auch manuell?», wage ich zu vermuten.

«Sie brauchen ein neues», entscheidet sie. Ich solle mal ganz vorsichtig aufstehen. Ein Pfleger wird gerufen. Er kommt trällernd herein, knapp den Ton von «Jingle

Bells» verfehlend, das gerade in einer barrierefreien Version durch die Gänge suppt. Ich werde aufgesetzt und vorsichtig hingestellt. Ich fühle mich wie altes Blechspielzeug, das bei *Bares für Rares* versteigert wird. Vintage, aber funktioniert manchmal noch. Auf Knopfdruck könnte ich jetzt mechanisch losschlurfen. «Mo-ment!» Schwester Gerlinde zieht einen Plastikbehälter unterm Bett hervor, in dem dunkles Blut schwappt. «Ihr Handtäschchen.» Man hat mir eine Drainage gelegt. Habe ich das unterschrieben auf einem dieser unentwirrbaren Formulare, die niemand lesen mag?

«Das Ersatzbett hat eine Dekubitusmatratze», verspricht der Pfleger. «Die werden Sie genießen.» Dekubitus? Bekommen das nicht die Leute, die bis Ostern auf der Station liegen und dann vergeblich auf Auferstehung hoffen? «Sie können ihm auch das Kaffeegedeck bringen», nickt Gerlinde ihm zu. Er gehorcht. Das Gedeck besteht aus einer Tasse schonenden Heißgetränks plus einem Zimtstern. Kännchen nur draußen, in den Gängen und in den Kommunikationszentralen des Personals.

Die supersofte Matratze macht seekrank. Und die orthopädischen Strümpfe sind ziemlich warm. Mühsam wende ich immer wieder die Bettdecke. Es ist doch reichlich kuschelig hier, während draußen ein Wintergewitter aufzieht.

An exakt so einem dunklen Tag, in meiner Erinnerung zeitgleich mit einem gewaltigen Donnerschlag, betrat mal eine Dame im echten Pelzmantel unseren Laden. Sie war eine Erscheinung aus einer versunkenen Welt, eine Fürstin in unserem kleinbürgerlichen Städtchen. Sorgsam klopfte sie sich den Schnee von den Schultern. In Zeitlupe entledigte sie sich der eleganten Handschuhe.

Kein Tropfen Schmelzwasser sollte einen Büchertisch treffen. Solche Rücksicht erleben wir selten. Dann trat sie in die geographische Mitte des Geschäftes und legte den Zeigefinger der linken Hand an ihre bleichen Lippen. Langsam wie eine alte Weihnachtspyramide begann sie sich um sich selbst zu drehen. Sie suchte wohl etwas? Was suchte sie?

Mein Auftritt war gefragt. Auf der sommerlichen Weiterbildung für Kleine Sortimenter hatte ich mit zahlreichen Gleichgesinnten etwas Verkaufsförderndes eingeübt: den Willkommensauftritt für schwierige Kunden. Jetzt aber. Mit offenem Blick und mit leicht angehobenen, zugleich geöffneten Armen trat ich – nicht zu schnell! – auf sie zu und bot mit warmer Stimme meine Unterstützung an: «Darf ich Ihnen helfen?»

«Weg!», zischte sie und wischte meine kunstreiche Darbietung mit einer harschen Handbewegung beiseite. Ich hatte ihren Gedankenstrom unterbrochen. Verstört, geschlagen, bußfertig schlich ich zurück hinter den Kassentresen. Es dauerte eine Weile, zwei bis drei Blitze und Donnerschläge lang, bis die edle Dame den Weg zu mir fand. Ich lächelte mit liebenswürdiger Zurückhaltung und traute mich zu fragen: «Haben Sie einen konkreten Buchwunsch?»

Sie öffnete die Lippen, kein Wort kam heraus. Vielmehr schaute sie mich zuerst unschlüssig, dann irritiert und bald schon wieder böse an. «Jetzt habe ich es vergessen! Weil Sie mich unterbrochen haben!» In ihrer Majestät gekränkt, jedoch in unantastbarer Hoheit, schritt sie, die feinen Handschuhe überstreifend, aus unserem unwürdigen Laden. Eine Erscheinung.

Und jetzt grollt hier, wie damals, der Donner in der

Ferne und übertönt die weihnachtliche Playlist. Ein Blitz von jenseits des Flusses. Dann einer ganz nah. Er taucht das Zimmer in gleißendes Licht. Und, oh, eine bleiche Gestalt in der Tür! Und wieder Dunkelheit. Wer ist das? Die gespenstische Gräfin? Und wieder Dunkelheit.

«Soll ich Ihnen den Rücken erfrischen?» Ah, es ist nur eine weitere Krankenschwester. «Womit denn?», erkundige ich mich zaghaft. «Mit geheimnisvollen Kräutern!» Sie schwingt einen Lappen und zählt auf: «Kampfer, Thymian, Eukalyptus, Wacholder, Limonen ...»

«Oh, geht das auch innerlich?»

«Wie bitte?»

«Ist das ein Kräuterbitter?»

«Nein, das ist krampflösend.»

«Das meine ich doch! Boonekamp!»

«Nichts da, das ist Aktivgel!» Sie rubbelt mit dem Lappen über meinen Rücken. «Und kühlend ist das!» Merke ich schon. Boonekamp riecht süßer und doch zugleich bitterer. Diesem Gel hier fehlen ein paar entscheidende Kräuter. «Möchten Sie den Lappen aussaugen?», flötet sie, bevor sie geht. «Jetzt nicht mehr», ächze ich. Als ich mich auf den Rücken lege, fühlt sich das Laken an wie ein Gletscher. «Übrigens, Ihre Frau hat angerufen», fällt ihr noch ein. «Sie sollen sich keine Sorgen machen. Ein lieber Cousin sei ihr zu Hilfe geeilt. Hans oder Franz oder so. Sie können ruhig noch hierbleiben.»

Also doch, der Franz. Der Lieblingscousin meiner Frau. Das war er bereits als Kind und erst recht als Teenager. Er hat noch volles Haar und besitzt Oberarme, die Rückenschmerzen oder Leistenbrüche völlig abwegig erscheinen lassen. Meine Haare sind schütter, meine Arme die eines trostsuchenden Intellektuellen. «Seinen Cousin hätte man heiraten dürfen», habe ich hin und wieder in angespannten ehelichen Situationen zu hören bekommen.

«Übrigens, haben Sie sich überlegt, was Sie morgen zum Mittagessen haben möchten?», forscht die zurückgekehrte Gerlinde. Mittagessen? Na, gar nichts. Ich möchte morgen gleich nach dem Frühstück wieder nach Hause! «Ich soll die Speisen für die nächsten drei Tage mit Ihnen besprechen», fügt sie hinzu.

«Auch für die Tage, an denen ich nicht mehr da bin?», wage ich einzuwenden.

«Sie haben es doch schön hier! Hier dürfen Sie ausruhen. Sie müssen nichts tun! Wie ich höre, springt ja Ihr Cousin jetzt für Sie ein!»

Ich knirsche mit den Zähnen. Die Aufbissschiene liegt zu Hause. «Dann bringen Sie mir einfach, was Sie wollen.» So eine Antwort passt nicht in die amtlich vorgesehenen Kästchen. Ich soll jede Mahlzeit bis ins Detail durchgehen. «Fangen wir mal mit dem Heißgetränk zum Frühstück an!» Fenchel? Pfefferminz? Weihnachtliche Kräuter? Schonkaffee? Milch? Das Angebot ist umfassend und sedierend.

Franz also. Ja, er hat mehr Schneid. Er wird sich in der Buchhandlung bewähren. Zum Beispiel bei so einem frechen Fünfjährigen, den wir letztes Jahr hatten. Der einfach die Türen eines verkaufsfrischen Adventskalenders öffnete und sich dann an einem weiteren zu schaffen machte und dessen Mutter ich nur kundenfreundlich zulächelte. Dem hätte Franz eine Ohrfeige gehauen. Vielleicht tut er es in diesem Augenblick! In unserer Stadt gilt das einigen noch als taugliches Erziehungsmittel.

Oder die drei dicken Damen, die bei Schneeregen hereinmatschten und prusteten und schnauften und denen ich eilfertig Stühle herbeirückte, auf denen sie dann sitzen blieben und schwatzten, bis die Scheiben beschlugen. Die hätte er baldigst wieder hinauskomplimentiert! Vielleicht macht er es jetzt gerade? Und ganz bestimmt wird es Franz nicht passieren, dass meine Frau vom dreistufigen Tritt fällt und sich den Fuß verstaucht, weil sie zu viele Bücher aus dem obersten Regal holen will. Er wird die Bücher selbst herunterbalancieren. Oder, viel besser, er wird meiner Frau Hilfestellung geben!

«Ich möchte überhaupt kein Frühstück morgen, ich möchte nach Hause!»

Die Nacht wird unruhig. Die kurze Schlafphase wird von einem Traum zerstört, in dem Cousin Franz sich hohnlachend davonmacht, mit meiner Frau und der Ladenkasse.

Am folgenden Morgen findet sich ein Arzt bereit, die Drainage zu entfernen. Das eingezogene Netz werde für den Rest meines Lebens halten. Ich traue mich nicht zu fragen, wie lang er den Rest einschätzt. «Jetzt tut es noch mal kurz weh», knurrt er und zieht die Kanüle heraus. Ha, gar nicht so schlimm! Aber dann beginnt er, die Lücke zuzunähen. Schrecklich! Für Schmerzmittel ist am Jahresende kein Geld mehr da. «Die Ballettstrümpfe dürfen Sie ausziehen.» Das geht nur mit Gezerre, und das tut auch weh. Besonders zu diesem soßigen Weihnachtsstream. «Wie finden Sie unsere Musik?», fragt der Arzt stolz. – «Passend.»

Fehlt noch der Brief an die Hausärztin. Und der Abholdienst. Mobiltelefonate sind altmodisch verboten. Ich kann das Handy nur flüsternd bemühen. Erich versteht mich nicht. «Abholen sollst du mich!», rufe ich schließlich. «In Zimmer eins!»

Schwester Vera erscheint. «Sie brauchen nicht zu rufen», beruhigt sie. «Sie haben eine Klingel.» – «Ach ja, stimmt!» – «Und was möchten Sie?» – «Äh, ja, ich wollte wissen, ob ich Ihnen in der Buchhandlung etwas zurücklegen darf, als kleines Dankeschön?»

Wenig später rauscht der Onkel ins Zimmer. «Oh, du siehst ja richtig gut erholt aus!», heuchelt er. «Dann habe ich dir also zum richtigen Krankenhaus geraten!»

Zur Strafe muss er mir die Schnürsenkel zubinden. Und das war es auch schon. Das Personal steht nicht Spalier, keine Eskorte trauert zum Abschied. Nur Schwester Vera winkt mit dem Rasierer. Unterm Tannenbaum im Eingang liegen mittlerweile hübsche Päckchen mit Schleifen auf grünem Filz. Wird hier die Bescherung für das Personal vorgenommen? Durfte unsere Buchhandlung liefern? Zu spät für solche Fragen.

Onkel Erich fährt provozierend vorsichtig. Er weicht Gullydeckeln und Schlaglöchern aus. «Du wirst dich in den nächsten Tagen nur eingeschränkt bewegen dürfen», lässt er mich wissen. Er ist der Nachsorgeberater. «Ich empfehle dir, noch mindestens einen Tag zu Hause zu bleiben. Franz vertritt dich sehr gut, finden wir.» – «Schön zu hören.»

Aber am zweiten Tag sitze ich im Büro der Buchhandlung, und am dritten stehe ich beratend im Verkaufsraum, um literarische Fragen zu beantworten wie: «Warum spielen Sie in diesem Jahr keine Weihnachtsmusik?», und: «Wo ist die schöne Tannengirlande, die immer im Schaufenster lag?» Am vierten schlurfe ich bereits wieder bis an die Regale und traue mich, einzelne Bücher herauszuziehen. Ja, mit mir geht es aufwärts. Meine Frau hingegen wirkt leicht überlastet. «Gut, dass du wieder da

bist!», behauptet sie. Franz hat sich zu eigenen Festvorbereitungen verabschiedet.

Am Heiligenabend darf ich der gesamten Familie eine
frohe Botschaft verkünden: Jegliches Heben mittelschwe-
rer bis schwerer Lasten ist von den Ärzten untersagt worden, und zwar «bis auf weiteres». Onkel Erich – «Nur
du weißt wirklich, wie man physiologisch richtig hebt,
Erich!» – ist auserkoren, den Kasten mit dem Weih-
nachtsbier aus dem Keller zu wuchten. «Ja, die Last immer nah am Körper tragen!», lobe ich ihn. Darauf darf
er das Dutzend Glühweinflaschen aus der Speisekammer
holen. «Genau! Nicht nur aus der Hüfte drehen, sondern
mit dem ganzen Körper! Du bist wirklich Mediziner!» In
ein paar Tagen wäre dann noch der Weihnachtsbaum zu
entsorgen.

«Irgendwann muss die Schonzeit aber vorbei sein, so
zerbrechlich kannst du gar nicht sein», schnauft er. «Die
haben doch gepfuscht da drüben! Beim nächsten Mal
lässt du dich gefälligst hier in der Stadt verarzten!»

«Wieso», frage ich mit einem Anflug von Furcht, «wieso ‹beim nächsten Mal›?»

«Na, die Dinger reißen doch immer wieder auf!»

«Ja», lächelt meine Frau. «Du verhebst dich so leicht.
Franz fragt auch schon, wann es wieder so weit ist.»

Clara Ott

Turbulenzen über Grönland

Für Singles ist Weihnachten die schlimmste Jahreszeit. Am liebsten wäre ich dem ganzen Brimborium aus dem Weg gegangen und irgendwohin verreist, allein, ohne Verpflichtungen und schlechtes Gewissen. Nach vielen Telefonaten mit meinen Eltern konnte ich das nicht übers Herz bringen. Ich wollte eh weg aus Kalifornien. So buchte ich ein Ticket nach München, Economy und trotzdem teuer. In meiner Wohngemeinschaft in San Francisco hätte ich alleine auf der Couch gesessen, romantische Filme geguckt und Rotwein und Pizza konsumiert. Durch den Langstreckenflug könnte ich immerhin Heiligabend umgehen. Der Flieger würde am Nachmittag abheben und am folgenden Vormittag in München landen. Von dort würde ich weiterreisen. Zu Hause wäre ich mittags am ersten Weihnachtstag.

Der in kühlem Weiß gehaltene Airport von San Francisco war schrill geschmückt. Selbst im Security-Bereich gaben sich die Mitarbeiter festlich. Sie trugen Rentierpullover und winzige Lichterketten um den Hals, eine Mitarbeiterin hatte sogar Engelsflügel angelegt. Ich trug Jeans, einen grauen Pullover und eine Sonnenbrille. Ich hatte keine Lust auf Blickkontakt.

Wer flog sonst an diesem Tag? Während ich auf das Boarding wartete, beobachtete ich die Passagiere vor den Gates. Eine amerikanische Familie mit drei Kindern, vielleicht auf dem Weg zu den deutschen Großeltern. Daneben ein Paar, er mit Bayern-Basecap, sie im Pullover mit rotem Paillettenherz. Neben mir skypte ein deutsches Paar mit Freunden und berichtete von der Verlobung am Morgen. Ich ging in den Duty-Free-Shop und besorgte Champagner für meine Familie.

«Excuse me?» Ich quetschte mich an einer chinesischen Reisegruppe vorbei. Für Heiligabend war es erstaunlich voll auf dem Flughafen. Ein Ehepaar in den Sechzigern, vielleicht auf dem Weg zu den Enkeln in Nebraska. Ein Geschäftsmann mit Glatze, nicht unattraktiv, wohl auf dem Weg zur Mama an die Upper West Side. Eine Frau mit Kind, vermutlich alleinerziehende Mutter, auf dem Weg zu ihrer Schwester nach Kanada. Ein übergewichtiger Computernerd Ende dreißig, bestimmt ein Weihnachtshasser auf dem Weg zu Freunden in Texas, um 72 Stunden durchzuzocken. Und eine Möchtegern-Influencerin mit Instagram-Boyfriend auf dem Weg nach Hawaii.

Was würden die Leute über mich denken? Bemitleidenswerte Singlefrau Mitte dreißig, unnötige Sonnenbrille und mit drei Flaschen Champagner plus zwei Familienpackungen M&M's offensichtlich auf dem Weg in ein jämmerliches Leben ohne Mann, dafür mit Alkoholproblem und Katzen.

Könnte man eine Flasche wohl schon öffnen? Ich nestelte am Korken herum. Noch fünf Minuten bis zum Boarding. «Soll ich helfen?» Der Geschäftsmann mit Glatze. Ich hatte ihn auf dem Flug nach New York vermutet. «Nein, öffnen wollte ich sie gar nicht», flunkerte ich. «Ich war nur nicht sicher, ob der Korken richtig geschlossen ist, wegen des Drucks in der Kabine!» Die Flasche verschwand wieder in der Duty-free-Tüte.

«Ja, die Korken sind manchmal locker», sagte er und lachte. «Aber ich hätte geholfen. Beim Öffnen und beim Trinken.» Mir stieg die Röte in die Wangen. Sein Deutsch war fast perfekt, der amerikanische Akzent kaum zu hören. Woher wusste er, dass ich aus Deutschland kam? Nach all der Zeit in Kalifornien hatte ich gehofft, irgendwann mal für eine Amerikanerin gehalten zu werden. Ich war froh, dass das Boarding losging.

Nach nicht einmal zwei Stunden Flugzeit war ich bereits genervt. Ich hatte einen ungnädigen Platz in der Mitte. In der Reihe davor quengelte ein Kleinkind. Der übergewichtige Computernerd belegte meine Armlehne. Und links saßen die lebhaftesten Teilnehmer der chinesische Gruppe, die sich lautstark unterhielten und ständig aufstanden und umherliefen.

Der Champagner lag sicher verstaut vier Reihen weit weg, weil es ein Platzproblem bei den Gepäckfächern gegeben hatte. Ich atmete tief und bemühte mich um innere Ruhe. Die Stewardessen schenkten erste Getränke aus. Gin Tonic könnte helfen. Aus dem Augenwinkel sah ich das frisch verlobte Pärchen; die beiden knutschten.

Das Reisgericht war lauwarm, der Gemüse-Mischmasch undefinierbar. Ich trank einen Gin Tonic. Und dann noch einen.

«Und wie schlimm war die Pampe?»

Der Mann von vorhin. Mit der Glatze und trotzdem nicht unattraktiv.

«Unwürdig für ein Essen am Heiligabend», seufzte ich.

Markantes Gesicht, einnehmendes Grinsen. Achtzig Prozent der Passagiere bevorzugten Jogginghosen oder Leggings als Langstrecken-Outfit. Er trug eine dunkelblaue Anzughose und ein weißes tailliertes Hemd.

«Nick», stellte er sich vor. «Neben mir ist ein Platz frei.» Und zum schwitzenden Computernerd: «Sir, würden Sie die Lady durchlassen, bitte?»

Es ging nach vorn. Neben Nick hieß: First Class. Daunenkissen, Cashmere-Decken. Lederne weiße Loungesessel, jeder eine Insel. Luft zum Atmen. Ente oder Lachs. Eine Weinkarte. Mein Leben verlief total unspektakulär, mein Kontostand war armselig. Jetzt tat ich so, als sei das hier nichts Besonderes.

«Ich buche immer zwei Sitze, damit ich jemanden aus der Holzklasse retten und mich als Held fühlen kann», behauptete Glatzkopf Nick. Und weil ich ihn verwirrt anstarrte, ergänzte er: «Nur Spaß. Meine Freundin musste kurzfristig absagen.»

Vor acht Jahren sei er von Hamburg nach San Francisco ausgewandert, erzählte er, habe ein Unternehmen gegründet und nach einiger Zeit gewinnbringend verkauft. Nun, mit fünfunddreißig, sei er Privatier. «Aber auf Dauer ist das langweilig, ich muss was Neues gründen.»

Das teure Leben in San Francisco konnte ich mir nur mit Mühe leisten; es ist die mit Abstand teuerste Stadt der USA, noch vor New York. Ich erzählte, mein Visum würde in sechs Monaten auslaufen, und ich überlegte, zurück nach Berlin zu gehen.

«Mein Bruder wohnt in Berlin», sagte er. «Morgen fliege ich zu ihm. Ich bin kein Fan von Familienfeiern, aber jetzt war ich fünf Jahre lang an Weihnachten immer in Kalifornien und habe ein schlechtes Gewissen.»

«Das schlechte Gewissen kenne ich.»

«Außerdem nervt meine Familie damit, dass ich ewiger Junggeselle bin und nie jemanden mitbringe.»

Der Steward kam und räumte die Gläser ab, weil es

über Grönland ein paar Turbulenzen geben würde. Ich stellte meinen Sessel in Liegeposition. «Und die Freundin kannst du nicht mitbringen, denn sie will nicht?»

«Ehrlich gesagt habe ich den Flug vor Monaten gebucht und gehofft, bis dahin finde ich jemanden. Sagen wir so: Mein Leben war in letzter Zeit nicht so beständig. Und zumindest zu Weihnachten ist es nicht so leicht, jemanden zu finden.»

«Ja, auch das kenne ich.»

Es war merkwürdig, mit einem Fremden an Heiligabend über Grönland in der First Class zu sitzen. Ich erzählte von meiner verkorksten Beziehung zu Dave, einem UX-Designer. Der war mein Plan für die Feiertage gewesen, meine Hoffnung.

Nick schaute mich länger an. «Es klingt vielleicht bescheuert, aber wenn deine Familie nicht weiß, dass du kommst: Reicht es dann nicht, wenn du sie erst am zweiten Weihnachtstag besuchst?»

Ich verstand noch nicht so ganz.

«Am ersten könntest du mich retten und für einen Tag meine Freundin spielen. Für die Unkosten würde ich aufkommen.»

«Ach? Wir simulieren ein verliebtes Pärchen, streiten auch mal authentisch, und dann machst du mir unterm Baum einen Heiratsantrag?»

Er lachte herzlich, dabei fand ich den Scherz gar nicht so abwegig. «Also, ich fände es charmant», sagte er. «Überlege es dir. Wenn du die Zeit hast und wenn dir das Spaß macht – es wäre zumindest mal was anderes!»

Ich nestelte an meiner Schlafbrille herum und war ein wenig verwirrt. Offenbar meinte er es ernst.

«Erzähl mir was, damit ich dich ein bisschen kenne»,

bat er. «Erzähl mir von deinem schönsten Weihnachten als Kind.»

Und ich erzählte. Zuerst zögernd, dann immer vergnügter. Die Turbulenzen über Grönland rüttelten die Maschine durch und wohl auch meinen Champagner, aber das erhöhte den Reiz des Abenteuerlichen, und ich erzählte. Und dann erzählte er. Wir redeten über die peinlichsten Geschenke, über brennende Weihnachtsbäume, über die verzweifelte Suche nach Geschenken für den ersten Freund oder die erste Freundin.

Die Zeit rauschte weg, irgendwann wurde das Bordlicht gedimmt, dann ganz ausgeschaltet. Irgendwann lagen wir beinahe Gesicht an Gesicht unter unseren Decken, der Steward hatte neue Getränke gebracht, wir gingen ins Bad, getrennt, um Zähne zu putzen. Gegen zwei Uhr nachts, als wir nur noch flüsterten, um die anderen nicht zu stören, kam er wieder auf die Ausgangsfrage zurück.

«Also, ich soll ernsthaft deine Freundin spielen?», stellte ich fest.

«Du kannst jetzt noch ein paar Stunden drüber schlafen. Es geht nur um den ersten Weihnachtstag, dann finden wir eine Ausrede. Oder besuchen deine Eltern.»

Er lehnte sich näher zu mir. Sein Gesicht war so nah, dass ich trotz der Mintzahncreme noch den Whisky in seinem Atem roch. Aber es war nicht unangenehm. Wir küssten uns, erst zaghaft, dann leidenschaftlicher. Dann kippte ein Glas um.

«Fuck!» Ich schreckte zusammen, meine Oberschenkel waren nass. Mit dem Arm stieß ich gegen den schnarchenden Computernerd. Der stöhnte genervt und zog seine Schlafbrille vom Gesicht. Der Blick war böse. Ich versuchte, mich im schummrigen Kabinenlicht zu orientieren. Die Gedanken ratterten. Wieso war ich nicht in der First Class? Ich befühlte die Leggings. Meine Finger rochen nach Gin Tonic.

Ich nutzte die Abwesenheit meiner chinesischen Sitznachbarin, um zur Toilette zu gehen. Im Spiegel wusch ich mein müdes Gesicht und schaute mir tief in die Augen und seufzte. «Fröhliche Weihnachten auch!», wünschte ich dem jämmerlichen Spiegelbild. Und dann musste ich lachen.

Fünf Stunden später landeten wir in München. Gerädert stieg ich aus, mit der wiedergefundenen Ladung Champagner, und obwohl es Vormittag war, fand ich es angemessen, eine Flasche zu öffnen. Single-Weihnachten. Am Kofferband schaute ich mich um, ob dieser Nick, oder wie immer er heißen mochte, zu entdecken war. Keine Spur. Erschöpft von so viel Realität, schlurfte ich Richtung Ausgang.

Und dann hörte ich doch die Stimme, die mir vertraut war vom Boarding in San Francisco. «Ah, Sie haben die Flasche aufgekriegt!», sagte er. Er hatte Ringe unter den Augen und sah zerknittert aus. Ein Hauch eben aufgelegtes Eau de Toilette wehte herüber, irgendwas mit Sandel. «Möchten Sie einen Schluck?», fragte ich und hielt ihm die geöffnete Flasche hin. «Durch die Turbulenzen über Grönland ist allerdings die Kohlensäure verschwunden.»

«Nein, danke. Ich muss jetzt Auto fahren. Und wir hatten doch gar keine Turbulenzen?»

Er schüttelte den Kopf und war gleich zwischen den Menschen im Terminal verschwunden.

Marco Göllner

Mindestens!

Alles fing damit an, dass in der Vorweihnachtszeit irgend-
ein Trottel bei den Stadtwerken vergessen haben musste,
eine extra Sicherung reinzuschrauben. Vater stand am
Fenster, blickte düster in den Stromausfall und sagte:
«Die ganze Straße menschlich kalt und ohne Wärme,
Würde und Behaglichkeit. Wer mag hier noch wohnen?
Eine Frechheit!»

Und aus allen umliegenden Fenstern starrten ebenfalls traurige Augen auf tote Lichterketten in todtrauri-
gen Vorgärten. Was war das eben noch schön gewesen!
Die ganze Straße, die ganze Hengstenbergerheide, von
Nummer eins bis Nummer dreißig, das Schmuckstück
der Siedlung, der Broadway von Bad Dingens, hatte in
warmweißem Licht gebadet, gespendet vom Lichterket-
ten-für-draußen-Sonderangebot des Baumarkts aus dem
Jahre 1989. Alle Jahre wieder. «So was wird heute gar
nicht mehr hergestellt», wusste Vater.

Die zierlichen Buchs-, die kuscheligen Lebens-, die
niedlichen Obstbäumchen, das ganze Jahr in fleißiger
Handarbeit darauf getrimmt, diesen Schmuck zum Fest
der Feste fest und schmuck zur Schau zu tragen, standen
da, umwickelt von genau diesen Ketten, und wo gerade
noch Leben, war nunmehr nur Tod. Mit zitterndem Unterkiefer stellten Nachbarn wie zum Trotz einsame, fla-
ckernde Kerzen in nachtschwarze, trostlose Fenster.

Als nach zweiundzwanzigeinhalb Minuten der Strom

wieder da war, sagte Vater: «Na, ein Glück. Ich war kurz davor, mir die Pulsadern aufzuschneiden.»

Ein erleichtertes Raunen ging durch die Straße, und aus warmweißen Fenstern blickten nun wieder fröhlich lächelnde Gesichter in geschmackvoll illuminierte Vorgärten.

Alles war wie immer. Wie vor der Katastrophe.

Bis auf den Vorgarten von Schattenbrinks. Unsere direkten Nachbarn. Der lag noch immer im Dunkeln.

Wie sieht das denn aus?! Wie das haarige Muttermal im alabasternen Antlitz. Der faulende Zahn im gebleichten Gebiss. Der Makel im Fehlerfrei.

Vater Schattenbrink stand im dunklen Vorgartenviereck und zog einen Stecker aus einer Verlängerungsschnur, besah ihn und steckte ihn wieder rein. Nichts geschah. Diesen Vorgang wiederholte er mehrere Male, mit immergleichem Ausgang, derweil sich eine gewisse Nervosität in der Straße breitmachte und schließlich aus umliegenden Haustüren technisch versierte Männer zu Hilfe eilten. Auch Vater machte sich auf den Weg, unter Nachbarn helfe man sich, das gehöre sich so.

Es dauerte eine ganze Weile, bis jeder der technisch versierten Männer einmal den Stecker herausgezogen und wieder hineingesteckt hatte, während jeweils ein anderer an der kleinen Tanne samt Kette rüttelte und noch ein anderer Glühwein brachte. Eine Stunde später waren sich die technisch versierten Männer der Hengstenbergerheide einig: Die Lichterkette war kaputt! Es fielen die Worte «Garantie» und «Gewährleistung», und es wurde über eine Klage gegen den «Trottel von den Stadtwerken» spekuliert. Dann kam man überein, dass es doch schön war, wie es gewesen war hier in der Straße, und es doch schön wäre, alles würde so bleiben, und deshalb könne dies hier nicht so bleiben.

Wie sieht das denn aus?!

Vater Schattenbrink wurde beauftragt, eine neue Lichterkette zu erwerben. Und als das vierundzwanzig Stunden später noch immer nicht passiert war, wurde er von der Nachbarschaft erinnert, gedrängt, beschimpft, erpresst und genötigt. In beliebiger Reihenfolge. Einige boten sogar an, ihm auszuhelfen, wenn es der Klingelbeutel grad nicht hergebe. Und dann kaufte Vater Schattenbrink endlich eine neue Lichterkette. Und brachte sie auch an. Am Samstagmittag vor dem zweiten Advent. Und damit nahm das Schicksal seinen Lauf.

Am Samstagspätnachmittag – die technisch versierten Männer der Hengstenbergerheide hatten sich zeitschaltuhrenmäßig aufeinander abgestimmt – machte es kurz vor Sonnenuntergang kollektiv «Klick!», und die gesamte Straße erstrahlte in feinstem Lichterkettenlicht. Nach drei düsteren Tagen nun endlich auch wieder der Vorgarten der Schattenbrinks. Und was war das für ein Licht!

«Wie sieht das denn aus?!» Vater stand am Fenster, blickte in den Nachbargarten und war empört. «Das sind doch mindestens zehn Watt mehr!», grummelte er. Dann rief er nach Mutter: «Elke! Das sind mindestens zehn Watt mehr!»

Und meine Mutter aus der Küche: «Wattenmeer? Was wollen wir denn am Wattenmeer?»

«Bei Schattenbrinks!»

«Bei Schattenbrinks ist Wattenmeer?»

«Komm hier hin!»

Meine Mutter kam aus der Küche, das obligatorische Handtuch noch in Händen, und fragte: «Was ist denn?»

Vater deutete, an die Scheibe tippend, Richtung nachbarlicher Vorgarten und erklärte erneut: «Sieh dir das an! Das sind doch mindestens zehn Watt mehr! Mindestens!»

Mutter sah staunend hinüber und sagte: «Och! Das ist ja viel heller.»

«Zehn Watt! Mindestens!»

Das drei Tage hässlich dunkle Entlein war zum hübschen hellsten Schwänlein geworden.

Vater nickte sehr langsam mit dem Kopf und grummelte: «So kess muss man erst mal sein!»

Mutter lächelte und sagte: «Ist aber sehr schön. Sieht man viel mehr.»

«Was willste denn da sehen?» Vater wurde laut. «Da ist doch nix als Rasen und die kleine Tanne!»

«Genau wie bei uns», sagte Mutter, wandte sich ab und machte sich auf den Weg zurück in die Küche. «Also ich find's schön. Ist ja viel heller.»

«Das sind mindestens zehn Watt mehr!», rief ihr mein Vater hinterher. «Mindestens!»

Und Mutter rief zurück: «Also heller!»

«Ja, sicher heller! Was denn sonst?! Sind ja zehn Watt mehr! Nicht weniger! Mindestens!»

«Sag ich doch», schallte es aus der Küche. «Also ich find heller besser!»

«Ja klar! Heller ist besser! Na klar!» Vater starrte wieder hinüber in den Nachbargarten und schüttelte den Kopf. Ganz leise hörte man ihn sagen: «Wenn das man nicht sogar fünfzehn Watt mehr sind ... mindestens ...»

Auf Vaters Initiative hin wurde noch am selben Abend im hauseigenen Hobbykeller eine Eilsitzung der technisch versierten Männer der Hengstenbergerheide einberufen. Ohne Vater Schattenbrink. Dem wurde als

Erstes in einem Eilantrag die Mitgliedschaft im VMH (Verbund der technisch versierten Männer der Hengstenbergerheide) aberkannt. Denn wer nicht einmal in der Lage sei, eine bautechnisch gleiche und wattzahlidentische Lichterkette zu besorgen, dem könne technische Versiertheit nun wirklich und beim besten Willen nicht nachgesagt werden!

Im Laufe der Diskussion spaltete sich die Gruppe allerdings in zwei Lager. Die eine Hälfte war der Meinung, das sei zwar heller, aber besser als nichts. Man möge sich nur der tristen letzten Tage erinnern, als sämtliche Illumination gänzlich fehlte. Die andere Hälfte, allen voran mein Vater, war der Meinung, das ginge so überhaupt nicht. Das wären ja mindestens zwanzig Watt mehr! Mindestens! Wie sieht das denn aus?!

Ein Glühwein gab den nächsten, und der Streit eskalierte. Die erste Gruppe würgte und winkte irgendwann ab und ging geschlossen und besoffen nach Hause. Die Gruppe um meinen Vater schmiedete noch bis in die Nacht Pläne, wie diesem Schandfleck beizukommen wäre. Man hörte Wörter wie «Mahnwache» und «Enteignung» aus dem Keller. Dann psychologische Erörterungen wie, da Schattenbrink ja nicht die hellste Kerze auf der Torte sei, er wahrscheinlich versuchen würde, mit dem Leuchten im Vorgarten irgendwas zu kompensieren. Danach bloß noch Schimpfworte.

Doch das selbsteingelöffelte Süppchen wurde schließlich nicht so heiß gegessen, wie es gekocht worden war. Nahezu allen Mitgliedern der Gruppe um meinen Vater war daheim von den Gattinnen eingebläut worden, dass heller besser sei, und mit frischen Augen betrachtet, sei der Unterschied auch gar nicht so groß, und man wolle ab jetzt wohlwollend darüber hinwegsehen, indem man hinsehe und sich der Helligkeit erfreue. Einer wurde auserkoren, Vater von diesem Umstand telefonisch in Kenntnis zu setzen. Ich hörte Vater in den Hörer schreien: «Das sind mindestens dreißig Watt mehr! Mindestens!» Und ohne eine Replik abzuwarten, legte er auf.

Am Abend des zweiten Advents fanden sich im hauseigenen Hobbykeller zu einer weiteren Sitzung der technisch versierten Männer der Hengstenbergerheide bloß noch Vater und der alleinstehende Lothar Laubenpieper ein. Woraufhin die Sitzung wegen Beschlussunfähigkeit auf unbestimmte Zeit vertagt werden musste. Woraufhin ich Lothar Laubenpieper sagen hörte: «Ist doch nicht so schlimm.» Woraufhin Vater ihn am Kragen die Treppe hinauf- und aus dem Haus beförderte und dabei schrie: «Nicht schlimm?! Das sind mindestens vierzig Watt mehr! Min! Des! Tens!»

In der Woche vor dem dritten Advent sah ich Vater oft starr am Fenster stehen und starren Blickes in Schattenbrinks Vorgarten starren.

Als meine Mutter am Donnerstag schließlich fragte, was er denn da immer machen würde, antwortete Vater, je länger er da hinsehe, desto schöner werde es. Und Mutter lächelte und sagte: «Ja, ist schön hell, ne?» Und Vater sagte völlig emotionslos: «Heller ist besser.»

Und Mutter sagte: «Hab ich doch gleich gesagt!»

Und Vater erwiderte, ja, sie habe recht gehabt, und wenn er so darüber nachdächte, hätte auch er gern eine solch schöne Lichterkette. Das wären ja mindestens fünfzig Watt mehr. Mindestens. Das wär ja schön.

Gut sieht das aus!

Am frühen Freitagnachmittag vor dem dritten Advent

sah ich Vater in unserem Vorgarten hantieren. Um die lichterkettentragende kleine Tanne hatte er zuvorderst einen zeltenen Sichtschutz errichtet. Samt Dach. Der Vorgarten glich einem Tatort und Vater einem Forensiker. Nur in Blau. Denn selbstverständlich trug er den obligatorischen Blaumann, den alle technisch versierten Männer der Hengstenbergerheide anlegten, bevor sie irgendetwas taten. Ich hatte von Männern gehört, bei denen das An- und Ablegen ebenjenes Kleidungsstücks länger gedauert hatte als die darin verrichtete Arbeit. Wie zum Beispiel Glühbirnen austauschen.

Apropos Leuchtmittelwechsel. Natürlich war uns allen klar, was er dort machte, denn die Tüte, die er am Morgen nach einem kurzen automobilen Ausflug mit ins Haus brachte, zeugte bedruckterweise von einem Baumarkteinkauf. Dennoch machte er es spannend. Ab und an schossen Blitze aus dem Zelt, dann, pünktlich zur baldig einsetzenden Dämmerung, wurde der Pavillon wieder abgebaut. Samt Dach.

Aus dem Haus heraus war keinerlei Unterschied zu erkennen. Die kleine leuchtmitteltragende Tanne stand da wie eh und je. Vater legte den Blaumann ab und seinen besten Anzug an. Dann stand er, zufrieden grinsend und die Hände ineinanderreibend, am Fenster und wartete auf die einsetzende Funktion der Zeitschaltuhr. Mutter stand daneben und sagte: «Na, jetzt bin ich ja gespannt!»

Das kollektive «Klick» ging durch die Straße, und die Hengstenbergerheide war in Weihnachtsstimmung. Und Mutter sagte hocherfreut: «Oh!»

Und Vater sagte, immer noch grinsend: «Ja, nicht wahr.»

Unsere kleine pummelige Vorgartentanne trug nicht

bloß eine neue Lichterkette, identisch mit der von Schattenbrinks, sondern deren zwei!

Und Mutter sagte: «Das ist ja doppelt so hell!»

Und Vater sagte: «Ja, nicht wahr.»

Und Mutter sagte: «Das ist ja doppelt so schön!»

Und Vater: «Ja, nicht wahr.»

Selbstverständlich war die abnorme Festtagsbeleuchtung den anderen technisch versierten Männern der Hengstenbergerheide nicht unbemerkt geblieben. Einige standen offenen Mundes am Lattenzaun und staunten nicht schlecht, andere standen daneben und staunten gut, und wieder andere riefen bereits kurze Zeit später bei uns an, um meinen Vater zur Rede zu stellen. Vater nahm bei jedem Klingeln den Hörer ab, ließ allerdings Begrüßung, Tageszeit und Geplänkel weg und sagte lediglich: «Heller ist besser!», und legte wieder auf.

Ab zweiundzwanzig Uhr kehrte in der Hengstenbergerheide etwas Ruhe ein, und bloß noch vereinzelte Hundegassiführer passierten kopfschüttelnd unsere neue Lichterinstallation. Vater stand noch immer am Fenster und winkte jedem freudig zu. Auch Vater Schattenbrink. Mehrere Male. Denn der stand seit mehreren Stunden reglos neben seiner mickrig lichten Tanne und streichelte diese tröstend. Den undurchschaubaren Blick unverwandt auf unser Heim gerichtet. Wenn man nicht wüsste, dass der sehr, sehr dumm sei, der Schattenbrink, könne man glauben, der sei etwas unheimlich, ließ Vater uns wissen. Sei er aber nicht.

Am Samstagnachmittag absolvierte Vater zusammen mit uns, dem Rest seiner Familie, widerwillig einen Besuch bei Oma. Allerdings bloß unter der Voraussetzung, zum kollektiven «Klick!» wieder daheim zu sein, was wir auch schafften. Vater stand mit einem Lächeln am Fenster, doch nachdem es «Klick!» gemacht hatte, verschwand dieses abrupt, denn ihm leuchtete ein, dass während seiner Abwesenheit nebenan etwas passiert war: In Schattenbrinks Vorgartentännchen glühten drei Lichterketten.

Schattenbrink selbst stand daneben, tätschelte mit der einen Hand das Nadelholzgewächs und winkte mit der anderen freundlich herüber. Nach einem kurzen Moment des Schocks fing sich Vater, lächelte gequält zurück, hob beide Daumen und schrie durch die Scheibe: «Heller ist besser!» Dann wandte er sich ab und sagte: «So kess muss man erst mal sein.»

Den gesamten dritten Advent tigerte Vater durch das Haus wie ein Löwe in seinem Käfig. Schattenbrink hatte den Zeitpunkt der Beleuchtungsaufrüstung strategisch gut gewählt: Sonntags war der Baumarkt geschlossen.

Am Montag kaufte Vater sämtliche Lichterkettenbestände auf. Vom Baumarktleiter höchstselbst ließ er sich schriftlich versichern, dass nichts mehr auf Lager war, und ebenso, dass neue Ware vor Heiligabend nicht mehr eintreffen würde. Am Nachmittag drapierte er zwei zusätzliche Lichterketten in unserem Vorgartenbaum, bearbeitete mit dem Hammer die überschüssigen Lichterketten und warf sie in die graue Tonne in der Garage. Vom Grün der vorgärtlichen Tanne war nichts mehr zu sehen. Lediglich die Form ließ auf den darunterliegenden Inhalt schließen.

Nach kollektivem «Klick!» stand Vater mit Sonnenbrille im Vorgarten und grüßte passierende Passanten der Hengstenbergerheide mit winkenden Armen und lachend und mit den Worten: «Heller ist besser!» Wir anderen mussten im Haus keinerlei Licht mehr anmachen, denn es war überall taghell. Sogar im Hobbykeller. Vater Schattenbrinks jämmerliches Bäumchen strahlte düster vor sich hin, er selbst ließ sich an jenem Abend nicht blicken.

Am Dienstag hatte Vater sich bis auf weiteres Urlaub genommen und putzte sehr gründlich seit mehreren Stunden die vorderen Fenster, um jeglichen Vorgängen in Schattenbrinks Vorgarten gewahr zu werden, doch nichts geschah. Auch waren sämtliche Vorhänge im Haus der Schattenbrinks zugezogen, und Vater mutmaßte glucksend, die Familie sei wohl wegen der Schmach über Nacht weggezogen.

Nach kollektivem «Klick!» allerdings wurden bei Schattenbrinks wie von Geisterhand alle Vorhänge gleichzeitig aufgezogen, und aus jedem Fenster warfen hochwertige Theaterscheinwerfer scharfgestochene warmweiße Sterne rund um den Tannenbaum auf den Rasen. Mindestens ein Dutzend. Mindestens!

Am Mittwoch telefonierte Vater den kompletten Vormittag, dann, kurz nach dem Mittagessen, fuhr ein Lieferwagen vor, und zwei uns unbekannte Männer trugen ein mannshohes Paket in die gute Stube. Vater verabschiedete sie mit einem übernatürlich hohen Trinkgeld und schloss sich selbst samt Paket im Wohnzimmer ein. Kurz vor Dämmerung öffnete sich die Tür wieder, und wir durften teilhaben.

Klick!

Eine hochmoderne Laserlichtanlage warf scharfgestochene grünblaue Sterne rund um den Tannenbaum auf den Rasen. Vater drückte einen Knopf auf einer Fernbedienung, und aus einem Rohr strömte künstlicher Nebel in den Vorgarten. Die Sterne fingen an zu rotieren, veränderten die Form und wurden zu Tannenbäumen, dann zu Glöckchen, dann zu Tannenzapfen, und dann bildeten sie einen Schriftzug, der von der Straße aus gut zu lesen war, den wir allerdings erst einmal im Kopf umdrehen mussten. Dort stand: «Laser ist heller ist besser!» Dann kamen wieder die Sternchen. Vater meinte, Schattenbrink sitze ganz sicher weinend im Keller, denn er müsse sich nun eingestehen, dass lichttechnisch keine Steigerung mehr möglich sei.

Am Donnerstag schallte nach kollektivem «Klick!» fröhliche Weihnachtsmusik aus dem nachbarlichen Vorgarten, und Familie Schattenbrink stand in voller Mannschaftsstärke am Lattenzaun und verschenkte selbstlos selbstgebackene Plätzchen an die Einwohner der Hengstenbergerheide.

Am Freitag stand unsere Familie geschlossen am offenen Lattenzaun und sang Weihnachtslieder. Leicht begleitet wurden wir von einem vierzehnköpfigen Swingorchester und sechs lockerleichtbekleideten Tänzerinnen.

Am Samstag gab es bei Schattenbrinks Tombola. Hauptgewinn war ein Mittelklassewagen. Moderiert wurde das Ganze von Barbara Schöneberger. Vater stand am Fenster, sah hinüber und sagte: «Die moderiert auch jeden Scheiß.»

In der Nacht zum Sonntag begann es zu schneien. Und es hörte nicht wieder auf. Bereits in der frühesten Morgenstunde erreichte uns ein Anruf. Da der Schnee nicht bloß die Hengstenbergerheide, sondern das gesamte Land fest im eisigen Griff hatte, musste die nachmittägliche Autogrammstunde mit dem Dalai Lama, verkleidet als Weihnachtsmann, abgesagt werden, was Vater sehr bedauerte. Gleich darauf stürmte er raus und

schippte Schnee. Auf dass der Weg vorbei am weihnacht-
lichschönsten Vorgarten der Hengstenbergerheide frei
und sicher sei, ließ er uns wissen, und schaufelte an der
Grundstücksgrenze klamm und heimlich mehrere La-
dungen auf die Schattenbrink'schen Gehwegplatten.

Als Vater gerade zurück im Haus war, kam auch Schattenbrink zum Vorschein und tat es ihm gleich. Als dieser wieder verschwunden war, ging Vater wieder raus
und schippte erneut. Schattenbrink stieß sofort wieder
hinzu, wahrscheinlich, damit es an der Grundstücksgrenze nicht wieder zu Verwehungen und Verwirrungen
kam. «Kommt man kaum gegen an», hörte ich Vater
pusten, und Schattenbrink, antwortete ebenfalls pustend:
«Kommt man kaum gegen an.»

Als beide ihr jeweiliges Bürgersteigstück bis zum Ende
freigeschaufelt hatten, lagen am Anfang schon wieder
drei Zentimeter Neuschnee. Schattenbrink stieg auf
Besen um, Vater salzte. Schattenbrink salzte nach, Vater
fegte. Schattenbrink war kurz verschwunden, Vater bürs-
tete noch die Betonplatten, als plötzlich ein ohrenbetäu-
bendes Geräusch erklang. Schattenbrink stand mittig am
Lattenzaun, in jeder Hand einen Laubbläser, und pustete
die Flocken fort, bevor sie auf den Gehweg fielen.

Vater nickte anerkennend, lächelte gequält, hob beide
Daumen und verschwand im Hobbykeller. Nach einer
halben Stunde, Schattenbrink stand noch immer schnee-
flockenpustend im kalten Garten, entrollte Vater im
warmen Wohnzimmer eine Verlängerungsschnur und
steckte deren Stecker in die Steckdose. Sodann erklang
ein weiteres Geräusch.

Am gesamten Lattenzaun entlang hatte Vater Heizlüf-
ter aufgestellt. Mindestens ein Dutzend. Mindestens! Die

wärmten nun den Waschbeton und verwandelten den
Schnee in Wasser. Schattenbrink starrte zuerst erstaunt
hinüber, dann drehte er sich zu unserem Fenster, und
Vater hielt ein eigens für diesen Moment erstelltes Schild
hoch, auf dem stand: «Wärmer ist besser!» Dann legte er
es weg, rieb seine Hände am jeweils gegenüberliegenden
Oberarm, tat so, als würde er zittern, und stotterte: «Hu-
hu-hu-hu-hu-hu-hu!»

Schattenbrink machte die Laubpüster aus und verschwand in der Garage. Kurz darauf kam er wieder raus,
schwang einen Spazierstock und tat so, als wollte er spazieren gehen, und sang laut und deutlich: «Dumm-di-
dumm-di-dumm!»

Und Vater sagte grinsend: «Wenn das Lieblingslied das
Gemüt verrät.»

Schattenbrink passierte sein Stück des Gehwegs flott
und frei und frohen Mutes, aber ab Grundstücksgrenze,
also unserem Bereich, wurde er unglaublich langsam,
stocherte mit seinem Stock vor sich her und tat so, als
sei dieser Bürgersteigbereich lebensgefährlich und absolut unsicher. Ziemlich genau auf Hälfte der Strecke hielt
er plötzlich an, ruderte mit den Armen und rief: «Ah!
Glatt! Ah!»

Ich hörte Vater zischen: «Wag es nicht!»

Aus fast allen Nachbarhäusern sah man bereits inter-
essiert herüber, und Schattenbrink lieferte die schlech-
teste schauspielerische Leistung, die ein Mensch je voll-
bracht hat, und schrie noch «Hilfe!» und ließ sich dann
absolut ungelenk und wie in Zeitlupe auf den Gehweg
plumpsen.

Vater knurrte: «Der verdammte Hund!», und stürmte
hinaus.

Schattenbrink schrie: «Aua! Aua! Aua!» Und dann ebenso laut: «Ich glaub, ich muss den Nachbarn verklagen!» Und dann wieder: «Aua! Aua! Aua!»

Vater lief in Hausschuhen Richtung Gehweg und rief: «So! Hast du also Aua?! Na warte, dir werd ich helfen! Denn dem Nachbar hilft man ja, das gehört sich so!» Und mit den letzten Worten stürzte er sich auf Schattenbrink und schlug auf ihn ein.

Und Schattenbrink schrie: «Aua! Aua! Aua!»

Und Vater rief: «Wo tut's denn weh?! Wo tut's denn weh?! Na? Wo tut's denn weh?!» Und bei jedem «Wo» boxte er, und Schattenbrink schrie: «Aua! Aua! Aua!»

Vater verbrachte Weihnachten im Krankenhaus. An der rechten, der schlagenden Hand waren drei Finger gebrochen. Und als er von Schattenbrink runtergestiegen war, war er tatsächlich ausgerutscht, wegen der verdammten Hausschuhe, und hatte sich an der linken Hand drei weitere Finger gebrochen.

Bei unserem Besuch am Heiligabend erklärte er uns Kindern, dass Weihnachten ja das Fest der Emotionen sei. Und der Ehrlichkeit. Und fragte rhetorisch in den Raum und ganz persönlich die Mutter, was es denn für eine ehrlichere Emotion gebe als so einen saftigen Schlag mit der nackten Faust mitten in die Fresse rein?

Mutter erklärte uns Kindern, dass an Weihnachten bekanntlich jeder das bekommen würde, was er verdient hätte. Ob wir denn jetzt mal zu Hause nachsehen wollten, was wir so verdient hätten. Wollten wir. Vater könnten wir ruhigen Gewissens hier zurücklassen, denn der hätte sein Geschenk ja anscheinend bereits aufgemacht. Beziehungsweise wenn nicht, dann müsse er sich, da beide Hände in Gips, noch ein wenig gedulden.

Wir wünschten ganz brav frohe Weihnachten und wollten grad das Krankenzimmer verlassen, da kam der Arzt und sagte, Vater müsse noch mindestens drei Wochen bleiben.

Mindestens! Und genauso Schattenbrink im Nachbarbett.

Carsten Höfer

Der Weihnachtsversteher

Ich höre mich selbst aus den Lautsprecherboxen. Gerade kommt die Story mit den Weihnachtsliebhabern und den Weihnachtsmuffeln und den Weihnachtsrealos. Ich weiß selbst nicht genau, zu welcher Fraktion ich gehöre. Auf der A2 fließt der Verkehr jetzt noch relativ gut. Es hilft mir, wenn ich während der Fahrt Auftritte aus dem letzten Jahr anhöre, wenn ich dabei mitsumme, mitspreche. Es ist wie das Üben von Liedern, die man im vergangenen Jahr auswendig konnte und nun doch wieder neu lernen muss. Brüllend komisch ist das nicht, wenn ich mich selbst immer wieder höre, immer mit dem gleichen Programm. Da kommen eher Zweifel auf, ob das überhaupt lustig ist.

Was ließe sich verbessern? Manchmal genügen nur winzige Umstellungen in zwei oder drei Worten, und eine Pointe wirkt völlig anders. Oft reicht die Verkürzung einer Pause – oder aber die Verlängerung. An welcher Stelle soll die Augenbraue höher gezogen werden? Gestik, Mimik, Intonation sollen punktgenau sitzen. Innerhalb von dreieinhalb Wochen stehen jetzt mehr als zwanzig Auftritte an, immer mit dem «Weihnachtsversteher».

Autobahnausfahrt Hannover-Herrenhausen. Ich steuere auf das kleine Theater zu, das mich seit mehr als zwanzig Jahren immer wieder einlädt. Als ich mit dem ersten Soloprogramm auftreten wollte, hatte niemand auf mich gewartet. Von den ersten hundert Kleinkunstbühnen, die ich anrief, wollten mir genau fünf eine Chance geben. Nachdem ich weitere hundert angerufen hatten, waren neun Auftritte gebucht. Von diesen neun Theatern haben drei überlebt. Denen bleibe ich treu.

In Saal des kleinen Vorstadttheaters zieren Stoffbezüge mit aufgedruckten Leibniz-Zitaten die Wände. Die Farben sind plüschiges Rot und samtiges Schwarz. Es ist eine altmodische und gemütliche Kleinkunstbühne. «Wir sind ausverkauft!», freut sich der Veranstalter. Nun ja, er betreibt ein *Uhu*-Theater, also unter hundert Sitzplätze. «Ausverkauft!» macht sich trotzdem gut bei Facebook und Instagram. Das Publikum, erwartungsfrohes Bürgertum, das mal was anderes erleben will als Fernsehen, ist freundlich und verzeiht die paar Hänger. Vielleicht habe ich auf der Herfahrt zu sehr auf den Verkehr geachtet.

Es ist fast Mitternacht, als ich mich auf den Rückweg nach Münster mache. Nach einem Auftritt bin ich gewöhnlich voll mit etwas, das körpereigene Endorphine sein müssen. So freue ich mich auf die gut zwei Stunden Autofahrt, um wieder runterzukommen. Die A2 ist jetzt ruhig. Als ich gegen zwei Uhr die Haustür öffne, ist alles still. Frau und Kinder schlafen. Als der Hund noch lebte, hat er jedes Mal ein kleines Fest für mich veranstaltet. Er ist extra für mich aufgestanden und hat mich minutenlang mit überschäumender Freude willkommen geheißen. Der Hund ist tot, und weder meine Frau noch die Kinder stehen nachts für mich auf. Der Kühlschrank bietet Milch und Magerquark und ein Stück Schokolade.

Am nächsten Tag geht es auf der A45 nach Süden. Der Auftritt soll tief im Allgäu stattfinden. Ich rechne mit sechs bis sieben Stunden Fahrt und werde mir den Auftritt von gestern mehrmals anhören. Im Sauerland beginnt es zu schneien. Das Navi sammelt erste Stauhinweise. Die voraussichtliche Ankunftszeit verschiebt sich minütlich nach hinten. Noch hält der zeitliche Sicherheitspuffer. Der Plan ist: Ankommen bis 18 Uhr, Aufbau und Soundcheck. Ab 19 Uhr eine Kleinigkeit essen, dann Umziehen, während die Zuschauer eingelassen werden. Dann Einsprechen, Stimmübungen, Fokus. 20 Uhr Showtime. Müsste passen.

Das Navi heißt bei mir Sabine. Sie weist jetzt darauf hin, dass es einen Unfall mit Staubildung gibt, und schlägt vor, die Autobahn zu verlassen. Mache ich. Was Sabine und ich noch nicht wussten: Die wenig befahrenen Strecken auf den Umgehungsstraßen im Sauerland sind inzwischen mit drei bis vier Zentimeter Neuschnee komplett weiß. Ich habe viel Geld in neue Winterreifen aus deutscher Markenproduktion investiert, aber als es jetzt in die Hügel und Berge geht, rutscht der Wagen doch ein bisschen in den Serpentinen. Es geht nur noch langsam vorwärts. Immer wenn ich gerade nicht hinschaue, verschiebt Sabine die voraussichtliche Ankunftszeit wieder um einige Minuten nach hinten.

Ich rufe beim Veranstalter an und gebe durch, dass ich vermutlich eine Stunde später ankommen werde, aber ich werde ankommen. Um 19:25 Uhr erreiche ich die hübsch eingeschneite Allgäuer Kleinstadt. Und da ist auch die Mehrzweckhalle. Es ist bereits Einlass. Der Veranstalter hätte die Leute gern noch ein bisschen im Schneetreiben warten lassen können. So muss ich nun Soundcheck und Aufbau machen, während die Zuschauer bereits in den Saal kommen. So kriegen sie schon mal ein paar Pointen mit. Geht jetzt einfach nicht anders. Der Saal kommt mir riesig vor. Der Charme stammt wohl von seiner Nutzung als Turnhalle. Licht, Ton, Ablaufbesprechung. Der Sound ist schwierig, es hallt in dieser hohen kahlen Weite. «Ist eben 'ne Halle!», scherzt der Techniker. «Warte ab, bis das Dämmfleisch drin sitzt, dann gibt sich das.»

Fürs Essen bleibt keine Zeit. Backstage ist nur eine kleine Schale mit Nimm2-Bonbons zu entdecken, offenbar aus der Gründungszeit des Ortes. Die fotografiere ich zum Posten auf Instagram. Umziehen, einatmen, neunzig Sekunden meditieren, fokussiert auf die Bühne gehen, mit dem Universum verbinden, und Showtime! Ich bin fast vollständig im Hier und Jetzt. Das Licht geht an. Applaus. Als die Augen sich an die blendenden Scheinwerfer gewöhnt haben, erweist sich die erste Stuhlreihe als komplett leer. Da hat sich wieder niemand nach vorne getraut. Zu viele Comedians holen Zuschauer aus der ersten Reihe auf die Bühne. Von mir hätten sie nichts zu befürchten. Allerdings ist die zweite Reihe auch nicht gerade voll. Und die dritte ebenfalls nicht. Ein halb voller Saal ist leider ein halb leerer Saal.

Worum ging es noch mal? Ach ja. Advent, Weihnachtsmärkte, Glühwein, Deko, Raclette, Parfüms, Socken, Familie, der ganze Wahnsinn halt. Das Publikum in der hallenden Halle – zu wenig Dämmfleisch! – geht nach kurzem Anwärmen froh gelaunt mit. Nur dieser eine Typ in der dritten Reihe schaut nicht gebannt zu mir hoch, sondern ständig auf seine Uhr. Warum nur? Was gefällt dem nicht? Ich kann Witze machen und gleichzeitig ausgiebig an mir selbst zweifeln. Also, was ist los mit dem? Wieso vergisst er bei diesem glanzvollen Auftritt nicht alles andere um sich herum? Tut er nicht. Nach der Pause ist sein Platz leer. Infarkt? Dafür gibt es am Ende Zuschauer, die eine Zugabe fordern. Hoffentlich erfährt er das noch.

«War toll, nur am Anfang warst du nicht so richtig da», erklärt der verarmte Veranstalter anschließend. «Macht aber nichts. Wir haben statt eines anonymen Hotels eine originelle Künstlerwohnung für dich vorbereitet!» Er weist auf die gegenüberliegende Straßenseite. Ein maroder 50er-Jahre-Bau wird von einer altersschwachen Energiesparlampe neben der Tür angefunzelt. Im Garten blinkt ein LED-Rentier. «Genau wie das, über das ich in der Show herziehe!», seufze ich. – «Ebent», sagt er und schiebt mich sanft auf die Straße. «Das Bett wird dir gefallen, da haben schon alle drin geschlafen, sogar Ingo Appelt hat da mal reingeschwitzt.»

«Wie oft wascht ihr die Bettwäsche?», frage ich.

«Ich dachte, du magst Ingo Appelt?», wundert er sich.

In dumpfer Trance öffne ich die Tür. Von der Kommode grüßt ein Plastikweihnachtsmann. Es riecht nach einer gesunden Mischung aus grünem und schwarzem Schimmel. Die gestreiften Tapeten stammen aus den orange-braunen 70er Jahren. Dem Linoleum gehen die Ränder hoch. Ja, das ist originell. Und die Bettwäsche ist mit einem Muster aus Herzen bedruckt. Entweder Vintage oder noch von Michael Schanze signiert. «Das Bett wird dir gefallen!» Nein, nicht so richtig. «Da haben schon alle drin geschlafen.» Ja. Ja, jetzt kann ich sie sehen, alle. Wie sie hier geschlafen haben, alle. Und ich kann sie riechen. Ich kann sie hören, wie sie die Matratze mit Gasen gefüllt haben. Alle! Jetzt eine Kerze daneben angezündet, und das Allgäu fliegt in die Luft.

Nein. Hier bleibe nicht. Es gibt liebenswerte spartanische Übernachtungsstätten. Und solche, die einfach nicht gehen. Ich verlasse das Zombiehaus, lege den Schlüssel wie gewünscht in den Briefkasten, klemme mich hinters Steuer, erkläre Sabine, dass ich gern nach Hause möchte, und schalte die Sitzheizung an. Sabine errechnet die Ankunftszeit. So gegen 5:37 Uhr, schätzt sie. Die Stimme hat um diese Zeit etwas Mitleidvolles.

Und wieder die Straße, die Autobahn. Gegen zwei werde ich müde. Soll ich eines dieser 24-Stunden-Motels ansteuern? Ja, lässt mein Unterbewusstsein wissen, das Bett wird dir gefallen, da haben schon fast alle drin geschlafen! Ach ja. Ach nein. Also nicht. Aber dann meldet sich der Hunger. Auf die Nimm2-Bonbons im klebrigen Teller habe ich fahrlässig verzichtet. Nun hebt sich, aus dem Nebel Avalons, ein gelb leuchtendes M neben der Autobahn in die Höhe. Eine alte Versuchung will mich von der Strecke locken. Sabine hat diesen Point of Interest verschwiegen. Oder hatte ich die Fastfood-POIs selbst gelöscht? Stimmt ja. Früher habe ich nach Auftritten immer McDonald's, Burger King und KFC genossen. Das war ungesund und lecker. Und jetzt, mitten in der Nacht, leuchtet das gelbe M wie eine Oase des Glücks aus der Dunkelheit. Ich sehe es, ich kann den Blick nicht wenden.

«Nur Salat, keine Pommes, keinen Burger, keinen Softdrink», schärft mein Speichelfluss mir ein. Ich ignoriere Sabine, die versucht, mich sofort zurück auf die Autobahn zu leiten. Ich schalte sie ab. Bei ihr geht das. Ein Salat also an einem der vielen leeren Tische. Ich esse ihn mit trotzigem Stolz. Ja, das ist ein ganz anderes Gefühl als BigMäc, Pommes-Mayo und Cola! Wenn auch kein besseres. Ein Blick aufs Handy. Mein Nimm2-alte-Bonbons-Backstage-Foto hat vier Likes. Nun noch einen Headshot, das ist ein Koffein-Guarana-Energy-blabla-Pulver, das, in Wasser gelöst, die Synapsen für einige Stunden auf Hochleistung flasht. Kurz nach drei bin ich wieder auf der A45. Zur vollen Konzentration brauche nur noch meine Death-Metal-Playlist mit sämtlichen Tracks von Arch Enemy, Lamb of God und Amon Amarth. Das knallt. Welche Nation war das noch mal, die ihre Gefangenen mit Schlafentzug und dieser Musik foltert? Ich öffne alle Fenster und lasse die eisige Fahrtluft ins Auto strömen. Ich bin wach.

Und dann beginnt es wieder zu schneien. Das kann vorkommen, wenn man mit einem Weihnachtsprogramm unterwegs ist. Diesmal rieselt kein kleindeutscher Durchschnittsschnee aus Behelfswolken. Diesmal fallen dicke, trockene, samtige Daunenflocken. Sie sinken und schweben und strudeln und füllen rasch das gesamte Gesichtsfeld. Die Scheinwerfer leuchten in einen hypnotischen Wirbel. Weiße Streifen fliehen mir entgegen. Langsam fahren. Noch langsamer. Die Autobahn wird zugedeckt. Die Markierungen verschwinden unter diesem Märchenschnee. Und ich krieche mit den empfohlenen Winterreifen durch den Hypnosetunnel, während Amon Amarth irgendwas von Asgard, Ragnarök und sterbenden Wikingern brüllen.

Sabine weist auf möglichen Schneefall hin. Ich habe den Eindruck, dass sie unaufmerksam geworden ist. Und wie direkt aus Walhalla erscheint plötzlich fünfzig Meter voraus eine Perlenkette roter Lichter. Stau. So viele Leute können doch um diese Zeit gar nicht unterwegs sein? Sabine hat nichts bemerkt. Holt sie gerade Schlaf nach? Ich schalte die Playlist ab und das Radio ein. LKW quer auf der Fahrbahn.

Jetzt rücken alle zur Rettungsgasse auseinander. Schaffe ich auch noch. Motor abschalten. Das Auto wird kalt, der Fahrer bleibt wach. Der Kastenwagen vor mir trägt einen Aufkleber: Fahrstil okay? Mit kostenfreier Telefonnummer. Warum nicht. Mal sehen, wer da rangeht, morgens um Viertel nach vier. Ein Anrufbeantworter. Die weibliche Stimme – ist es Sabine? – bittet um das Kennzeichen des betreffenden Fahrzeugs, um meine eigene Telefonnummer, einen Hinweis zum Ort des Geschehens und um den Grund, aus dem ich anrufe.

Ja, das kann nur Sabine sein. Ich sage die gewünschten Daten auf und erläutere den Grund. «Ich stehe hier gerade in einer Vollsperrung hinter deinem Kastenwagen und kann nur sagen: Vorbildlich angehalten auf der A45, sauber in die Rettungsgasse eingereiht, Fahrstil okay. Du kannst mich in den nächsten Nächten unter der angegebenen Nummer zurückrufen. Aber den Schnee hättest du rechtzeitig ansagen können!»

Polizei und Abschleppwagen rauschen vorbei. Sabine ruft nicht zurück. Und schon eine Stunde später dürfen alle weiterfahren. Als ich gegen sechs in Münster ankomme, ist es noch dunkel, auf der Straße und im Haus, und ich denke: Wie hätte der Hund sich gefreut!

Es gibt Milch und Magerquark. Die Schokolade ist alle. Warum nur habe ich die Nimm2-Bonbons im Allgäu liegen lassen? Ich betrachte das Erinnerungsfoto. Schön war es da.

Kurz bevor ich auf meiner eigenen Matratze einschlafe, denke ich an den Auftritt am folgenden Abend in Lübeck. Also, nicht direkt in Lübeck, das nicht, aber in der Nähe davon, auf dem Land. Da gibt es ein kleines provisorisches Theater. Das Hotel im Ort hat wohl dichtgemacht, aber es gibt eine Künstlerwohnung. Ja, und es gibt Weihnachtsliebhaber und Weihnachtsmuffel und eine Gruppe dazwischen, die Weihnachtsrealos. Da gehöre ich hin.

Renée Zucker

Die Stille in Berlin

Heiligabend ist in Berlin so idyllisch wie ein Wald in Brandenburg. Die Knödel stehen stramm und rund gerollt; der Rotkohl ist vorschriftsmäßig zweimal aufgewärmt, der Backofen wartet auf alles, was Fleischfresser, Flexis und Veggies angemessen finden. Der Baum nadelt nicht, und es ist auch noch keiner über den wegen der echten Kerzen bereitstehenden Wassereimer gefallen. Mit der Schwiegermutter wird heute ausnahmsweise nicht gezankt, nicht mal mit der eigenen Mutter. Der von irgendeiner Oma geschiedene Opa hat zum Anlass seine Ganzjahresgartenlaube verlassen und darf hier baden.

Ich habe versprochen, den Kindern nicht zu erklären, dass es keinen Weihnachtsmann, sondern wenn überhaupt nur ein Christkind gibt. Der Weihnachtsmann ist von Coca-Cola und von den Protestanten. Die Kinder haben das Meckerverbot akzeptiert. Wer was nörgeln will, muss das bei geschlossener Tür im Kinderzimmer tun. Jeder Anwesende bekommt nur ein einziges Geschenk, und da darf kein Plastik dran sein. Ich wünsche mir dieses und alle folgenden Jahre nur eins. Diesmal etwas wirklich Kleines. Nachdem die Weinkönigin aus Rheinland-Pfalz auf den wirklich klugen Vorschlag, es könne doch mal das silvesterliche Knallen in den Innenstädten untersagt werden, twitterte: «Demnächst wollen sie wohl noch das Lachen verbieten!» – seitdem wünsche ich mir nur: Ja, ihres als Erstes und für immer. Das ist

mein einziger, klitzekleiner Weihnachtswunsch. So un-
erfüllbar wie früher ein Pony.

Für eine Weile fühlt man die Welt vollkommen, obwohl man ganz genau weiß, dass der Wald eine auf Pro-
fit ausgerichtete Monokultur ist und dass hinter all den
erleuchteten Fenstern der Familienhorror und die seelische Einsamkeit tobt. Aber hier und im Wald zählt erst
mal der gute Wille und bella presenza. Der Glaube wiegt
schwer.

Und wenn man doch ein bisschen mit Schwiegermüt-
tern und Töchtern gezankt hat, man ist schließlich auch
nur ein Mensch. Es gibt tatsächlich alternative Wahrheiten. In jeder einigermaßen gelungenen amerikanischen
Fernsehserie tauchen sie auf. Wenn in der dritten Staffel
von *Designated Survivor* der mexikanischstämmige Vize-
präsidentschaftskandidat von *Potus* Kiefer Sutherland den
ernst gemeinten Rat bekommt, einfach so zu sein, wie er
ist – dann weiß jeder einigermaßen erfahrene Erdling,
dass man in der Politik genau das nicht tun darf, wenn
man Karriere machen will. Aber es wäre toll, wenn es so
wäre – dass man erfolgreich ist, so wie man halt ist.

Im Grunde ist das unser aller Credo, aufgesogen mit
der Muttermilch: Wir sind alle Gottes Kinder, und er hat
uns genau dafür lieb, wie wir sind. Daran glauben wir
fest und inniglich, auch wenn wir, erwachsen werdend,
wissen, dass dem nicht so ist. Genau so verhält es sich
mit dem Brandenburger Wald und Weihnachten. Wir
wollen immer wieder aufs Neue, dass es schön und wahr
und gut ist.

In einem Interview klagt ein Israeli, der in Berlin lebt,
er habe immer Heimweh nach Tel Aviv. Aber sei er dann
dort, sehne er sich schon nach kurzer Zeit zurück ins

stille Berlin. Wie gut verstehe ich den Mann und erinnere mich an schlaflose Nächte in Delhi, New York und Palermo. Dort quält nicht etwa die erwartungsvolle, paarungswillige Schlaflosigkeit von Seattle, hier lärmen Autodiebstahl-, Polizei- und Sanitätersirenen um die Wette mit dröhnenden Zügen und Müllabfuhr, lallenden Obdachlosen, besoffenen Touristen und jaulenden Hunden.

Man mag es nicht glauben, aber tatsächlich ist Berlin eine stille, wenn nicht die stillste Hauptstadt – außer Singapur vielleicht – der Welt. Es gab Zeiten, vor allem nach langen Asienreisen, in denen ich die Stadt tot fand und im Schock über den kompletten Reizverlust die ersten sechs Wochen kaum aus dem Haus ging. Kaum Menschen auf der Straße, keine fremden Klänge, keine Düfte in der Luft, keine leuchtenden Farben, keine sprechenden Gesichter.

Mittlerweile genieße ich es, wenn ich nachts wach werde, in der Dunkelheit liege und in die Stille lausche. Es ist nie ganz still. Immer hört man in der Ferne den Stadtring, einen Hubschrauber oder eine arme Seele, die eine andere sucht. Aber keine schlimmen Auseinandersetzungen zwischen Menschen oder Menschen und Hunden, Hunden und Hunden und keine rolligen Katzen. Letzteres ist allerdings wirklich komisch, denn ich erinnere mich an sehr heftige, entsetzlich laute Auseinandersetzungen zwischen rolligen Katzen. Hier in meinem Hinterhof. Hat sich offenbar ausgerollt.

Auch die satte Stille eines Sommernachmittags zwischen überreif staubigen Kornfeldern hat etwas Wundersames, aber niemals erreicht sie die verheißungsvolle Magie eines frühen Wintermorgens. Die Sommerstille steht buchstäblich still, die Winterstille hingegen öffnet das Tor zu einer anderen Wirklichkeit ganz weit. Man kann sie schon riechen, die andere Wirklichkeit, bevor man hindurch ist. Sie riecht wie klares, kaltes Wasser. Nach nichts also, möchte man meinen. Ja, vielleicht nach nichts und doch sehr verführerisch. Wegen der Wirkung auf den Kopf. Klares kaltes Wasser. Wie neu. Eventuell nichts für Sonnenanbeter und Strandlieger. Die haben es lieber mollig und leer im Gemüt. Einfach mal abschalten. Im Winter schaltet man nicht ab, sondern radikal ein. Selbst wenn die Weihnachtsmarktseuche beginnt. Ab dem ersten Adventssonntag riecht es auch für Wärmeliebhaber verführerisch. Wenn man brodelnde Glühweinsoße lecker findet. Bei der momentanen Weihnachtsmarktdichte liegt über der ganzen Stadt eine süße, warme, undurchdringliche Glühweinduftdecke mit gebrannten Mandel-Flicken. Wer den Klares-kaltes-Wasser-Winter schätzt, möchte weinen.

Der wirklich echte Weihnachtsduft entwickelt sich nur im Wald, gerade in der Brandenburger Fichtenödnis, oder zu Hause. Mit ein bisschen grünem Genadel kann man schon ganz schön viel machen. Auch wenn ich jahrelang wegen des Andersen-Märchens vom Tannenbaum keinen mehr haben wollte. Der Andersen-Tannenbaum war immer unzufrieden in seiner Plantage und wollte Abenteuer erleben. Eines Tages wurde er im Winter gefällt und kam zu reichen Leuten in die gute Stube. Er dachte, er hätte das große Los gezogen. Er wurde geschmückt und mit Geschenken behängt, dann kamen die Kinder, und ein dicker Onkel erzählte ihnen zu Füßen des Tannenbaums eine Geschichte. Diese Geschichte erzählte später der Tannenbaum den Mäusen auf dem Dachboden, wohin man ihn schon am nächsten Morgen entsorgt und vergessen hatte. Die Mäuse wollten lieber Speisekammergeschichten hören, also verstummte er und wurde im folgenden Frühjahr hervorgezerrt, klein gehackt und verbrannt.

So eine grausame Geschichte für Kinder? Ich fand sie selbst als Erwachsene so schrecklich, dass ich deshalb jahrelang keinen Baum wollte, obwohl ich als Kind die Duftkombination von Tanne, Kerzen und gebügelten Strohhalmen liebte. (Während die Eltern die üblichen geheimen Vorbereitungen trafen, bügelten meine Schwester und ich Strohhalme platt – Stroh-Strohhalme.)

Als ich irgendwann erfuhr, dass in Berlin die Elefanten und Lamas im Zoo mit alten Weihnachtsbäumen gefüttert werden und sich schon das ganze Jahr darauf freuen, habe ich wieder einen Baum gekauft. Das war das Jahr, in dem meine Mutter zum letzten Mal nach Berlin kam. Wie immer hatten sich diverse Alleinlebende angekündigt, und meine Mutter sollte ihre legendären Kartoffelklöße aus rohen Kartoffeln machen. Es war ein unglaublicher Aufwand, Kartoffeln für zehn Leute zu schälen und zu reiben, und am Ende musste alles weggeschmissen werden, weil meine Mutter vergessen hatte, wie man sie machte, und alle Klöße auseinanderfielen und als kleine Kartoffelspäne im Wasser schwammen. Alle hatten Hunger. Und als wir Fleisch mit Soße und Apfelkompott aßen, taten alle inklusive meiner Mutter so, als sei das von Anfang an geplant gewesen. Sehr nett von den Freunden, aber ich war wütend. Bestimmt auch, weil ich zum ersten Mal sah, dass meine Mutter alt geworden war. Sie ist dann früh ins Bett, und ich bin mit den Freunden spazieren gegangen, dabei wurde mir übel, und ich musste mich dreimal übergeben. Heute verstehe ich das. Und würde sagen: Das war ein wirklich trauriges Weihnachten.

Ein paar Jahre später, einen Monat nach dem Tod meiner Mutter, ging ich Heiligabend zu meinen Enkelkindern. Sie waren drei und ein Jahr alt und wurden zugeschüttet mit riesigen Geschenken und dabei ständig fotografiert. Es war sehr laut und sehr chaotisch. Ich sah, dass auch ich alt wurde, und ging bald. Als ich alleine zu Hause war, fand ich Weihnachten wieder schön. Aber das hat nichts mit dem Alter zu tun. Entgegen landläufiger Übereinkunft halte ich Weihnachten nicht für eine Familienangelegenheit. Es sei denn, man bekommt den Rest des Jahres über nichts Richtiges zu essen.

Schon mit achtzehn in der Landkommune mochte ich es, wenn alle anderen bei ihren Eltern und außer mir nur Katzen und Hunde im Haus waren. Die Hunde lagen mal so, mal andersrum auf dem Bett, und die Katzen spazierten über den Tisch, an dem ich saß, schrieb und malte, und versuchten, die Nadel vom Plattenspieler zu fegen. Heiligabend. Ruhe. Die Raunächte konnten beginnen.

Bis heute räuchere ich gerne. Damals war es getrockneter Salbei von den Mesas New Mexicos, zur Not ging auch mal Salbeitee aus dem Reformhaus. Heute darf es nur feinster Weihrauch aus Somaliland sein. Ob die Raunächte dem Räuchern, also Reinigen der Räume und Ställe für Mensch und Tier dienen oder es vielleicht doch um die Wiederbelebung von Rauwaren geht, wie früher die bearbeiteten Felle der Kürschner hießen, weiß keiner so genau. Pelzige Dämonen, die so aussehen wie die Männer von *Game of Thrones*, treiben in diesen Nächten ihr Unwesen und fahren in unschuldige Jungfrauen und brave Milchkühe. In diesen zwölf Nächten zwischen dem

25. Dezember, null Uhr, und dem 6. Januar, null Uhr, haben die Seelen der Verstorbenen und die Werwölfe Ausgang und stürzen sich am liebsten auf die Frömmelnden.

Ich persönlich halte mich fern von allem Frommen und nutze die Adventszeit zum Aufräumen und Wäschewaschen. Es darf während der Raunächte keine Unordnung sein, nicht Karten gespielt werden und keine weiße Wäsche rumhängen, sie würde geklaut und als unser eigenes Leichentuch benutzt werden. Dafür soll man in der Silvesternacht (eine der wichtigsten vier Raunächte) unbedingt Rotes am Körper tragen. Es schützt vor Verarmung. Ich mache das seit Jahren. Rote Unterhose, rotes Unterhemd. Es wirkt. Scarlett O'Hara und ich, ein Vorsatz: Nie wieder hungern. Ob Rot in der Neujahrsnacht auch vor zeitgemäßer Altersarmut schützt, entzieht sich bislang meiner Kenntnis. Aber da ich mich zur Sicherheit auch noch in ein rotes Laken wickle, denke ich, et hätt noch emmer joot jejange.

Eine von Shakespeares Komödien, *Was ihr wollt*, heißt im Original *Twelfth Night*. Gemeint ist die letzte Raunacht vom 5. auf den 6. Januar. Epiphaneia, die volle Erscheinungsdröhnung. Wer uns erscheinen möchte, ist nicht vorgegeben und liegt im Auge des Betrachters. Bei Shakespeare geht es direkt in die Vollen. Männer, Frauen, Zwillinge und Diverse. Jeder darf alles sein in dieser Nacht. Wenn das immer so wäre, würde es für alle Beteiligten auf Dauer zu kompliziert. Deshalb gibt es die vernünftige Ordnung der Ausnahmen. In Shakespeares Elisabethanischem Zeitalter glaubte man: Wenn es Unordnung in der Natur gibt, dann gibt es sie auch im Gemüt des Menschen und sogar in der Gesellschaft.

Die Hindus glauben das ebenfalls. Als ich einmal auf

einer nicht enden wollenden Zugfahrt zwischen Tiruvannamalai und Kalkutta eine Frau, die auf dem Weg zu einer Hochzeit war, fragte, warum die Inder so besessen von Hochzeiten sind, antwortete sie: «Man muss die jungen Männer zügeln, damit sie nicht kriminell werden. Sie brauchen Sex, damit sie nicht immer daran denken. Und damit sie nicht krank werden, müssen sie heiraten. Insofern ist die Hochzeit das halbe Versprechen für ein erfolgreiches, gesundes Leben. Nur die ganz Armen und die ganz Reichen müssen sich nicht danach richten.» Ich war beeindruckt von der Klugheit dieser Regel.

Und auch dort gibt es raunächtliche Ausnahmen: auf diesen sogenannten Heiligenfesten, die in Wintermonaten, während wir Adventskerzen anzünden, in jedem südindischen Dorf an einem anderen Tag gefeiert werden; bei denen sich junge Männer Spieße durch die Wangen stoßen oder an ihrem sowieso schon dürren Rückenfleisch, wie Opfertiere aufgehängt, durch die Straßen getragen werden; wo maskierte Kathakalitänzer als multigeschlechtliche Dämonen in den Zuschauern Lust und Schrecken erregen, während ältere Männer, die zugleich Einpeitscher und Zähmer des kontrollierten Ausflippens sind, am Rand der Prozession mitlaufen und die bebenden Frauen zurückdrängen und alle mit blütenduftendem Wasser besprühen – da bekommt man eine Ahnung davon, wie es wirklich zugehen könnte, hätten wir keine Regeln.

Auch in Europa. Hier sogar mit lauter rasenden Frauen. Die Mänaden, die ihrem Gott Dionysos in Horden und rauschhafter Verzückung dienen. Auch sie, triumphierend seinen Thyrsos-Stab (ähem) schwingend, in Rauwaren, in Felle von Rehen und Panthern, gehüllt.

Sie jagen durch die Wälder, reißen junge Tiere und verschlingen das rohe Fleisch. Wenn sie gerade nicht rasen und reißen, baden und singen sie als graziöse Nymphen zwischen springenden Fischlein in gurgelnden Bächlein auf lieblichen Lichtungen und lassen sich von Pan und seinen Faunen bestaunen.

Das alles ist Weihnachten.

Es gibt auch Menschen, die nichts davon brauchen, keine glänzenden Kinderaugen, keine schunkelnden Nikoläuse und auch kein andächtiges «Tochter Zion». Auch die haben ihre Momente. Sie kaufen sich Kiefernzweige und Amaryllis, so saisonal wie die Grüße und Wünsche unter den Mails.

Vielleicht hören sie Bach, man hat ja sonst wenig Zeit dazu, oder Händel.

Vielleicht denken sie nicht mehr daran, einmal so einen richtig ätzend gepfefferten Artikel gegen stinkende Weihnachtsmärkte zu schreiben. Vielleicht gehen sie am Morgen von Heiligabend, wenn die Gehetzten noch letzte Geschenke ergattern, allein an den Wannsee und lauschen dem Spechtgeklopfe in den Baumwipfeln und dem Wildschweingegrunze im Schilfsaum; dem Klingen und Klappern der Großmastschoten im Wasser liegender Boote im Wind, dem grässlichen Schrei des Fischreihers und dem Gelächter der Möwen, und sehen, dass es gut ist.

Ich höre Heiligabend gern Musik aller Art und lese wenigstens einmal alle Strophen von *The Wasteland*. Am Ende, bei «Datta, Dayadhvam, Damyata», muss ich weinen. Niemand ist frei von Gefühlen zum Jahresende.

Shantih. Shantih. Shantih.

Christian Maintz

Hadschi Halef Omar

Als ich sechs Jahre alt war, wünschte ich mir zu Weihnachten eine elektrische Eisenbahn. Viele Male hatte ich vor dem Schaufenster unseres örtlichen Spielzeuggeschäftes gestanden und die dort während der Adventswochen ausgestellte Modellbahnanlage betrachtet. Diverse Züge glitten durch eine weiträumige Miniaturlandschaft mit Bergen, Häusern, Straßen, Autos und menschlichen Figürchen. Hier verschwand eine Diesellokomotive mit einer langen Reihe Güterwaggons in einer Tunneleinfahrt und kam überraschend an anderer Stelle wieder zum Vorschein, dort passierten ein Schienenbus und eine historische Dampflok einander in gegenläufiger Richtung. Ab und zu hielt ein Personenzug etwas abrupt vor einem Bahnhof, stand eine Weile still und setzte sich dann ebenso abrupt wieder in Bewegung. Auf dem Bahnsteig war ein winziger uniformierter Stationsvorsteher zu erkennen, der eine rote Kelle hob. Nun komm schon, sagte Mama, aber ich wollte nicht weg.

Einmal besuchten wir Verwandte. Der zwölfjährige Sohn des Hauses, mein Cousin, ging nach dem gemeinsamen Kaffeetrinken mit mir in den Keller und zeigte mir seine dort aufgebaute Eisenbahnanlage, die beinahe so groß war wie die im Spielzeuggeschäft. Er schaltete mehrere Trafos ein, ließ Züge starten und halten, änderte mittels automatischer Weichenstellung die Fahrtrichtung und knipste zwischendurch die Deckenlampe aus, sodass man im Dunkeln die Innenbeleuchtung der Modellhäuschen und Personenwaggons schimmern sah. Ich stand stumm und reglos dabei; mein großer Vetter schärfte mir mehrmals ein, nur ja nichts anzufassen, dafür sei ich noch zu klein. Auf dem Weg nach Hause ergriff mich plötzlich das Verlangen, selbst so ein Wunderwerk zu besitzen, eigenmächtig Waggons an eine Lokomotive zu koppeln, den Zug in Gang zu setzen, ihn auf eine von mir bestimmte Route zu schicken. Einmal erkannt, wurde mein Wunsch in der Folgezeit dringlicher und dringlicher.

Als am Heiligen Abend nach dem familiären Kirchgang zermürbend langsam die Bescherung herannahte, konnte ich die Spannung irgendwann nicht mehr aushalten, verließ das Kinderzimmer, in dem meine kleine Schwester und ich zu warten angewiesen worden waren, und lugte durchs Schlüsselloch der Weihnachtszimmertür. Und was sah ich da? Unglaublich! Unfassbar! Ich sah wirklich und wahrhaftig eine elektrische Eisenbahn! Ein Miniatur-Güterzug stand, genau in meinem Blickfeld, auf einer Holzplatte – in echt! In unserem Wohnzimmer! Vollkommen erschüttert und gänzlich unfähig, dies etwa aus strategischen Gründen zu verbergen, rief ich laut aus: «Ich sehe ja die Eisenbahn!» Papa kam aus dem Weihnachtszimmer; er wirkte etwas ungehalten, aber gefasst. Wenig überraschend bemerkte er, man dürfe generell und insbesondere an Weihnachtsabenden nicht durch Schlüssellöcher sehen, nahm mich an die Hand und führte mich zurück ins Kinderzimmer. Meine Entdeckung selbst kommentierte er nicht.

Während der verbleibenden Wartezeit kam mir der unbehagliche Gedanke, der Weihnachtsmann könne meinen Frevel vielleicht bestrafen, indem er die bereits

gelieferte Eisenbahn wieder auf seinem Schlitten ver-
staue und damit in nordische Fernen entschwinde oder
sie gar irgendeinem armen Waisenkind zukommen lasse. Glücklicherweise erwies sich diese Befürchtung als
unbegründet. Als wir wenig später mit unseren Eltern
das Weihnachtszimmer betraten, suchte und fand mein
besorgter Blick sofort die kleine, vom Licht der Tannen-
baumkerzen beschienene Eisenbahnanlage der Gleisspur
H0, die, wie ich ja bereits wusste, auf einer Holzplatte installiert war. Natürlich mussten wir zuerst noch gemeinsam *Ihr Kinderlein kommet* singen sowie *O Tannenbaum*
und *Stille Nacht, heilige Nacht*. Dann aber durften wir uns
unseren Geschenken zuwenden. Beseligt ließ ich meinen
kleinen Märklin-Eisenbahnzug, der aus einer metallisch
schweren Dampflok und fünf beeindruckend detail-
getreu nachgebildeten Güterwaggons bestand, wieder
und wieder im Kreis herumfahren.

Im Folgejahr wünschte ich mir zum Fest – womöglich
noch inniger als seinerzeit die Eisenbahn – einen Gold-
hamster, den ich ebenfalls bekam. Er bewohnte einen
hellgrünen Blechkasten mit einer Vorderwand aus Glas;
der Deckel war mit Drahtgitter bespannt. Die Einrich-
tung des Hamsterheims bestand aus einem mit einer
alten Socke ausgepolsterten Holzhäuschen, in das sich
der Hamster tagsüber zurückzog, einem Futternapf und
einem Laufrad, das er allerdings lebenslang vollkommen
ignorieren sollte; der Boden war mit Sägemehl bestreut.
Hingerissen beobachtete ich den possierlichen Pelzträ-
ger, der zunächst seine neue Umgebung erkundete und
schon bald daranging, enorme Mengen Sonnenblumen-
kerne und Nüsse in seine geräumigen Backentaschen zu
stopfen, um sie anschließend in das Schlafhäuschen zu

tragen. Ab und zu hielt er unvermittelt im Laufen inne, machte Männchen, wobei er die kleinen Vorderpfoten wie zur Maniküre präsentierte, reckte das rosafarbene Näschen witternd in die Höhe und schien mich dabei mit seinen schwarz glänzenden Knopfaugen aufmerksam anzusehen. Selbst Mama, dem Geschlecht der Nagetiere sonst wenig geneigt, fand ihn niedlich.

Auf meine nachdrückliche Bitte hin wurde der Kasten auf einer Kommode im Kinderzimmer platziert. Wenn meine Schwester und ich abends in unseren Betten lagen und Mama uns gute Nacht gewünscht und das Licht ausgemacht hatte, erkletterte der Hamster umgehend das Dach seines Schlafhäuschens und nagte so emsig wie geräuschvoll am Drahtgeflecht des Käfigdeckels. Dieses sein Verhalten betrübte mich nicht wenig, ließ es doch erkennen, dass der kleine Mitbewohner, von Fernweh oder sonstigem Ungemach getrieben, seine Behausung und damit auch mich, seinen ihn liebenden Besitzer, zu verlassen bestrebt war.

Eines Abends nagte der Hamster wieder so lautstark und anhaltend an seinem Gitter, dass ich zu fürchten begann, er könnte den Draht, der ihn von der Freiheit trennte, gegen jede Wahrscheinlichkeit tatsächlich durchbeißen und dann auf Nimmerwiedersehen verschwinden. Was tun? Licht machen wollte ich nicht, aber aufstehen und im Halbdunkel den Zustand des Deckels kontrollieren schien mir etwas bedenklich. Möglicherweise wurde man dann in den Finger gebissen? Binnen kurzem fiel mir eine Lösung ein: Ich bat meine kleine Schwester, die natürlich ebensowenig schlief wie ich, sicherheitshalber mal kurz das Gitter zu überprüfen; von ihrem Bett aus habe sie es ja nicht weit.

Die damals Vierjährige zögerte etwas, stand dann aber folgsam auf und befühlte die fragliche Stelle des Deckels, woraufhin der Hamster sie durch das völlig intakte Drahtgitter in den Zeigefinger biss. Der Finger blutete, mein Schwesterchen weinte, und wir mussten Mama rufen, die kam, Licht machte, die Wunde bepustete und mit einem Pflaster versorgte. Den Hamsterkäfig nahm sie anschließend mit aus dem Zimmer und positionierte ihn draußen auf dem Flur, damit wir, wie sie sagte, abends zur Ruhe kämen. Das mit dem Finger tat mir leid, aber das Wichtigste war doch, dass mein Hamster nicht entkommen war, und so schlief ich beruhigt ein.

Einige Jahre später, der Hamster war inzwischen gestorben und durch einen fast identisch aussehenden Nachfolger ersetzt worden, wünschte ich mir zu Weihnachten einen elektrischen Kran, mit dem man vollautomatisch Modellbahnwaggons be- und entladen konnte. Den Kran bekam ich nicht; der Weihnachtsmann beziehungsweise, wie ich mittlerweile zu wissen glaubte, meine Eltern interpretierten meinen Wunschzettel durchaus öfter recht eigenmächtig. Statt des Krans bekam ich drei allerdings besonders reizvolle Tieflader-Waggons. Außerdem fand ich unter meinen Geschenken noch ein ebenfalls unverlangtes grünleinenes Buch, dessen Titel und Verfasser mir unbekannt waren. Das Umschlagbild zeigte die Rückenansicht zweier indianischer Gestalten, die, in einem Kanu sitzend, über eine blau glänzende Wasserfläche auf eine am fernen Ufer erkennbare Figurengruppe zuruderten. Das Buch hieß *Der Schatz im Silbersee*, sein Autor Karl May. Ein flüchtiges Anblättern ergab, dass im Innern des Bandes keine weiteren Abbildungen vorhanden waren. Insofern legte ich ihn vorerst beiseite, um meine Eisenbahn anzuschließen, die Waggons zu einem langen Zug zu verbinden und ausgiebige Rangiermanöver durchzuführen.

Abends nahm ich das neue Buch mit ins Bett, schlug es auf und las im Licht meiner Nachttischlampe den ersten Satz. Er lautete: *Es war um die Mittagszeit eines sehr heißen Junitags, als der ‹Dog-fish›, einer der größten Passagier- und Güterdampfer des Arkansas, mit seinen mächtigen Schaufelrädern die Fluten des Stromes peitschte.* Dieser Dampfer trug auch mich den Arkansas hinauf in den Wilden Westen, in abenteuerlichste, nie gekannte Gefilde, die, wenngleich sie ja nur aus Wörtern gemacht waren, eine ungemein starke Sogwirkung auf mich ausübten. Während man las, tat man ja eigentlich nichts, als Seite für Seite umzublättern, aber die Schrift, der man folgte, ließ einen nicht mehr los und erzeugte ständig wechselnde Gemüts- und Körpererregungen von heftigem Herzpochen bis zu prustendem Lachen. Und immer wieder stieß man auf Sätze wie diesen: *Vom untern Ende des Tales ertönte ein langgezogener Schrei, ein Schrei, den niemand, der ihn einmal gehört hat, jemals wieder zu vergessen vermag, nämlich der Todesschrei eines Menschen.* Ich bin bisher glücklicherweise nie in die Lage gekommen, den Todesschrei eines Menschen hören zu müssen, aber diesen Satz wie auch viele andere Sätze Karl Mays habe ich nicht vergessen.

In der Folgezeit wünschte ich mir weitere May-Romane, erwarb auch selbst welche vom ersparten Taschengeld, und in meinem Bücherbord wurde die Reihe mit den grünen Bänden immer länger. Etliche von ihnen las ich nicht nur einmal, sondern dreimal, fünfmal und öfter. Die vordergründige Spannung, die nur auf ein Wie-geht-es-weiter? gerichtet war, ließ dabei natürlich nach; meine Freude an Handlungsdetails aber, am Aufbau einzelner Szenen, an prägnanten Formulierungen und besonders auch an Wiederholungen, nahm enorm zu. So erfasste mich jedes Mal ein aus Rührung und Ehrfurcht gemischter Schauer, wenn die May'schen Helden ihre Erstauftritte hatten und dann jeweils mit fast wortgleichen Formulierungen vorgestellt wurden, allen voran natürlich der edle Apatschenhäuptling Winnetou: *In der Hand hielt er ein Doppelgewehr, dessen Holzteile mit vielen silbernen Nägeln beschlagen waren. Sein Gesicht, matt hellbraun, mit einem leisen Bronzehauch, hatte fast römischen Schnitt ...*

Mein Klassenkamerad Andreas war ein ebenso entflammter Karl-May-Leser wie ich; jeden Morgen, wenn wir gemeinsam zur Schule radelten, tauschten wir unsere neuesten Lektüreerfahrungen aus. Einmal veranstaltete unsere Deutschlehrerin, Frau Eichmeier, während einer Vertretungsstunde ein Quiz mit uns. Jeweils zwei Kandidaten sollten sich zu einem gemeinsamen Sachthema melden und gegeneinander antreten. Die meisten Mädchenpaare entschieden sich für die Themenfelder Pferde oder Haustiere, die Jungs überwiegend für die Historie deutscher Fußballvereine. Andreas und ich wählten selbstverständlich Karl May.

Als wir an die Reihe kamen, forderte ich meinen Gegenkandidaten auf, den vollständigen Namen Halefs, der den May'schen Icherzähler auf seinen Orientreisen als Diener begleitet, aufzusagen. Andreas verzog den Mund und signalisierte somit, eine derart schlichte Allerweltsfrage betrachte er als beleidigende Unterforderung, memorierte dann aber bereitwillig: *Hadschi Halef Omar Ben Hadschi Abbul Abbas Ibn Hadschi Davuhd al Gossarah.* Hierauf stellte er mir die Aufgabe, die Titel der ersten sechs

Orientbände Mays zu nennen. Das fand ich meinerseits eierleicht und ratterte die gewünschte Reihe herunter, ohne auch nur einmal ins Stocken zu geraten: *Durch die Wüste, Durchs wilde Kurdistan, Von Bagdad nach Stambul, In den Schluchten des Balkan, Durch das Land der Skipetaren, Der Schut.* Mit solchen Minimalanforderungen war Experten unseres Schlages natürlich in der Tat nicht beizukommen. Ich beschloss insofern, die Schraube etwas anzuziehen, und fragte Andreas, welchem Indianerstamm die folgenden Nebenfiguren aus Mays Wildwestromanen jeweils zuzuordnen seien: Tangua aus *Winnetou I*, Oitkha=petay aus *Halbblut* und Menaka tanka aus *Der Schatz im Silbersee*? Mein Freund zögerte auch diesmal keinen Moment und replizierte lässig: Tangua: Kiowas, Oitkha=petay: Schoschonen, Menaka tanka: Osagen.

So ging das einige Male hin und her. Unsere Klassenkameraden klopften nach jeder Antwort applaudierend auf ihre Tischplatten, und auch Frau Eichmeier zeigte sich beeindruckt; nachdrücklich lobte sie unsere Kennerschaft. Zum ersten und für lange Zeit einzigen Mal machte ich die bemerkenswerte Erfahrung, dass Lektüreerlebnisse, die doch eigentlich nur im eigenen Kopf stattfinden, in der realen, äußeren Welt Folgen zeitigen und einem sogar Ruhm und Ehre einbringen können. Das entsprechende Hochgefühl währte allerdings nur kurz, denn in der Folgestunde hatten wir Mathe.

Als ich vierzehn Jahre alt war, wünschte ich mir zu Weihnachten einen Grünen Leguan sowie *The Slider*, die aktuelle Langspielplatte der britischen Popband T. Rex. Meine Patentante Gertrud, der mein Wunschzettel zugespielt worden war, schüttelte sich nach dessen Lektüre demonstrativ und fragte mich, was in aller Welt ich denn mit einem Reptil, mit so einem hässlichen Hausdrachen, anfangen wolle? Den könne man doch weder streicheln noch Stöckchen apportieren lassen. Der sei doch wohl in Hagenbecks Tierpark besser aufgehoben als bei mir. Ich wusste darauf nichts zu antworten. Ich fand Leguane nicht hässlich, sondern schön; ich mochte sie einfach und wollte einen in meiner Nähe haben. Ihn liebkosen oder dressieren zu wollen, lag mir fern; vielmehr stellte ich mir vor, ich könnte, auf meinem Bett liegend, Karl May lesen, während mein Leguan langsam auf einem großen Kletterbaum in meinem Zimmer umherstiege und mit seinen bronzefarbenen, altersklugen Echsenaugen zu mir heruntersähe, wenn ich die Seiten umblätterte.

Zu Weihnachten bekam ich weder einen Leguan noch die Schallplatte, sondern einen gefütterten Wintermantel. Natürlich war ich nicht wenig enttäuscht. Anziehsachen fielen für mich einfach nicht in die Kategorie Weihnachtsgeschenk. Einen Mantel brauchte man doch sowieso! Und ein Geschenk sollte schließlich den Glanz des Nichtalltäglichen verbreiten! Zumal am Heiligen Abend! Immerhin hatten meine Eltern das von ihnen sogenannte «praktische Präsent» durch ein elektrisches Signal für meine Eisenbahnanlage sowie Karl Mays *Im Lande des Mahdi I* ergänzt, was mich einigermaßen versöhnte. Zudem schenkte mir Tante Gertrud, die uns an einem der Weihnachtsfeiertage besuchte, erfreulicherweise 20 Mark, sodass ich mir zumindest die T.-Rex-Platte selbst kaufen konnte.

Wenn ich während der folgenden Wochen von der Schule nach Hause kam, legte ich *The Slider* auf, hielt mir einen alten Tennisschläger als Gitarre vor den Bauch und imitierte tänzelnd und mit den Schultern zuckend die

Bühnenshow des T.-Rex-Sängers Marc Bolan, die ich oft in der Fernsehsendung *disco* und einmal sogar live im Konzert gesehen hatte. Zwar verfügte ich weder über Bolans Korkenzieherlocken noch über seine Glitzeranzüge, aber seine exaltierte Gestik und sein charakteristisches Grimassieren, zumal den notorischen Kussmund, kriegte ich ganz gut hin. Paradoxerweise erschien mir die Nachahmung des verehrten Stars, der mich überlebensgroß von etlichen an meine Zimmerwände gepinnten Postern anblickte, als eine vollkommen auf mich zugeschnittene Form des Selbstausdrucks, die mich beseligte und wenigstens zeitweilig den Zumutungen der Schulwelt entrückte. Bolans klangvoll-sinnfreie, mir gleichwohl gänzlich einleuchtende Songtexte sang ich natürlich sämtlich auswendig, aber stimmlos mit: *Riding on the highways / On the gateways to the south / You're talking with your boots / And you're walking with your mouth, Baby Boomerang, Baby Boomerang* ... Einen Leguan bekam ich übrigens auch zu keinem späteren Zeitpunkt und habe nie einen besessen.

Das alles ist viele Jahrzehnte her. Wenn das Weihnachtsfest naht, freue ich mich wie ehedem, schreibe aber keinen Wunschzettel mehr. Vielleicht werde ich dieses Jahr über die Festtage mal wieder *Der Schatz im Silbersee* lesen und dazu *The Slider* von T. Rex auflegen. Wunschlos bin ich allerdings noch immer nicht. Möglicherweise werde ich mir zu Beginn des neuen Jahres einen Grünen Leguan kaufen.

Thomas Hollmann

Im Land der Alpenkläuse

Viele Leute haben Angst vor Weihnachten, weil ihnen das Melancholische daran nicht behagt. Meine Furcht hat dagegen technische Gründe. Was vermutlich schlimmer ist. Gegen heiligabendliche Kindheitstraumata hilft im Zweifel nur eine Familienaufstellung oder eine Flasche Whisky. Aber wenn die Nachbarn ihre Tanne illuminieren wie in der Disco, kann man nur kapitulieren.

Anfangs dachte ich, die Nachbarn hätten ein Problem mit der Elektrik. Aber als der Weihnachtsbaum auch nach einer Stunde nicht aufhören wollte zu flackern, schwante mir: Da steckt System dahinter. An-aus-an-aus-an-aus-an, wie Warnlichter an einer Baustellengrube. Irgendwann, ohne Vorwarnung, schalteten die Kerzen in den Galopp. Flacker-flacker-flacker-flacker-blink-blink-blink-blink. Als müsste der Baum noch den Bus kriegen.

In Guantánamo sollen sie Insassen mit Stroboskoplicht gefoltert haben. Ich vermute, auch an Weihnachten. Die zersetzenden Signale zu ignorieren, ist jedenfalls unmöglich. Bei einem Unfall auf der Autobahn guckt man ja auch hin, obschon das blutig enden kann. An-aus-an-aus-an-aus-blink-blink-blink-flacker-flacker-flacker.

Was ich nicht verstehe, ist das pädagogische Konzept des Baugrubenbaumes. Wollen die Nachbarn ihren Kindern beibringen, dass da draußen eine nervöse, abweisende Welt auf sie wartet? Blink-blink-flacker-blink. Vermutlich.

Manchmal gelingt es mir, nicht auf den Discobaum zu starren, sondern auf die Lichterkette ein Stockwerk darüber. Das ist insofern erholsam, als diese Kette beständig vor sich hin glimmt. Allerdings schlängeln die Leute den Glühdraht bereits Anfang November um das Balkongeländer. Was ich recht früh finde. Vor allem aber lassen sie die LED-Schlange dann bis ins Frühjahr weiterfunzeln.

Möglicherweise finden die Nachbarn ihr Balkongeländer mit LED-Knöpfen darauf einfach schöner. Mit ein bisschen Phantasie lassen sich aus den Elektroglimmern tatsächlich niedliche Glühwürmchen machen. Ich habe das ausprobiert, das klappt. Da kommt man sich vor wie im Griechenlandurlaub.

Wahrscheinlich ist das ein neuer Trend: Aus christlicher Erleuchtung wird ein All-Season-Motiv. Der Weihnachtsstern auf der anderen Straßenseite hängt jetzt schon das dritte Jahr. Sie wissen schon: diese Papiersterne, die man über die Wohnzimmer-Birne zieht, und alles ist rot. In einer Augustnacht schimmert das fast noch feierlicher als Ende Dezember.

Der Weihnachtsstern als himmlischer Wegweiser ist eh ein wenig aus der Mode gekommen, habe ich den Eindruck. Bei derart vielen Flugzeugen, die über den Berliner Himmel ziehen, ist das auch schwierig zu unterscheiden: Ist das nun ein Positionslicht oder der Stern zu Bethlehem?

Was ich nicht verstehe: Warum lassen die Leute nicht auch den Baum einfach stehen? Das müsste doch gehen, wenn man den anständig eintopft. Aber nein, es muss jedes Jahr ein neuer sein. Da hat die Tannenbaum-Lobby ganze Arbeit geleistet. Dass sich die Menschen jedes Jahr diesen verharzten Überbietungswettkampf liefern, auf der Hatz nach dem perfekt gewachsenen Nordmann, den man doch nie findet. Denn hat man das vermeintliche Prachtexemplar die drei Stockwerke hochgeastet, sieht man tags drauf in einem anderen Tannenparadies garantiert ein noch grazileres Gehölz, dessen Grün irgendwie noch grüner ist.

Wäre es da nicht sinnvoller, den Weihnachtsbaum zu klauen, wenn er schon eine Enttäuschung ist? Die Tannenverkaufsstände sind kaum gesichert. Ich habe das überprüft. Da steckt nicht einmal Stacheldraht auf den Zäunen. Geschweige denn, dass im Inneren ein Pitbull patrouillierte. Kein Hund weit und breit. Und wenn man dann noch weiß, dass die Absperrgitter keine zwei Meter hoch sind, dass also auch ein ungeübter Kletterer das Hindernis bewältigen dürfte, verstehe ich noch weniger, warum diese Tannenparadiese nicht alle schon Mitte Dezember geplündert sind.

Schließlich wird in Berlin sonst doch alles geklaut: Aschenbecher, Kinderwagen, alte Fahrräder (und kriegt man das Schloss nicht auf, dann wenigstens den Sattel). Sogar Betonmischer sind nicht sicher. Deshalb baumeln die immer an Baukränen in zwanzig Metern Höhe. Weil: Würden sie nur fünf Meter hoch hängen, käme bestimmt jemand dran.

Für mich ist das ein großes Weihnachtsrätsel, vielleicht das allergrößte, warum sich niemand an den praktischerweise schon eingenetzten Nordmanntannen vergreift. Selbst wenn jemand moralisch-ethische Bedenken haben sollte, unter einem gestohlenen Baum das Fest der Nächstenliebe zu feiern, könnte er das Diebesgut immer noch verkaufen. An vorbeistreunende Hipster beispielsweise. Die hängen sich Geweihe an die Wand und finden das ironisch. Die hätten sicher auch für dieses Symbol festlicher Bürgerlichkeit Verwendung.

Wobei in der Wüste Sinai gar keine Nordmanntannen wachsen. Das vergisst man häufig, dass das Christentum eine Wüstenreligion ist und dass wir zu Weihnachten eigentlich Olivenbäume einstielen müssten. Oder eine Dattelpalme. Da hätten wir auch gleich den Nachtisch am Baum.

Aber wenn sich eine verquere Tradition erst einmal so richtig verkeilt hat, dann kriegt man die nicht mehr raus aus dem Ständer. Und offensichtlich auch nicht aus den eingezäunten Paradiesen. Die Weihnachtsbäume stehen da bis Heiligabend rum. Dass man meinen könnte, es handele sich tatsächlich um einen genadelten Garten Eden.

Aber Vorsicht: Zu viel vorweihnachtliche Nächstenliebe ist kontraproduktiv. Das hat die Kollegin erlebt, die sich bei ihrem Schreibtischnachbarn für einen Gefallen bedanken wollte und ihm deshalb einen Adventskalender schenkte. Sie beteuert, keine hinterhältigen Gedanken gehegt zu haben. Ich glaube ihr. Andere tun das nicht.

Möglicherweise hätte der innerbetriebliche Frieden weniger Schaden genommen, wäre der Kalender nicht mit Lübecker Marzipan befüllt gewesen. Das schmeckt ja schon gut. Und dann hat der beschenkte Kollege den Kalender auch noch mitten auf seinen Schreibtisch gestellt, sodass die Schreibtischnachbarn beste Sicht auf die Türen hatten, die ihnen versperrt waren. Dabei haben sie der Kollegin auch schon mal einen Gefallen getan. So gesehen, finde ich es fast schon erstaunlich, dass erst die Tür Nummer 11 aufgebrochen war – und nicht schon welche zuvor. Der Dieb ist nie gefasst worden.

Vielleicht ist Weihnachten einfach zu verlockend. Es gibt ja sogar Adventskalender mit Rubbellosen. Und in anderen ist Liebesspielzeug drin. Das gab es früher nicht. Früher wusste man: Hinter der 24 versteckt sich ein Vollmilch-Weihnachtsmann. Den hat das Kind dann morgens gegessen, und gut war's, mit dem Advent und dem Kalender.

Heute ist es erheblich komplizierter, sich zum Heiligen Abend vorzuzählen. Weil Klein Maximilian gesund und nachhaltig in die vorfestlichen Tage starten soll – und nicht mit Billigschokolade. Also greift Vati zur Laubsäge und bastelt unter Aufwendung all seiner handwerklichen Fähigkeiten einen Holzengel, an den Mutti die selbstgenähten Filzsäckchen hängt, die sie zuvor mit Bio-Mandarinen und Buntstiften von Faber-Castell befüllt hat.

Nur hat sich Vati versägt oder einen konstruktiven Fehler begangen, jedenfalls bricht der Engel unter der 24-fachen Tragelast zusammen. Sodass Mutti die Nacht stumm und vorwurfsvoll im Internet verbringt, auf der Suche nach einer alternativen Aufhängemethode, und Vati sich fragt, ob das so eine gute Idee war mit dem Holzengel und der Heirat.

Wobei nach der Scheidung der Weihnachtsstress erst so richtig losgeht. Stellt sich da doch nicht nur die Frage, ob Klein Maximilian bei Vati oder Mutti unterm Baum sitzt, was beide wahlweise als Beweis seiner Liebe oder Manipulation der oder des Ex deuten. Schwierig ist auch die Wahl der Großeltern, die in den Genuss eines nachfestlichen Besuches kommen. Und dann geht es erst zur

Oma nach Stuttgart und am 28. weiter nach Mannheim, wo Opa mit seiner neuen Freundin lebt.

Woher ich das weiß? Aus dem lautstark geführten Telefonat, dass der Vater im ICE mit seiner Ehemaligen führte. Bis er sie auf dem Handy einfach wegdrückte. Woraufhin es die Ex auf dem Handy der Tochter versuchte, die aber gerade im Bordbistro ein Twix kaufen war, komischerweise ohne ihr Handy mitzunehmen. Und weil der Vater sich nicht traute, seine Ex auch vom Tochter-Handy wegzudrücken, schrillten wir mit einem sirenenhaften Klingelton durch die nachweihnachtliche Rhön.

In Göttingen stieg dann eine noch nicht getrennte Familie zu. Vater, Mutter, zwei Kinder. Sie hatten drei Rollkoffer dabei, eine noch verpackte Ritterburg und ein Schaukelpferd. Nun versuchen Sie mal, ein Schaukelpferd in die Gepäckablage zu stopfen. Das klappt natürlich nicht. Weshalb der Gaul quer im Gang vor sich hin wackelte und der Sohnemann daneben die Burg aufzubauen versuchte. Als er fast fertig war, stieß sein jüngerer Bruder gegen die Burg, die daraufhin zusammenbrach. Das umgehend einbestellte Familiengericht konnte die Schuldfrage nicht abschließend klären. Mutwilligkeit oder Fahrlässigkeit, da sind die Grenzen ja auch fließend. Dafür kam die Twix-Tochter aus dem Bordbistro zurück, und die Handy-Sirene hörte auf zu schrillen.

In England haben sie jetzt auch Weihnachtsmärkte. «German Christmas Markets» heißen die dort. Auf dem Markt in Bristol ist vergangenes Jahr «Der Alpen-Klaus» aufgetreten. Ein Mann mit Lederhose und Oktoberfest-Erfahrung. «Klaus is a popular entertainer at the Munich Beer Festival», warben die Veranstalter für ihren Star.

Nun erzielen Bier und Glühwein durchaus beide dieselbe erhoffte Wirkung. Und Weihnachten kann man, wenn man es drauf anlegt, auch als ein frohes Fest der Völkerverständigung begreifen. Und doch beunruhigt mich die Vorstellung, die Menschen in Bristol könnten glauben, Deutschland wäre ein Land lauter Alpenkläuse.

Aber so ist das mit dem Kultur-Transfer: Ausgetauscht werden nur die Vorurteile, von denen man auch was hat. Da kann sich das Goethe-Institut noch so anstrengen, gegen eine «Giant Bratwurst» stinkt die Hochkultur ab.

Wobei es auf German Christmas Markets auch handgeschnitzte Erzgebirgsengel zu kaufen gibt. Wahrscheinlich ist es dieses Spannungsfeld zwischen handwerklicher Wutzeligkeit und Saufen ohne Tempolimit, das die Engländer am Weihnachtsland Deutschland mögen. Wir haben schließlich auch jahrzehntelang geglaubt, die Engländer würden Silvester betrunken über Tigerköpfe stolpern, um anschließend Neunzigjährigen hinterherzusteigen. Dabei kennt auf der Insel kein Mensch das *Dinner for One*. So ist das mit dem Brauchtum und den Klischees: Irgendwann wird einem das Verschrobene zur Gewohnheit.

Aber manchmal gibt es zu Weihnachten doch noch was Neues. Bei uns in der Nachbarschaft standen vergangenes Jahr zwei Adventsbügel an der Straße. Ich rede von diesen gebogenen Metallrohren, die die Bäume vor ungeschickten Einparkern schützen sollen. Statt metallgrau schimmerten die Bügel plötzlich tannengrün. Der unbekannte Dekorateur, der womöglich eine unbekannte Dekorateurin ist, hatte die Nadelzweige mit gleichfarbigem Geschenkband an den Rohren befestigt, sodass man das Band gar nicht sah. Und das Braun der seitlich

eingesteckten Tannenzapfen ergänzte das grüne Gesamt-
arrangement bestens. Da fehlte eigentlich nur noch die
entsprechende Beleuchtung. Aber vielleicht gibt es die ja
dieses Weihnachten. Flacker-flacker-blink-blink.

Andreas Greve

Abweisende Außenhaut

Bereits im Sommer schlägt mir Weihnachten auf den Magen, geht mir die Nadel auf die Nerven, wirft Heiligabend seinen Schatten voraus: sammelt sich als Schlagschatten am Fuße der zu Hunderten und Tausenden in Reih und Glied aufgestellten, monoton und monokulturell in die Landschaft gepflanzten ärmlich-erbärmlichen Grüngestänge, an die Menschen später einmal ihre ganze Hoffnung hängen und an denen sie ihren Geschmack ausleben werden. Kaum größer als Kohl ist der Hoffnungsträger, wenn man ihn zum ersten Mal auf Abstand als Form auf dem Acker ausmachen kann. Grünkohl, so weit das Auge reicht.

Das hätte es auf meinem Bauernhof nicht gegeben! Ich kann mich nicht erinnern, wie alt ich war, als ich ihn bekam, wohl aber, wie sehr ich mich darüber gefreut habe und wie restlos ich für den Rest des Abends darin verschwand: Mal war die Nase drin, mal die ganze Hand. Nur das Fahrrad – erst viele Jahre später – richtete vergleichbare Freude an.

Weihnachten und Freude fielen bei uns normalerweise nicht auf denselben Tag. Da half weder eine Indianerausrüstung noch eine Schaffnermütze. Obwohl man mir jahrelang Verkleidungen geschenkt hatte, damit ich mich selber vergaß, waren sie nie stark genug, mich aus dem Tal der Tränen ins Reich der Phantasie oder in die Prärie zu schicken. Nur auf dem Bauernhof war ich glücklich, obwohl ich wegen der Maßstabverschiebung als Bauer gewissermaßen nicht wirklich vorkam. Er ließ mich für Stunden die ganze fiasköse familiäre Bescherung in unserer Wohnung in Hamburg-Altona vergessen.

Ich weiß, warum unsere Weihnachtsfeste so katastrophal waren. Warum Unfrieden und Unzufriedenheit die Feier der Geburt des Sohnes Gottes zum Höllenritt machten. Es lag am Tannenbaum. Bei uns lag es am Tannenbaum. Ich bin mir ganz sicher, ja, ich bin überzeugt, dass überall da, wo in unseren Breitengraden Weihnachten aus dem Ruder läuft, es am Tannenbaum liegt. Wie kann man ein so ungutes Gewächs derart mit Bedeutung aufladen und obendrein drum herum tanzen wie ums goldene Kalb?

Ich kann mich übrigens nicht erinnern, ob es auf meinem Spielzeugbauernhof auch ein Kälbchen gab. Es gab jedenfalls keinen Esel, wohl aber eine Krippe. Oder war das ein Trog? Auf jeden Fall hatte ich Kühe und Schweine, so eine richtig fette Retro-Sau, deren Gipsbauch fast auf dem Boden schleifte, der bei uns aus Linoleum war. Rätselhaft bleibt, wie für so einen landwirtschaftlichen Betrieb noch Platz war in der kleinen Wohnung, zumal meine Schwestern ebenfalls raumgreifende Geschenke bekamen, etwa das Puppenhaus, in dem man sogar das Licht an kleinen Schaltern aus- und anmachen konnte.

Und mitten im Trubel dann auch noch der Baum. In aller Regel eine Nordmanntanne. Darauf legte mein qualitätsvernarrter Vater Wert.

Alles hat seinen Ursprung, nichts fällt einfach vom Himmel, nicht einmal die Weihnachtsbäume, und deshalb stehen in Europas Norden und sehr ausgeprägt in meiner neuen Heimat im Süden Dänemarks auf leicht abfallenden Feldern Tannen, Tannen, Tannen, die ich mir gezwungenermaßen jedes Mal angucken muss, wenn ich die geschwungene Straße hinter dem Rapsfeld und vor dem Buchenwald am Wasser entlangfahre. Tannengrün für ganze Kolonnen deutscher Tieflader. Immergrüne öde Ackerfrucht und über Jahre zukünftige Weihnachtsbäume. Irgendwo müssen sie ja herkommen, denn entgegen anderslautenden Gerüchten bringt sie weder Knecht Ruprecht noch der Weihnachtsmann.

Die Tanne ist eine Handelsware, die millionenfach verkauft wird. Sie passt zu Dänemarks industrialisierter Landwirtschaft, und sie passt zu jenen Dänen, die immer gerne dort zu finden sind, wo man «einen guten Handel» machen kann. Ob Bacon und Butter im Weltkrieg – friedfertige Produkte in Krisenregionen zu verkaufen, hat in Dänemark Tradition. Bis hin zu den in den Fernsehnachrichten dieser Welt herumfahrenden weißen Toyota-Fourwheels, steuer- und abgabenfrei an die UN oder die UNHCR oder die NGOs geliefert. Und bis zu den Tannenbäumen für Millionen deutscher Haushalte.

Weihnachten sammelt die Familien. Aber in verschiedenen Lagern. Teilt sie in Vollstrecker und Erleber. In Zeremonienmeister und Mitsinger. In Gläubige und Kleingläubige. Und diejenigen im Weihnachtszimmer – und die anderen auf dem Flur, die getrennt sind durch die Zimmertür mit einer Scheibe aus geriffeltem Glas, durch die wir endlos starrten, obwohl wir immer nur eine Silhouette sahen.

Wie schrecklich langsam unser Vater den Baum schmückte! Wie er Kerzenstellungen variierte, Engel an verschiedenen Zweigen zur Probe schweben ließ und die Variante dann doch wieder verwarf und wie es ein gefühltes Jahr dauerte, bis endlich ein lebendes Licht nach dem anderen seinen naturbelassenen Glanz sandte oder jedenfalls das, was schlierig verspringend durch die geriffelte Scheibe schimmerte.

Im Grunde schmiedete unser Vater unfreiwillig an der Koalition gegen ihn, den Haushaltsvorstand. Er schmückte die Wartenden in den Wahnsinn und sich selber ins familiäre Off. Im Grunde ähnelte er der Tanne in ihrer unentspannten, soldatischen Haltung, ihrem peniblen Erscheinungsbild und ihrer abweisenden Außenhaut. Wie kann man nur den heiligsten aller Abende einem Gerippe überlassen, das sich durch spitze Nadeln gegen Berührungen wehrt!

Schon deshalb hätte ich sie nicht auf meinem Bauernhof geduldet. Bei mir wurde Heu noch per Hand verladen. Nicht ganze Fuder, sondern in kleinen Mengen, als duftendes, schmiegsames Material, das zwischen zwei Fingern den Weg vom Anhänger zum Heuboden fand, vor dessen Luke ein primitiver Kran schaukelte – eigentlich nur ein Bindfaden mit einem Haken, der über eine Rolle lief (der Bindfaden also, manchmal aus Versehen aber auch der Haken), weshalb ich lieber die Hand nahm.

Eine Form von Effektivierung, die in keiner Weise zu vergleichen war mit dem Rationalisierungswahnsinn, dem die Agrarindustrie seither frönt. Auf der schmalen Straße im Süden von Fünen kommt mir ein Monstertraktor mit vier Drillingsreifen entgegen, der mit seiner Überbreite nicht nur die Fahrbahn, sondern auch beide Seitenrabatten in Beschlag nimmt und vor dem ich mich nur retten kann, indem ich meinen Wagen halb in eine Tannenschonung setze. Allein auf weitem Flurschaden, nachdem der kreischende Motor des Ungeheuers hinter der Kurve in der Senke verschwunden ist. Wem es sonst schwerfallen sollte, eine echte Depression zu bekommen, dem sei ein kurzer Aufenthalt zwischen diesen stumm-glotzenden Plantagensklaven empfohlen.

Der Nimbus des Tannenbaums erwächst aus seiner Singularität: ein Baum pro Familie. Schwer vorzustellen, dass man sich gleich ein Dutzend Bäume in die Stube stellt. Der Baum saugt seine Bedeutung aus der religiö-sen Aufladung des Festes. Und er verzaubert durch sein Geschmücktsein. Am traurigsten wirkt er in Bataillons-stärke hier draußen und im Sommer. Da ist er der Wir-kungsärmste der Armen, was die Ausstrahlung angeht – hingegen sehr gründlich im Verderben des Bodens und der Landschaft.

Ein halbes Leben nach unserer Kindheit habe ich mei-ne Schwestern einmal nach ihren besonderen oder auch verschwommenen Weihnachtsbildern befragt. So tauchte die geriffelte Scheibe in der Wohnzimmertür wieder auf. Und ich wurde durch ihre Erinnerungen daran erinnert, dass ich nicht der Einzige war, der an jenen Abenden einen Erlöser gut hätte gebrauchen können. Und wie leid tat mir akut und rückwirkend meine kleine Schwester, als ich ihre Schilderung las: «Als ich fünf oder sechs Jahre alt war, die personifizierte Scham, immer mit dem Gefühl, etwas falsch zu machen, bekam ich ein Leselern-buch von Onkel Arnold geschenkt. Schon im Jahr da-vor hatte er mir ein Leselernbuch geschenkt – *Fang an und lies*. Ich hielt es für das gleiche Buch und fand die Situation peinlich. Sowohl für ihn – wie konnte ihm das passieren? – als auch für mich – sag ich was, oder schweige ich besser? Ausgerechnet an dem Tag entschied ich mich, den Mund aufzumachen. Es war es nicht das gleiche Buch. Es war *Lies weiter*, der zweite Band.»

Das nahm auch mich mit. Danach war ich ein Fall für drei Wochen Ferien auf dem Bauernhof. Wohlgemerkt in meinem eigenen nach Heu duftenden, nachhaltigen Betrieb mit Zäunen und Gattern aus Naturholz, nicht etwa auf einer dänischen Großfarm für Tannenbäume. Was mich jetzt zusätzlich erschütterte, war die Erwähnung des Patenonkels. Das stieß direkt in eine Gedächtnislücke, die gigantisch sein musste: Denn darin hatte nicht nur dieser Junggeselle Platz, sondern auch zwei Tanten, die gelegentlich oder regelmäßig mit uns Weihnachten feierten. Mein Körper ist nicht sonderlich weise eingerichtet, aber mir scheinen seine Verdrängungen keine Vorsichtsmaßnahme der Natur zu sein, sondern reine Dummheit.

Man musste mir erst auf die Sprünge helfen, um eine der größten Demütigungen der frühen Jahre wieder erinnerbar zu machen: die Zwangsrodung des Haupthaares. Da muss ich sechzehn oder siebzehn gewesen sein. Zwar noch zu Hause wohnend, aber nun auch äußerlich leicht als Fremdkörper in der Kernfamilie auszumachen, quasi der versiffte Zweig der Sippe. Ich war dem Scheitel und dem Façonschnitt entronnen und hatte mich durch Zuwachsen verkleidet oder neu erfunden. Die fettigen Haare standen bis auf den Rand der Parkajacke. Ich sah ausgesprochen anders aus als mein Vater und seinesgleichen. Gleichaltrigen jedoch auffallend ähnlich.

Wir wollten provozieren, und das klappte mit großer Zuverlässigkeit – auch bei meinem Vater. Seine Erwartungen an Familie und Weihnachten waren andere. Und Erwartungen – erst recht verkehrte Erwartungen –

sind das, was bekanntlich jede Form von Enttäuschung, Schmerz und Hass hervorbringt. Auch meinen Hass auf die Tanne. Ich kann sie einfach nicht mit meinem Bild von dänischer Kulturlandschaft in Deckung bringen.

Ein Jung-Hippie kam in der Vorstellung meines Vaters vom Heiligenabend einfach nicht vor, und deshalb musste das Erscheinungsbild des Sohnes ausgemerzt werden. Immerhin nur das Bild und nicht der ganze Jüngling. Ungeachtet des Standes der umfangreichen Vorbereitungen auf die Bescherung und ungeachtet der vorgerückten Uhrzeit, zerrte er mich zum Friseur. So spät konnte das nur noch der Bahnhofsfriseur sein – und damit ein Fußweg von einer Viertelstunde, in der Wut, Hass und Geifer schon aus taktischen Gründen am Kochen gehalten werden mussten. Nach der Schändung erfolgte die Rücküberführung des Gedemütigten zu Festessen, Geschenken und Baum.

Vermutlich ist es die Länge des Ganges zum Schafott und nicht der Konflikt selbst, der so traumatisierend auf mich wirkte, dass mir mein Gehirn dieses Geschehen lange verschwieg. In meiner Erinnerung gibt es von meinem 16. Lebensjahr bis heute keine kurzen Haare. Schon gar nicht tannennadelkurz. Aber möglicherweise wurde da der mentale Grundstein für meine – ganz allgemein und sehr mild ausgedrückt – Skepsis gegenüber Nadelbäumen gelegt.

Denn die gab es, gefühlt, schon immer. Und jetzt – gerade knapp dem Tod durch drei Meter hohe Traktorreifen mit knietiefen Profilen entronnen –, angesichts der in Idealmaßen soldatengleich angetretenen Tannen, erst recht. Keiner versucht, größer zu sein als die anderen, kein Baum schert aus, keiner tut sich hervor. Sehr dänisch und im Geiste eines ungeschriebenen Moralkodex des kleinen Landes, dem *Jante-Lov*, das besagt: «Denke nur nicht, dass du etwas Besonderes bist.» Einerseits ein unseliger Imperativ. Andrerseits entspricht das genau meiner Erfahrung und ist sogar die einzige sichere Erkenntnis aus meinem bisherigen Leben: Nein, ich bin nicht anders als die anderen. Höchstens etwas. Manchmal.

Deshalb steuere ich den Wagen langsam wieder auf die Straße und rolle zurück in die Stadt. Zum Friseur. Die Zeit scheint reif für einen neuen Haarschnitt: tannennadelkurz.

Wolf Eismann

Baumstämme im Schnee

«Darf man stören?»

Während ich in der Galerie an meinem Schreibtisch sitze und über die Grenzen meiner Originalität spekuliere, steht plötzlich Torben Leander in der Eingangstür.

«Ich denke gerade über das Thema der diesjährigen Gruppenausstellung nach», entgegne ich ihm.

Torben ist einer meiner kreativen Schützlinge. Mitte dreißig. In seiner künstlerischen Arbeit bemüht kontrovers, immer mit einem leichten Hang zur Verzweiflung.

«Deshalb bin ich hier», erklärt er mit jovialem Unterton. «Ich habe eine großartige Idee für eine neue Arbeit.»

Ich frage mich kurz, ob mir das bei der Suche nach einem geeigneten Thema helfen wird.

«Mit Helium gefüllte geometrische Figuren, Kegel, Quader», fährt er aufgeregt fort. «Wie Ballons. Aus Polyester oder so. Und sie stecken in Käfigen, die von der Decke herabhängen.»

«Wie gesagt: Ich denke gerade darüber nach, was ich als Thema ...»

«Wie wäre es denn mit *Luftgeister*?», unterbricht er.

Seit acht Jahren führe ich in einer Kleinstadt nördlich von Hamburg eine Galerie für zeitgenössische Kunst, in der ich mehr oder weniger junge, bislang vom Kunstmarkt wenig beachtete Künstler in Einzelausstellungen präsentiere. Es ist die einzige Galerie in der Stadt. Sie liegt wie eine Insel zwischen Kneipen, Supermärkten und Spielotheken. Ein restaurierter Altbau, 200 Quadratmeter mit hohen Decken, Parkettfußboden und einer breiten Fensterfront. Ein paar kunstinteressierte Menschen gibt es überall, und voller Dankbarkeit strömen sie regelmäßig auch aus den benachbarten Orten herbei, um sich von mir überraschen zu lassen.

Zum Ende eines jeden Jahres organisiere ich stets eine Gruppenausstellung, an der sich alle Künstler beteiligen können, die schon mal bei mir ausgestellt haben. Einzige Bedingung: Sie müssen sich an das Thema halten, das ich vorgebe.

In den vergangenen Jahren habe ich mit eindrucksvollen Themen aufwarten können: *Misstraue der Idylle*, *Das Wandern der Schatten*, *Spukhafte Fernwirkung*, *Kontrolliertes Delirium*. Und in diesem Jahr? Es ist nicht einfach, sich selbst zu übertreffen. Und wenn ich mit einem etwas mulmigen Gefühl den Weihnachtstagen entgegensehe, dann genau deshalb: Ich will auf keinen Fall kapitulieren und bei einem Motto landen wie *Begegnungen*. Auch so etwas wie *Fundstücke* kommt überhaupt nicht in Frage.

«Warum muss das immer so verkrampft originell sein bei dir?», fragt Torben und sieht mich belustigt an.

«Wie meinst du das?»

«Na ja, warum machst du nicht einfach mal eine dieser normalen Weihnachtsausstellungen? Machen doch viele Galerien zum Jahresende. Kleine, feine Arbeiten, etwas gefälliger als üblich. Und vor allem preisgünstiger. Zum Mitnehmen. Die Leute sind jetzt alle auf der Suche nach Geschenken.»

«Etwas gefälliger?», frage ich ihn. «Das sagst *du*?»

«Man will ja auch mal was verkaufen», murmelt er.

Ich muss an Lisa denken, auch eine Künstlerin der Galerie. Sie hat sich auf Skulpturen aus Keramik spezialisiert. Menschliche Körperteile, leicht surreal verfremdet: ineinander verschlungene Hände, ausgebreitete Arme, ausgehöhlte Füße. Skurrile Objekte, die ihr schon einige Kunstpreise eingebracht haben. Viel Anerkennung, aber kein Geld. Vor einiger Zeit hat sie deshalb begonnen, kleinere Keramikobjekte in Serie herzustellen. Zeigefinger, in kleinen Schachteln verpackt. Dutzende von Zeigefingern in Dutzenden von kleinen Schachteln. Im Vergleich sehr preisgünstig. Und immer noch Kunst.

«Das will ich nicht», sage ich zu Torben.

«Das willst du nicht? Du willst nichts verkaufen?»

«Natürlich will ich verkaufen. Aber ich will keine Weihnachtsgeschenke-Schnäppchen-Schau. Ich will nicht das, was *alle* machen.»

«Das ist dein Problem», entgegnet Torben.

«Und deine in Käfigen eingesperrten Luftballons erinnern mich an Jahrmarkt. Bestenfalls an Disneyland.»

Er winkt beleidigt ab, dreht mir den Rücken zu und verlässt die Galerie ohne ein weiteres Wort.

Ein paar Tage später. Ich glaube, ich habe eine Idee für die Gruppenausstellung. Franz Schubert ist mir eingefallen. *Die Winterreise.* Wenn *das* nicht passt! Die Tage sind kurz, die Bäume kahl, es ist trüb und kalt, manch einer versinkt da in Melancholie. Genau wie der Mann in Schuberts Liederzyklus. Die Geliebte hat ihn verschmäht, nun gibt es nichts mehr, was ihn halten könnte. Nachts bricht er auf, entflieht der Stadt, will alles hinter sich lassen. Es fällt ihm nicht leicht: Immer wieder blickt er zurück und schwelgt in Erinnerungen an glücklichere

Tage. Die winterliche Landschaft wird ihm zum Spiegelbild.

Winterreise. Im ersten Moment nicht so originell wie *Das Wandern der Schatten*, aber die Assoziationen mit Schuberts Seelenmusik sollten den Künstlern eine spannende künstlerische Auseinandersetzung ermöglichen.

Mehr als dreißig Künstlerinnen und Künstler bekommen meine Einladung mit der Bitte, Bilder zuerst im Kopf, dann auf der Leinwand entstehen zu lassen. Ich hoffe auf inspirierende Spaziergänge durch die erstarrten Landstriche der eigenen Emotionen. Aber dann ...

«Winterlandschaften. Fast nichts als Winterlandschaften! Dreißig schöpferische Geister, und den meisten fällt zu dem Thema nichts Besseres ein?»

Ich stehe in Torbens Atelier, tief enttäuscht, was die Phantasie meiner Schützlinge betrifft.

«Vielleicht sollte ich nur noch Themenausstellungen machen», rede ich mich in Rage. «Frühlingserwachen, Sommerfrische, Herbstgewitter ...»

Torben betrachtet mich mit kühler Gleichgültigkeit.

«Und was mich besonders enttäuscht: dass auch *du* mit so einer blöden Winterlandschaft kommst.»

«Ich beziehe mich auf Kafka», rechtfertigt er sich.

«Kafka?»

«*Baumstämme im Schnee*», erklärt er. «Kennst du das etwa nicht?» Er zieht einen Zettel aus der Jackentasche und rezitiert: «Wir sind wie Baumstämme im Schnee. Scheinbar liegen sie glatt auf, und mit einem kleinen Anstoß sollte man sie wegschieben können. Nein, das kann man nicht, denn sie sind fest mit dem Boden verbunden. Aber siehe, sogar das ist nur scheinbar.»

«Aha», entgegne ich irritiert. «Und wieso 50 × 50? Du malst doch sonst zehnmal so groß.»

«Die meisten Leute haben doch gar nicht mehr den Platz in ihrem Wohnzimmer.»

Ist das noch Torben Leander, der da zu mir spricht? Der in der Kunst die Kontroverse sucht? Ich bin fassungslos.

«Außerdem erhöht mein Hauswirt ab Januar die Miete», fährt er fort. «Meine Waschmaschine hat letzte Woche den Geist aufgegeben. Und mein Freund hat gefragt, ob wir nicht mal wieder ein paar Tage wegfahren können. Urlaub ...»

«Du brauchst Geld? Ist es das, was du mir sagen willst?», rege ich mich auf. «Deshalb müssen es jetzt Baumstämme im Schnee sein? Auf 50 × 50 geschrumpft? Du meinst, das verkauft sich besser? Wer will denn das ganze Jahr eine Winterlandschaft über dem Sofa hängen haben?»

«Von wem kam denn die Idee mit dem Winter?», fragt er. «Du hast doch diese einfallslose Vorgabe gemacht!»

«Einfallslos?!»

«Winterreise ...!»

«Schubert!»

«Schubert? Welcher Schubert?»

«Weißt du was, Torben? Ich werde diese Ausstellung einfach absagen. Die Gruppenausstellung ist in diesem Jahr gestrichen. Aus Mangel an Originalität. Die Phantasie meiner Künstler ist an ihre Grenzen gestoßen. Ist einer Schneekatastrophe zum Opfer gefallen. Alles eingeschneit. Kein Durchkommen mehr.»

Ich drehe mich zum Fenster und blicke in den kargen Hinterhof, der von einem warmen Regen gesprenkelt wird. Von Winter keine Spur. Gab es zu Weihnachten in unseren Breiten überhaupt jemals Schnee? Kennen wir das nicht sowieso nur aus alten Hollywoodfilmen?

Als ich mich einen Moment später wieder Torben zuwende, sehe ich in ein wütendes Gesicht.

«Typisch Kurator!», sagt er. «Immer muss es ein *Thema* sein. Und dem sollen wir uns unterordnen. Wo bleibt da die Freiheit der Kunst? Warum haben Kuratoren überhaupt so viel Macht?»

«Macht ...»

«Ja, ihr bestimmt, was wann wo von wem gezeigt wird. Ohne Erklärung. Keine Diskussionen. Das ist undemokratisch und autoritär.»

«Ich weiß nicht, ob uns Demokratie in der Kunst weiterhilft», fällt mir nur ein.

«Wir machen die Arbeit, *berühmt* werden nur noch die Kuratoren.»

«Also, ich bin bislang nicht berühmt geworden», seufze ich.

«Jedenfalls sind wir nicht dazu da, eure verstiegenen Phantasien zu illustrieren.»

Ich werde nachdenklich. Lisa fällt mir wieder ein. Warum eigentlich keine Finger in kleinen Schachteln? Und was spricht gegen eine Winterlandschaft? Der Kunstliebhaber kann sie bei Bedarf durch eine Frühlings-, Sommer- oder Herbstlandschaft ersetzen. Wo ich sonst ein Bild verkaufe, könnten es auf diese Weise vier sein. Auch der Wunsch nach einer funktionierenden Waschmaschine ist letztlich berechtigt. Und dann kommen mir auch die vierzig Prozent Provision in den Sinn, die ich bei dem Verkauf eines Kunstwerkes einstreichen kann. Es sind doch vierzig? Wie lange habe ich in dieser Galerie schon kein Bild mehr verkauft! Alles zu düster, wie ich häufig von den Kunden zu hören bekommen habe. Zu melancholisch, zu pessimistisch. Nichts Schönes.

«Okay, wir machen die Ausstellung.»

Und tatsächlich: Es wird ein Erfolg. Auf der Vernissage erblicke ich Menschen, die ich noch nie in der Galerie gesehen habe. Während sie die Bilder betrachten, entdecke ich weder die blasierten Blicke pseudointellektueller Großtuerei noch Ratlosigkeit, nicht mal Skepsis, sondern Einverständnis, Erkenntnis, Freude. Und wenn ich mit ihnen ins Gespräch komme, erzählen sie von ihren Partnern, ihren Kindern, Brüdern, Schwestern, von ihren Onkeln und Tanten, Neffen und Nichten – all den Verwandten, die sie lange nicht gesehen haben, wie sie beteuern, und denen sie mal wieder eine Freude machen wollen. Jetzt, zu Weihnachten. Und warum nicht mit einer Winterlandschaft?

Zum Ende der Ausstellung habe ich mehr als die Hälfte der Werke verkauft. Auch die *Baumstämme im Schnee*. Ich habe kapituliert. Mit Gewinn. Aber wie soll es weitergehen?

Gedankenverloren sitze ich in der Galerie zwischen kahlen weißen Wänden. Die nächste Solo-Show – abstrakte Gemälde aus Asche, Bitumen und Eisenoxid – wird erst zu Beginn des neuen Jahres eingerichtet. Die Trostlosigkeit der leeren Räume passt zu meiner Stimmung.

Da sehe ich Torben Leander draußen am Fenster stehen. Er lächelt ein wenig angestrengt. Dann stößt er mit dem rechten Fuß die Tür auf. Mit seinen Armen umfasst er einen überdimensionierten Poller aus rosafarbenem Plastik. Nur mühsam kann er über das Monstrum hinwegblicken, und im nächsten Augenblick lässt er es erleichtert auf den Boden fallen.

«Was guckst du schon wieder so grimmig?», will er wissen. «Ist doch gut gelaufen!»

«Wo ist der Käfig?», frage ich ihn. «Soll dein rosa Dingsbums einfach so im Raum umherkullern?»

«Du hättest lieber noch eine Winterlandschaft!», grinst er.

«Ich frage mich, wie es weitergehen soll», gestehe ich. «Soll ich von jetzt an nur noch das Schöne suchen in der Kunst?»

«Warum nicht? Die Leute lieben das.»

«Soll ich mein ursprüngliches Konzept aufgeben?», grübele ich. «Wo mir doch das Düstere und Melancholische viel mehr liegt?»

Torben betrachtet mich mitleidig.

«Eine Idee für die Gruppenausstellung im nächsten Jahr hätte ich schon», gestehe ich ihm.

«‹Sein oder nicht sein, das ist hier die Frage›», sagt Torben und grinst wieder.

Am Tag darauf finde ich eine Weihnachtskarte in der Post. Sie kommt von Cordula, einer ehemals guten Freundin. Nachdem sie vor ein paar Jahren Hals über Kopf in die Schweiz gezogen ist, habe ich sie aus den Augen verloren. Auf der Karte ist eine einsam gelegene Berghütte zu sehen. Im Schnee natürlich, wie es in der Schweiz üblich ist. Während wir uns hier mit warmem Regen begnügen müssen. Und mit alten Hollywoodfilmen.

Ich sollte Cordula mal wieder anrufen, überlege ich. Vielleicht könnte ich sie im nächsten Jahr sogar besuchen und gemeinsam mit ihr – und ihren Freunden möglicherweise – die Weihnachtstage in aller Ruhe genießen. Mit Tannenbaum und Gänsebraten, mit Geschenken, mit besinnlichen Weihnachtsliedern – in einer unberührten, schneebedeckten Landschaft. Die Galerie bliebe dann geschlossen. Die Gruppenausstellung fällt aus. Ich werde ein Schild ins Fenster stellen: *Bin auf Winterreise.*

Cornelius Pollmer

Aus Thüringen und Sachsen

Vor nun schon wieder zu vielen Jahren strich ich durch eine lebensleichte Sommernacht am Stausee Hohenfelden in Thüringen. Ich hatte einige Biere getrunken und war auf dem Festival-Campingplatz in engagierte Gespräche geraten. Nudossi oder Nutella, Nationalismus gefährlich oder ärgstenfalls lästig, Politik grundsätzlich okay oder bloß nicht. Ich hatte mich sehr stark für Nutella eingesetzt, war kaum weniger entschieden gewesen in meiner Warnung vor einer Wiederkehr des Nationalismus und hatte die Notwendigkeit von Politik im Grundsatz verteidigt.

Irgendwann galt es, Platz für weitere Biere zu schaffen, und so schlurfte ich über die Zeltplatzwiese und erreichte einen Bauzaun. Da blieb ich stehen. Ein paar Meter weiter traf in derselben Sekunde ein Unbekannter ein. Unsere Seitenblicke trafen einander. Ich lächelte und stellte die erste und einzige Frage, die ich in meinem Kopf zu greifen bekam: «Woher kommst du?» Der Satz blieb unverarbeitet in der Luft stehen. Mein Nachbar blickte stoisch und auf liebenswert unverständige Weise herüber, mit einem Blick, den ich bis dahin nur von Kühen gekannt hatte. Schließlich rührte sich sein Blick, und ein Wort fiel schwer aus seinem Mund: «Johanngeorgenstadt.»

Am Bauzaun verging die Zeit. Irgendwann hörte ich mich sagen: «Mein Opa kommt aus dem Erzgebirge.» Und etwas später: «Der war da Mundartdichter.»

Mein Nachbar fragte: «Wieheissndu?»

Ich nannte meinen vollen Namen und ergänzte: «Mein Opa hieß Karl Hans.»

Stille. Dann leuchteten die Augen meines Nachbarn auf. Er holte tief Luft. Und dann begann er, ja: zu singen. Noch immer standen wir beide an diesem Zaun, und nun, am Ende eines langen Sommers, wurde es plötzlich Weihnachten. Mein Nachbar sang: «Kinner guckt naus, draußen gibt's Schnee! Der Wind trebbt de Flocken, nauf in de Höh'!»

Mein Opa war kein Elvis Presley, und ich bin außerhalb von Hohenfelden kaum je auf ihn angesprochen worden. Aber was mir in dieser bierschweren, lebensleichten Sommernacht bewusst wurde, das war, wie unausweichlich Weihnachten werden kann, wenn man familiär vorbelastet ist.

Zu allem, was irgendwie weihnachtlich ist oder mit Weihnachten auch nur in einem losen Zusammenhang stehen könnte, hat mein Opa ein Gedicht geschrieben, ein Lied komponiert, eine Geschichte skizziert. Als eines beginnenden Winters der erste Schnee fiel, schrieb Karl Hans Pollmer: «Der erschte Schnee». Dann muss es ein zweites Mal geschneit haben. Vielleicht auch ein drittes Mal. Spätestens da befand mein Großvater in einem weiteren Gedicht: «Der Winter is komme». Von *Game of Thrones* war da noch nirgendwo die Rede.

Nachdem der Winter gekommen war, blickte mein Großvater nach vorn: «Der Vater will wissen, ob's kalt wärd, der Gung, ob Weihnachten bal kommt. War von dan' de grössere Fraad hot? Nu war dä?! Der Gung ganz bestimmt!»

Die Freude des Jungen fällt größer aus als die des Vaters, weil Weihnachten über Winter geht. Und so könnte ich noch einen ganzen Advent lang weiterzitieren: «Ofn Drasdner Striezelmarkt» ist mein Großvater gewesen, sein «alter Bargmah» (Bergmann) hielt tapfer brennende Kerzen im Fenster. Das «Weihnachtslied» und «De Weihnachtstaller» erhielten genauso eigene Werke wie die «Weihnachtspackle» der Verwandtschaft und «De Weihnachtsgans» sowieso. Es gibt von meinem Großvater eigene Texte für «En Tog vürn Heilign Obnd», auf welchen «E schiene Beschering» folgte, womit noch nicht erzählt gewesen wäre, was «In der Weihnachtsnacht» passierte und ob darauf womöglich «Verhunzte Feiertog» folgten. Dräut euch, Kinder, es weihnachtet wirklich arg sehr!

Erbe sei stärker als Erziehung, sagt mein Vater immer, aber die Kräfteverhältnisse spielen in seinem Fall vermutlich keine so große Rolle, weil er in die Richtung seines Erbes auch erzogen worden ist. Auch er hat irgendwann angefangen, über Weihnachten zu schreiben. Gar nicht so leicht muss das gewesen sein, denn die Fußstapfen meines Großvaters waren nicht nur groß, sie waren vor allem überall. Es gibt, wie gesagt, nichts Weihnachtliches, über das mein Großvater nicht geschrieben hätte. Aber mein Vater hat sich jenes Vorteils bedient, dessen er von niemandem beraubt werden konnte: Fortschritt. Im Leben meines Opas war das Automobil noch nicht so allgegenwärtig, wie es im Leben meines Vater ist und wie es in der Rückschau meines Lebens schon wieder nicht mehr gewesen sein wird. Jedenfalls ist kein Text meines Großvaters überliefert, der «De Weihnachtsautos» hieße, wohl aber einer meines Vaters mit dem Titel «De Drasdner Stollnfuhr».

Teil der verpflichtenden Tradition meiner Familie ist

es, dass meine Eltern unseren Stollen jedes Jahr in weiten Teilen selber zubereiten. Einzig zum Anrühren des Teiges und zum Ausbacken der Laibe nehmen sie seit je die Dienste eines Vertrauensbäckers im Dresdner Stadtteil Strehlen in Anspruch. So auch in jenem Jahr, als ich noch kein eigenes Auto, aber schon einen Führerschein besaß. Dann und wann entlieh ich den Wagen meiner Eltern, und in der Geschichte von der Stollenfuhr beschreibt mein Vater, wie die Abwesenheit dieses Autos seinerzeit die Stollenproduktion beeinträchtigt hat.

Mit dem Handwagen mussten er und seine Frau den langen Weg von Strehlen nach Hause auf sich nehmen, um die ausgebackenen Rohlinge vom Bäcker in Sicherheit zu bringen. Seine Beschreibung liest sich wie die einer winterstürmischen Nachkriegsflucht übers Haff. Wo meine Eltern in Wirklichkeit den mit Stollen gewiss üppig bepackten kleinen Karren über planen Bürgersteig zogen, klingt es im Text an, als hätten sie einen mit Blei beladenen Planwagen über einen gefrorenen Kartoffelacker zerren müssen. Es ist alles noch viel dicker aufgetragen, als die Butter und der Puderzucker es sind, die unseren Stollen ummanteln. Ich will darüber nicht klagen, denn ich versteh schon: Über irgendetwas musste mein Vater eben schreiben, und das Sujet «Weihnachten und Auto» war bis dahin noch unbedichtet gewesen.

Erbe ist stärker als Erziehung. Ich kann es mir also gar nicht aussuchen, ob ich auch mal über Weihnachten zu schreiben habe. Es geht nur um die Frage, worüber genau. Ich könnte die Strategie meines Vaters wählen und mich nach Dingen umschauen, die es seinerzeit noch nicht gab. Ich könnte den Handwagen aus der Stollenfuhr durch eine Drohne ersetzen, die dann – übertrumpft von der

Last eines mächtigen Dreipfünders – nahe Nürnberger Platz zu Boden ginge. Oder die Drohne könnte den Weg zu uns schaffen, wo dann über der Arbeitsfläche der Küche eine weitere, sehr viel kleinere Drohne ihren Dienst anträte, um den Stollen mit Puderzucker zu beschneien, so wie Löschhubschrauber über lodernden kalifornischen Wäldern ihre Wassersäcke leeren.

Vorstellbar wäre auch die Produktskizze eines klimaneutralen Raachermannels. Ich denke an einen Bausatz für Kinder, bei dem vor Inbetriebnahme des Männchens ein Rußpartikelfilter einzubauen wäre. Das Räuchern selbst müsste ausgeglichen werden durch den Erwerb von CO_2-Zertifikaten oder durch das Aufforsten eines kleinen Waldes auf der Platte der Modelleisenbahn. Begleitet werden könnte der Aufbau von Demonstrationen der Aktivistengruppe «Erneuerbares Erzgebirge», die sich einsetzen würde für eine Umstellung aller Pyramiden von Kerzenwachs auf Windkraftbetrieb.

Vorstellbar wäre auch eine Geschichte aus dem Bereich der Cyberkriminalität. Das Verbrechen schläft nie, auch nicht in der Heiligen Nacht. Was wäre los, wenn das Adressbuch des Weihnachtsmannes gehackt werden würde? Alle Adressdaten und Wunschzettel der Welt lägen digital offen! Es gäbe einen großen Skandal und Sofortprogramme der Politik, Zehn-Punkte-Pläne, von denen einer wäre, Weiterbildungen von Rentieren zu Software-Ingenieuren finanziell zu unterstützen.

Leider ist mein Erzgebirgisch zu schlecht, um darin zu dichten. Statt mir eine solide Ausbildung in Mundart zu ermöglichen, bestanden meine Eltern darauf, mich nebensächliche Hedonistenfremdsprachen lernen zu lassen wie Englisch und Latein und Hochdeutsch. Weihnachten aber ist, zumal in der Familie, eine Zeit für Miniaturen und Handgeschnitztes. Ich will es gern mit kleinen Wohnzimmerschlaglichtern versuchen, solchen, wie sie schon Teekerzen werfen. Und wenn mir jetzt so ein Licht aufgeht, dann liegt das nicht an meinem Großvater, sondern an seiner Frau.

Als er gestorben war und es der Großmutter schon nicht mehr gut ging in dem, was man besser nicht das Oberstübchen nennt, saßen wir als Familie am ersten Weihnachtstag um den dauerkippelnden Tisch. Die Gans war aufgetischt, das Rotkraut ebenso. Nun waren die berühmten grünen Klöße an der Reihe, ohne die es seit Jahren bei uns kein Weihnachtsfest gegeben hat. Diese Klöße schmecken hervorragend, sie kühlen allerdings rasch aus. Deshalb zählte mein Vater erst die Menschen am Tisch und eilte dann in die Küche, um mit einer Schüssel in der Hand zurückzukehren, in der sich exakt so viele Klöße befinden sollten, wie Menschen am Tisch saßen. Sechs solcher Menschen waren es. Aber als mein Vater den letzten Kloß aus der Schüssel zugeteilt hatte, waren erst fünf der sechs Menschen versorgt.

Alle schauten einander verblüfft an, ratlos, wie denn ausgerechnet der Vater, ein studierter Mathematiker, an einer so überschaubaren Aufgabe hatte scheitern können. Nur meine Großmutter schaute nicht verblüfft. In ihren Augen war eher so etwas wie freundliche Angriffsfreude. Nachdem sie eine halbe Stunde geschwiegen hatte, blickte sie in die Runde und stellte fest: «Da fragt man sich, bei wem's hier nicht stimmt!»

Wie war ich jetzt auf all das gekommen? Ach ja. Der Zaun auf dem Zeltplatz bei dem Festival in Thüringen. Nachdem mein Nachbar und ich ein paar Zeilen zusammen gesungen hatten, unterhielten wir uns noch eine Weile und gingen gemeinsam ein Stück des Rückweges, Arm in Arm. In einer Weise grinsend, wie sie Kühen nicht möglich ist, kam ich zu meiner Reisegruppe zurück und erzählte von der Begegnung am Zaun. So kamen wir ins Reden, über Familie, über ihr Erbe und schließlich, in dieser Sommernacht, über Weihnachten. Ich war und bin entschieden dafür.

Emily Philippi

Die große Schokokugel

1.12. Noch reicht es nicht. Aber am 20. Dezember ist die Abgabe. Danach kann ich Weihnachten feiern. Und in Ruhe die Geschichte mit Gloria verarbeiten.

2.12. Gloria versucht anzurufen. Ich gehe nicht ran. Habe zu tun. Lektüre geistiger und weltlicher Art. Die Penny-Wochenschau, die sich durch grelle Farben ins Blickfeld setzt, erklärt die nächste Woche zur Hausschuhwoche. Bedenkenswert.

3.12. Mir fällt im Moment nicht so viel ein. Vier Stunden in der Bibliothek gewesen und den Bildschirmschoner angeguckt: Bilder von Berliner Sehenswürdigkeiten. Alle sieben Bilder eines vom Holocaustmahnmal.

4.12. Es ist nicht genug, das weiß ich. Aber ich brauche eine Art Ruhetag. Die Nachbarin hat einen Hund, und ich darf mitgehen. Einmal um den Friedhof. Hinterher rauche ich ein Zigarettchen, schlafe ein, wache um vier nachts auf, sinniere bis zum Morgen, schlafe wieder.

5.12. Heute wird intensiv gearbeitet. *Probleme der modernen Ethik im Geiste von Leibniz* soll die Arbeit heißen. Oder doch lieber *Parameter des Schreckens*? Ginge auch. Aus Versehen Pulver von Vitamintabletten gezogen. Ich dachte, Einsamkeit wäre ein Kristall. Zum Glück ruft Muttern an.

Du kommst doch, Klaus?

Ja, ich komme.

Hast du denn schon einen Zug gebucht?

Mach ich bald.

Es wird teurer, wenn du das nicht bald machst.

Weiß ich.

Ich zahle ja deinen Unterhalt. Aber zum Glück nicht mehr lange. Wie läuft die Dissertation?

Läuft.

Schön. Hab dich lieb.

Hab dich auch lieb.

6.12. Es wird von Bestimmtem ausgegangen: Dies und jenes ist notwendig, aber wir begreifen die Einheit dieser Momente nicht. Gerechtigkeit und Güte. Vorherwissen und Freiheit. Ich lasse mir das auf der Zunge zergehen. Wonach schmeckt's? Nach Fragwürdigkeit. Wie der Italiener an der Ecke, der eigentlich Libanese ist. Wer Antworten weiß, kann sich bei mir melden. Bitte keine dummen Ausreden.

Versuche, die Fahrkarte nach Stockach zu kaufen, dann die Feststellung: Ich habe meine Kreditkarte verloren. Anruf bei der Bank. «Frohen Nikolausi», tönt es mir entgegen. Ich grummle wild problematisierend.

Man könnt schon mal frohen Nikolausi wünschen.

Jaja.

Wo drückt denn der Schuh, ist noch eine Schokokugel drin, he?

Ist gar nichts drin.

Sie machen sich über mich lustig.

Sie machen sich über *mich* lustig.

Die Kreditkarte findet sich in Kapitel 27 der *Kritik der praktischen Vernunft*. Gloria kommt vorbei. Sie will nett sein, ich merke es und frage mich, ob ich einen so schlechten Eindruck mache. Plaudern über die guten alten Zeiten im Exegese-Seminar bei Prof. Hameln. Wie der immer die Tafel gewischt hat. Von unten nach oben. Wir erzählen uns Theologen-Witze. Das Wort ward Fleisch am Hameln.

7.12. Den ganzen Tag das Haus nicht verlassen. Online-Shopping. Fühle mich als Zeitgenosse. Wir Theologen und diese Zeit, das ist ein kompliziertes Verhältnis.

8.12. Ich bin Theologe, da gibt's Vorurteile, was? Ich promoviere in Theologie. Auf jeder Party hat man damit verloren. Kein Wesen des anderen Geschlechts findet das gut. Gloria vielleicht. Die ist ja selber Theologin. Zigarettchen führt zu Scham führt zu Zigarettchen. Ich wollte nur einen Abriss machen und dann die Säule in die Trümmer pflanzen. Was rutscht mir der Text aus der Hand? Wenn ich die ersten Zeilen lese, winkt die Vernunft freundlich zurück. Auch Prof. Greiner hatte gewinkt. Mit der Abgabefrist.

9.12. Auch wenn man mich auslacht: Ich gehe großen Fragen nach. Was der menschliche Verstand erkennen und was er beweisen kann. Große Fragen, kleine Schritte. Zwischendurch Leibesübungen, einsame Mahlzeiten, mein Schatz an Häuslichkeiten. Ein Tag im Grünen. Bummel zum Autohaus Tode&Söhne. Ich, Klaus, ein Kämpfertyp. Mit schiefer Hüfte geschlagen, aber tapfer. Frische Gedanken auch, Humor ist ganz wichtig.

Die Promotion also: Der Weltbaumeister hält sich versteckt. Die große Brücke zum Jenseits ist morsch. Und schon stehen wir in der Verantwortung.

10.12. Ich muss vorankommen. Komme nicht voran. Mama ruft jeden Tag an. Mangel an Topflappen in der Gemeinschaftsküche sorgt für Unfrieden. Ich hab so einen Durst. Das wird was richtig Zersetzendes. Die Zimmerpalme ist gestorben. Ein anständiges Begräbnis täte not. Ich kann mich gleich dazulegen, so könnte die Wahrheit aussehen – sofern wir ein solches Wort in einem solchen Zusammenhang zu verwenden wagen. Ich habe nichts zu sagen. Und ich habe schon hundert Seiten geschrieben. Die hundert Seiten, die Prof. Greiner als nicht promotionswürdig bezeichnet, handeln von dem, was in diesen Zusammenhängen so schwer, so unglaublich schwer ...

11.12. Die Lage spitzt sich zu. Prof. Greiner hat seine Kommentare gesendet. Er wird das Gutachten formulieren, aber er sagt, er kann nichts *gut achten*. Größenwahnsinnig sei ich, sagt er. Ich fühle mich im Zugzwang. Reaktionsvermögen verlangsamt. Ich gucke *Dschungelbuch* zur Beruhigung. Stockach. Da komme ich her. Schon mal dagewesen? Das Stadtgebiet liegt im Bereich der das Bodenseebecken umrahmenden Molasserücken, die flach nach Süden einfallen. Aus der Riss- und Würm-Kaltzeit kommt das. Ein Erdbeben gab es auch mal bei uns. Davon erzählen die Alten heute noch. Ich höre den Alten zu. Wer tut das sonst? Die wissen am besten, wie das dicke Ende aussieht. Mein Ende ist dünn und faserig.

12.12. Wir haben jetzt Fußbodenheizung, erzählt Mama. Extra für dich. Du hast doch immer kalte Füße.

Gar nicht wahr.

Ich arbeite konstruktiv an dem Kapitel über Tierliebe und Ritterlichkeit. Ich weigere mich, auf Kierkegaard einzugehen. Was soll denn dieses Eingehen sein? Die Zimmerpflanze ist immer noch nicht begraben. «Krankheit und Quieken» soll ein anderes Kapitel heißen.

13.12. Frauen erachte ich als wunderschöne, romantische Geschöpfe, die man beschenken und bedenken kann.

14.12. Zu viel Ichbezogenheit kann es gar nicht geben, wenn man genau wird.

15.12. Sich zu sträuben und nachzugeben, wie überragend. Wie entzückend, zu verfolgen und zu besiegen, wie erhaben, zu erfassen und zu erkennen, wie überragend.

Ob die Natur schön oder grausam ist. Frage und Beweis in einem will ich liefern. Wie kommt man zum Beweis, wenn nicht durch Fragen. Und nun zerbröckelt es mir wie trockenes Graubrot. Fußbodenheizung, was ist denn das? Der Boden, auf dem ich stehe. Wenn er nicht mehr so ist, wie er von selbst wäre, wie kann ich meinen Standpunkt vertreten? Die Bodenheizung verfälscht. Ich verlange authentische Kälte.

Oh, könnte ich nur schreiben. Jedes Jahr neues Glück wünscht der Fleischerei-Kalender.

Am 16. November 1911 wurde Stockach erschüttert: Zwei Erdstöße erschreckten die fröhlich dudelnden und sudelnden Besucher des für seinen Glühwein hochbekannten Martinimarkts. Dreißig Sekunden dauerte das Beben. Und dann kamen die Nachbeben in gewissen zeitlichen Abständen. Der katholischen Stadtkirche brachen die Knochen; die Schadenssumme betrug 38 963 Mark.

16.12. Wäschewaschen. Auch ich muss Wäsche waschen, obwohl ich zur Wäsche so wenig Vertrauen habe wie zum Leib, den sie eindeckt. Seitenlayout prüfen. Ich will Gloria eine Nettigkeit zukommen lassen. Weil ich ihre Hausnummer vergessen habe, gucke ich auf Google Maps nach dem Haus. Ich lasse mich verleiten und scrolle auf und ab und finde mich zwei Stunden später in der indischen Kleinstadt Shivala wieder. Die Vorgärten sind nicht so prickelnd.

Fernweh, weh mir Fernem. Das Format macht mich schämen. Schweiß statt Tränen. Januar, Februar, März, April. Die Jahresuhr steht niemals still. Und dabei wird man auch noch älter. Ich kriege keine Einladungen, die ich absagen könnte.

17. 12. Gloria und ich essen vegetarische Hotdogs. Halb verfüttere ich meines an den Streuner vom Volkspark, der sich schon öfter an mich rangemacht hat. Ach, Gloria. Was soll man sagen. Quackelei und Klatschgeschäft. Alle Sünden in eine münden. Es ist ein künstliches System, das auf den Verstandeskategorien des Absolutseins der Vielheit, der abstrakten Einzelheit begründet ist.

Gloria, bin ich ein Individuum?

Sagen wir: Du bist speziell.

18. 12. Dissertation sollte jetzt langsam fertig werden. Ich hocke in einem Haufen Notizen, die sich einfach nicht verbünden wollen. Ich denke, ich mache die letzten drei Kapitel in der Nachtschicht. Irrsinn ist das. Unsere liebe Frau der Keuschheit. Ich bin die, deren Berührung vereist und deren Blick versteinert. Ich sage: Öh. Ich bin ein Mann mit gewölbter Stirn. Mein Lieblingsbuch ist ein Gesetzbuch.

19. 12. Denken statt wahrnehmen, sage ich Gloria immer, wenn sie mir mit Genussschilderungen in den Ohren liegt. Die feinen Unterschiede zwischen bayerischem und badischem Laugengebäck interessieren sie mächtig. Süddeutsche Heimat verbindet, und schon prasseln die Differenzen los. Die entgegengesetzten Prinzipien sind auseinandergeworfen, aber vervollständigen sich aneinander. Können wir optimistisch sein? Vollkommenheit, so weit die Endlichkeit reicht. Aber was ist das Endliche?

20. 12. Abgabetag. Nichts abgegeben. Heute Abend fährt der Zug zu Muttern. Es fehlt doch nur eine Idee!

Ich stehe unheimlich auf Nestlé-Produkte. Sollte man in der Theologie-Bibliothek aber nicht rumerzählen.

Muttern steht am Bahnsteig mit Begrüßbrötchen und Muff um den Hals. Sie hat Glückwunschkärtchen dabei. Herzlichen Glückwunsch zur Promotion.

Ich habe doch noch nicht abgegeben.

Nein, wirklich?

Na ja, ich muss nur noch ein paar letzte Korrekturen ...

Na, komm erst mal an.

Die Cousinen, zwei niedliche Mädels, stellen Fragen, oh, ein gelehrter Mann, was schreibt er für eine Arbeit? Schmeichelei birgt Verführung, aber wenn sie berechtigt ist? Die Aufmerksamkeit tut wohl.

In der Tat, wenn meine Familie Zusammengesetztes ist, so ist sie auch Einfaches; denn zusammengesetztes Familiendasein heißt ein in sich Vielfaches vertreten, antreten und abtreten, dessen Zusammenhang oder Einheit äußerlich ist. Es ist so, so trivial! Diese Gans, diese Tischdecken, dieses Beieinandersitzen um den Kaminfeuerbildschirm, sitzen bis in die Nachtstunden, bis es zu schwer ist, das Einfache abzuleiten. Ich meine natürlich mich selbst. Dies ist ein Schließen aus dem, was es gibt; es fragt sich aber, ob das, was es gibt, wahr ist.

Also stöhne und seufze ich bei jedem Keks und frage: Was ist ein Keks? Das große Tranchiermesser, das für die Gans einmal im Jahr wartet, was wäre es ohne die Gans? Und die Gans, was wäre sie ohne die Esser? Die Cousinen verstehen das nicht. Die erlauben sich, eine Weltlichkeit an den Tag zu legen, heißa juchhe, dass der Hund sich vom Tisch verzieht. Fünf Birken stehen im Garten. Wie sie über diese Birken reden können. Ja, gut geblättert haben sie im Sommer. Das Vorhängeschloss vor dem Schuppen ist kaputt. Man sollte es austauschen, aber keiner kümmert sich drum. Abgeschlossen wird trotzdem. Der

Rasenmäher ist schließlich was wert. Eines Tages wird Muttern den Schuppen mit der Holzhacke klein hauen müssen, um an den Rasenmäher ranzukommen. Aber die Holzhacke wird auch im Schuppen verwahrt. Die Holzhacke zieht jetzt in den Keller um. Prima Beispiel für deduktives Schließen.

Sitzt ihr auch bequem, fragt Muttern die ganze Zeit. Und dann werden die detaillierten Berichte abgefragt. Ob Gloria immer noch so dick sei. Ob ich mir auch was gönne bei all dem Fleiß.

21.12. Mein altes Kinderzimmer berührt peinlich. Medizini-Poster. Drachen im Park. Siebzig Zentimeter Bärenfell. Schlumpfsammlung. Großes Vergnügen in trockenen Kisten gelagert, immer noch leise hoffend, da käme was wieder. Das Kruzifix habe ich selbst aufgehängt. Muttern mochte das nicht besonders. Oben an der Decke die Wasserleitung. Immer Bescheid wissen, wenn jemand aufs Klo geht. Mein ganzes Leben lang. Muttern schläft nicht gut.

Männer im Allgemeinen ... scherzen die Cousinen. Es ist mir unangenehm, ans Geschlechtliche erinnert zu werden. Ich troll mich aufs Zimmer, gehe dann doch ins Bad, viel zu lang und ausgiebig, dann an den PC. Produktivität jetzt! Nur ein «Jung und Naiv»-Video gucken. Nur eine Folge Simpsons *gucken*. Maximal noch eine zweite. Aufwachen auf dem Teppich. Fragende E-Mails von Prof. Greiner sind eingetrudelt.

Ich bin äußerst materiell und ausgedehnt. Ein Lichtlein steht auf dem Fensterbrett. Erzgebirge, würge, würge. Jetzt wird aber geleistet.

Leistung. Schon mal gehört, Mutti?

Ich habe drei Kinder großgezogen.

Leistung. Weltverdienst. Nicht nur Schlange stehen und am Automaten bedienen.

Ach du. Beschaulichkeit, Einsamkeit, Liebe. Das genügt.

Alles, was wir tun, kann als Prinzip betrachtet werden. Um Gedanken zu haben, philosophische Bedeutung zu haben, muss viel näher bestimmt werden.

Der Kuckuck singt sehr schön, das kann man gut verstehen.

Willst du ein Krabbenbrötchen? Willst du mit spazieren gehen? Der Bach steht hoch. Willst du mitkommen und Onkel Erwin abholen? Kannst du mir mal kurz zur Hand gehen? Hier ist was Lustiges. Klaus, mit deinen Fußnägeln kann man den Garten umgraben. Klau-haus. Die Frau Melchert ist gerade da, die hat sich so gefreut, dich zu sehen. Hast du die Zitronenpresse gesehen? Klaus! Kannst du gefälligst eine Zitronenpresse beim Rossmann holen gehen?

Telefonat mit Prof. Greiner. Danach zwei Stunden stilles Weinen. Akazienschnaps tröstet. Jetzt aber an die Arbeit. Leistung.

22.12. Ich bin zu alt. Zu alt für Leistung.

Alles Vulgärphilosophie! Hat jemand fett in mein Notizbuch geschrieben. Ich habe die ältere Cousine im Verdacht. So viele Realitäten. Die Cousine streckt sich auf dem Sofa aus, als würde ihr das halbe Königreich gehören, mit ihren sechzehn Jahren jung. Ich bin bald beim Doppelten angelangt. Demut und Armut sind meine Leibwächter.

Nimmt man die Realität des Vielen an, so kann durchaus kein Übergang sein.

Brühe und Bettkur verordnet Muttern. Die Tastatur ist

beleidigt und streut mir ständig falsche Kommata. Unter schwerem Aufwand die E-Mail an Prof. Greiner gebastelt. Um Verzeihung bitte ich unter Aufgabe aller Selbstachtung. Das Tierliebe-Kapitel wackelt. Kein einziges Weihnachtsgeschenk habe ich im Angebot. Das Gemüse hat Augen. Letztendlich bin ich überhaupt nicht selbständig. Kann man von einem Wunder ausgehen?

23.12. Die Cousine hinterlässt Nougatspuren in meinem Notizbuch. Ich stelle sie zur Rede, werde dreist belogen, keiner will sich als integrer Zeuge anbieten. Fluchend und schubsend gehe ich weg. Beim großen Einkauf rühr ich keinen Finger. Auch nicht bei der großen Ausladung. Muttern sagt, ich sollte zum Arzt gehen. Onkel Erwin misst Fieber. Leider alles paletti. Von den verabreichten Yogi-Tee-Friedensvanille-Bechern wird mir ganz schlecht. Ich kann nichts essen, sage ich. Erst als alle aus dem Haus sind, um einen Weihnachtsbaum zu fällen, kriege ich heimlich eine Mini-Wini-Würstchenkette runter. Mit frischem Mut ans Werk.

Was nicht an sich unterschieden ist, ist nicht unterschieden? Nicht nur wir unterscheiden das Tier durch seine Klauen, sondern es unterscheidet sich wesentlich dadurch, wehrt sich, erhält sich.

Veränderung jetzt! Dieses Prinzip sollte klappen. Modifikationen von Textverhältnissen. Trockenheit bleibt zurück. Das Einfache verändert sich und bleibt doch einfach. Ich kann es nicht. Frau Melchert klemmt mich untern Arm zur Hunderunde. Sie praktiziert heiteres Zungendreschen, ohne sich von mir pikieren zu lassen. Letztens ist der Mops von der Frau Seidel in den Bach gefallen und nicht mehr rausgekommen, erzählt sie. Pure Selbstüberschätzung. Prima Allegorie auf mich.

Ich habe viele Vorstellungen, ein Reichtum von Gedanken gärt in mir; und doch komme ich nicht aus mir heraus. Die Melchert ist nie in sich gewesen. Die Ruhe selbst ist die Frau! Auch mit der beigen Steppjacke ist sie völlig im Reinen.

Die Frau Seidel läuft jetzt nur noch mit Leine in den Wald. Ohne Mops.

Die Tätigkeit des inneren Prinzips, wodurch es von einer Perzeption zur anderen fortgeht, ist ein *appetitus*. Zurück im Zimmer. Tierliebe und Ritterlichkeit. Diese Stille ist zu laut.

Es bleibt: leidendes Vermögen. Die Sonne geht unter zwischen den putzigen Hügeln. Das Rheinmetallwerk im Abendrot bezeugt die Möglichkeit von wachsamer Intelligenz. Betäubung, die nicht zum Unterscheiden, zum Begehren oder zur Tätigkeit kommt. Der Körper ist ein Haufen, welcher nicht Substanzen heißen kann, so wenig als eine Herde Schafe diesen Namen führen kann. Der Satz des Grundes besagt, dass alles seinen Grund hat.

Tischkante. Fassungslos gleiten meine Finger an den zwei rechten Winkeln entlang. Schlampige Schleifung, poröser Lack, unheimlich schwer zu begründen. Und mein labbrig weicher Flanellpyjama erst, der mich mit seiner eingekauften Schmeichelei vom Schmerz der bloßen Nacktheit abschirmt, ein Schmerz, der mir in seiner Abstraktion umso heftiger zu Kopfe steigt. Die graue, popelige Tapete, aus der ich schon so viele Holzsplitterchen gezogen habe. Was sagt mir das alles? Nichts. Stille, Uhrticken, mitnicken kann ich. Das Lämpchen erlischt nicht, der Kabelbrand lässt auf sich warten. Ob ich wache oder schlafe, ist unmöglich zu unterscheiden. Ich sammle Zitate um mich wie Treuepunkte und klebe sie fest, ohne dass ich Bilder aufs Kärtchen malen kann. Eine Dissertation ist weder Roman noch Stickerheft, Herrgott noch mal.

24.12. Angeregte Frühstücksgespräche. Die Cousine lässt ein weichgekochtes Ei fallen. Upsi. Erwin moralisiert über IS-Heimkehrer: Wir müssen uns um diese Menschen kümmern, sie sind Produkte unserer Gesellschaft. Produkt einer verbrämten und verdorbenen Parallelgesellschaft.

Kann man dir was Gutes tun, fragt Muttern.

Ein Erdbeben, bitte.

Geht's dir gut?

Jede Sekunde der Gedanke: Ich muss an den Schreibtisch zurück. Keine Feierlichkeiten. Ich bin durch die Deadline, bin schon ein Zombie. Etwas zu Ende zu bringen, wie schön muss das sein.

Die Schokokugeln, die Muttern liebevoll zwischen die Teller gestreut hat, glitzern vor meinen Augen. Sie krabbeln langsam auf dem Tisch. Ich muss sie fangen, da kommen sie in heftiges Rollen, in bodenloses Rutschen. Die Cousine zieht am Tischtuch. Da fallen die Kugeln den weißen Küchenfliesen entgegen. Mit Tränen in den Augen bücke ich mich, will einsammeln, was verloren ist, doch die Kugeln trollen sich unter den Kühlschrank, ich kann sie nicht erreichen.

Geht's dir gut? Klaus! Klau-haus! Das ist eine Frage, keine Provokation.

Ich gehe ja schon. Schreibtisch und Schreibtischstuhl. Der Stuhl sieht so jämmerlich aus mit seiner geknickten, anpassungspassiven Rückenlehne. Es hat reingeregnet in der Nacht. Das Fenster guckt, ich gucke nicht zurück. Tierliebe und Ritterlichkeit. Da wären wir wieder.

Eine riesige, in allen Farben des Spektrums schillernde, über alle Maßen leckere Schokokugel kommt zum Fenster herein. Die allgemeine Schokokugel, die das Prinzip des zureichenden Grundes ist. Das Bewusstsein von allem, was leuchtet und schmeckt, unendlich vieleckige und darum runde Wahrheit, vielschichtig handgefertigt mit Nougat, Milchcreme, Krokant, Marzipan, Zuckerminze, Schnaps und allem, birgt einen Kern aus Teer und Tunke. Die Kugel der Kugeln, die absolute Kugeligkeit. Sie spricht mit mir? Sie flüstert: Komm mit ins denkende Reich!

Wer wird hier wen fressen?, flüstere ich zurück.

Die Kugel rollt an, ich schieb mich unters Bett, meiner Flachheit sei Dank. Doch die Kugel kann sich zusammenziehen und rollt sich dazu, sie will in meinen Mund, der *appetitus* ist mir vergangen.

Es wird von Bestimmtem ausgegangen: Dies und jenes ist notwendig, aber wir begreifen die Einheit dieser Momente nicht; diese fällt dann in Gott. Gott ist also gleichsam die Gosse, worin all die Widersprüche zusammenlaufen.

Blasmusik bläst die Türe auf. Die Cousinen und die Mutter, der Onkel Erwin und die Frau Melchert kommen rein, mit Trommeln, Saxophon und Schellenkranz. Sie tragen Weihnachtsmannmützen, nicht nur eine pro Kopf, viele Mützen mit klappernden Glöckchen und Leuchtelämpchen und weichen Bommeln.

Die Cousine spricht: «Nu hatte der hertzog einen Narren bi im, der hieß Kueni von Stocken; den fragte er ouch, wie ihm die sach gefiele? Der antwurt: Übel! Sprach der Hertzog: warum? Antwurt im der Narr: do hant si dir alle geraten, wa ir in das land komind, aber keiner hat graten, wa ir harwider uskomind.»

Jeder in Stockach kennt die Geschichte. Da haben die Schwyzer Bauern unsere Leute vermöbelt. Nur der Narr hat's geahnt, das hat der Herzog – und wir sind der Herzog wie die kleinen Kugeln die große Kugel sind – ihm gedankt. Und nun gibt's in Stockach jährlich das Narrengericht. Grobgünstiger Radau vom Feinsten.

Muttern verliest die *Satzung und Ordnung.* Die Rollen werden verteilt: Erwin ist der Narrenschreiber, die eine Cousine die Klägerin, die andere Cousine der Säckelmeister, Frau Melchert der Fürsprech, ich selbst der Beklagte.

Da tut die Erde mir den Gefallen. Sie bebt endlich.

Wir klagen ihn an wegen Vermiesung der Festlichkeit.

Wir klagen ihn an wegen intellektuellem Versagen.

Wir klagen ihn an wegen verdorbenem Magen.

Wir klagen ihn an wegen zu viel Hochdeutsch.

Wir klagen ihn an wegen restauratorischem Weltbild.

Er wird verurteilt zum Weihnachtenfeiern im Gewerbegebiet Himmelreich.

Als Geschlagener humpele ich zum Kirchgang.

(

Thomas Medicus

Aus dem Schneereich

Wovon ich hier berichten will, trug sich in einer Zeit zu, in der meine Schwester Isabel und ich Kind und die Winter noch kalt und schneereich waren. Im Haus meiner Eltern begann Weihnachten schon Mitte Dezember. Dann reiste mit viel Raumverdrängung ein kleiner Hofstaat an, Oma Wally, Onkel Titus, der Altgriechisch und Latein sprechen konnte. Seine Schwägerin, genannt die Generalin, die Mutter meiner Mutter, war noch vor ihm eingetroffen, um die Festvorbereitungen zu lenken. Alle blieben mehrere Wochen. Eine Strapaze, über die sich meine Mutter dann und wann beklagte und die sie mit Haltung absolvierte.

Die Kleinstadt, in der wir wohnten, hatte nur ein paar tausend Einwohner. Nach längstens einer halben Stunde war man zum einen Tor hinein und zum anderen wieder hinaus. Dann hatte man das Wichtigste gesehen, den langgestreckten Marktplatz, die grauen Bürgerhäuser, die Brauerei, die Stadtkirche, das prächtige Pfarrhaus, ein kleines Jagdschloss.

Das Städtchen lag in einem weiten, lichten Tal, in dem das dunkle Wasser eines Flusses träge dahinfloss. Fast den ganzen südlichen Horizont begrenzte ein langgestreckter, bewaldeter Höhenzug, er sah aus wie ein großer, auf seinem höchsten Punkt gefrorener Wellenkamm. Im Norden breitete sich ein großes, fast flaches Waldgebiet aus. Es züngelte in die Stadt hinein wie eine leckende Flamme, zunächst als lichter Laubwald, auf weiter entferntem sandigem Boden wuchs Kiefernwald. Die Sommer im Tal waren warm und regenarm, die Winter außergewöhnlich kalt und schneereich.

Onkel Titus stand spät am Vormittag auf, rauchte nach dem Frühstück den lieben langen Tag im Wechsel Pfeife und Zigarre, trank mit Beginn des Abendessens genussvoll Bier auf Bier, ohne jemals die Contenance zu verlieren, rauchte und trank anschließend ohne Unterlass weiter und betrieb bis gegen Mitternacht Konversation, meist mit meiner Mutter. Die übrigen Erwachsenen und meine Schwester und ich waren längst schlafen gegangen. Endlich im Bett, las Onkel Titus bis zum Morgengrauen Kriminalromane.

Der Heiligabend verlief nach immer demselben, von meiner Großmutter überlieferten Ritual. Der in der Gegend übliche gebackene Karpfen war als zu muffig ausgemustert und durch Hummer ersetzt worden. Der Krimsekt war zu süß, aber gehörte dazu. Das selbst gebackene Königsberger Marzipan war meist ein wenig zu trocken geraten, zerging aber bittersüß auf der Zunge.

Zur Etikette gehörte es, sich zum Diner in Schale zu werfen. Meine Mutter und die Großmütter erschienen in großer Gala, irgendetwas aus Brokat oder Crêpe de Chine mit zartem Dekolleté. An Ohren, Armen und um den Hals glitzerte und funkelte es. Auch meine Schwester Isabel hatte sich fein gemacht, eine kleine Prinzessin. Die Herren erschienen in Schlips und Kragen, selbst ich trug ein Blazerchen, graue Flanellhosen und eine kesse Fliege.

Es war Sitte, am Nachmittag vor der Bescherung, solange es noch hell war, einen Spaziergang zu unternehmen. Zu diesem Zweck bestiegen wir die dunkelblaue

Limousine, die mein Vater nur an Wochenenden und Feiertagen chauffierte. Der Spaziergang beschränkte sich auf die Kernfamilie. Die Großmütter waren mit den letzten Vorbereitungen für das Fest beschäftigt, und Onkel Titus hatte aus dem Krieg ein steifes Bein mitgebracht.

Das Ziel des Ausflugs war immer dasselbe. Mein Vater lenkte die Limousine am träge dahinfließenden Fluss entlang und über die Brücke in Richtung des Höhenzugs, der einem gefrorenen Wellenkamm glich und im Südwesten jäh abfiel. Auf diesem schiffsbugähnlichen Abbruch erhob sich eine weithin sichtbare, von einem mächtigen Bergfried gekrönte Burg, befestigt von starken, kreisförmigen Mauern, einst in alle Himmelsrichtungen gut zu verteidigen. Die Burg galt als Wahrzeichen der Gegend, schon von weit her zog sie die Blicke an.

Das Auto wurde im Dorf am Fuß des Burgbergs geparkt. Wir würden eine knappe Stunde gehen. Wir schritten tüchtig aus, wir mussten ja vor Einbruch der Dunkelheit wieder zurück und zur Bescherung zu Hause sein. Der Weg führte unter einem grauen Himmel auf lehmigen Wegen durch Felder hindurch. Die von kleinen Eiskristallen bedeckten schroffen Fahrspuren begannen leicht zu tauen, das Gehen bereitete keine Mühe. Zwischen Apfelbäumen hindurch, die ihre knorrigen Zweige bizarr von sich streckten, ging es stetig bergauf.

Bald war die Marienkapelle erreicht und damit ein Gutteil der Strecke bewältigt. Schon sahen wir die Burgmauern. Schwärme von Krähen umkreisten den Bergfried. Die letzte Wegstrecke war die steilste. Endlich war auch sie geschafft, und ein für Kutschen gut zu befahrender Weg führte zum Burgtor hinauf. Als es durchschritten war, gelangten wir auf die abgeflachte Kuppe, auf der sich die Burg erhob. Sie war von einer weiteren Mauer umgeben und verschlossen.

Die Familie umwanderte die Burg auf dem äußeren Befestigungsring. Unterhalb der Mauern fiel der Boden zunächst steil ab und lief dann in immer sanfteren Bodenwellen aus. In südlicher Richtung glaubten wir, bis zu den Alpen schauen zu können. Dieser Rundblick war der eigentliche Grund des Spaziergangs. Er machte jeden von uns auf andere Weise nachdenklich. Jeder war zur selben Zeit ganz außer und doch auch ganz bei sich.

Die Zeit verstrich. Es begann zu dämmern. Plötzlich schwebten Schneeflocken herab. Erst einzeln und kaum bemerkt tanzend, dann immer zahlreicher, immer größer und dichter. Zunächst war es nur ein leichtes weißes Geriesel, dann flockte es herab wie Tausende von Bettfedern, zart und leicht, allmählich den Boden bedeckend.

Der Vater trieb die Familie zur Eile an, warnte, das sei erst der Anfang, es drohe ein heftiges Schneetreiben. Wir zogen die Kappen tiefer ins Gesicht. Ich meinte zu hören, wie das geheimnisvolle, leise Rauschen der Schneeflocken in die Ohren drang, wie die zarten Kristalle auf den Wimpern zerplatzten, um dann als Wassertropfen über die Wangen herabzurinnen. Als wir uns dem Ausgangspunkt näherten, trugen die steinernen Figuren, die im Burggärtlein aufgestellt waren, dicke weiße Hauben auf den geneigten Köpfen und weiße Borten in den Kleiderfalten.

Wir hasteten den Weg hinab, der von der Burg wegführte. Schnell lag sie hinter uns, der Abstieg fiel leicht. Aber bald schon merkten wir, dass wir auf keinem der Wege mehr gingen, sondern über Steilheiten hinwegstolperten, die uns unvermutet in die Quere kamen. Der

Schneefall hatte stark zugenommen, das wirbelnde Flockengewirr nahm die Sicht. Die Marienkapelle zeichnete sich aus viel zu großer Entfernung als dunkler Schemen ab. Wenigstens war die Richtung, die wir eingeschlagen hatten, nicht gänzlich falsch. Erschöpft blieben wir dann und wann stehen, um Atem zu holen. In solchen Augenblicken war alles ganz still, unermesslich still. Je häufiger wir eine Pause einlegten, desto dichter wurde das Schneetreiben. Bald war rundherum alles weiß, ich sah die Hand kaum vor Augen. Die Landschaft war ein einziges Schneefeld.

Wir wussten nicht mehr so recht, wo oben, wo unten war und wo wir uns befanden. Meine Schwester und ich hielten uns an den Händen, um uns nicht zu verlieren. Wenn wir nach oben blickten, sahen wir den Schnee herabfallen wie weißes Mehl. Er bedeckte sogleich die Spuren, die wir gestapft hatten. Inzwischen dämmerte es immer stärker, und der Hunger nahm zu. Gegen den Durst versuchten wir den Mund zu öffnen, die Zunge herauszustrecken und die Schneeflocken anzusaugen.

Von Gehen konnte keine Rede mehr sein. Es war ein Taumeln, Stolpern, Fallen und Wiederaufstehen. Das Herausziehen der in den Schnee einsinkenden Füße fiel immer schwerer. So mühten wir uns, an den Händen haltend, durch das Heulen des Schneesturms bergab, immer bergab.

Das also sollte die Heilige Nacht sein, in der Tausenden von Kindern Freude bereitet wurde. Nur wir stapften durch den immer höheren Schnee, lehnten uns an Baumstämme, um auszuruhen und uns beunruhigt anzublicken.

Längst türmte sich der Schnee auch auf unseren Köpfen und Schultern, wir schüttelten ihn nicht mehr ab. Kaum mehr hoben wir uns vom übrigen Weiß ab, in dem wir mit rudernden Armbewegungen mehr dahinschwommen als auf Füßen schritten.

Und dann plötzlich, nach einer zeitlosen Ewigkeit, ebenso plötzlich, wie der Schneesturm eingesetzt hatte, sahen wir ein Licht vor uns, dunkle Umrisse eines Hauses und erleuchtete Fenster.

Trotz des unvermindert heftigen Gestöbers erkannten wir das Wirtshaus wieder, in dessen Nähe die Limousine abgestellt war. Dem Herrn sei Lob, heute an diesem heiligen Tag, es war geschafft! Wir waren gerettet! Wir flüchteten uns in die Gaststube, schreckten den Wirt und seine Familie auf, die sich andächtig um einen Christbaum versammelt hatten, und ließen uns erschöpft auf den Holzbänken nieder.

Wir baten die Wirtsfamilie um Wasser, der Durst war übermächtig geworden. Erst nachdem wir gierig getrunken hatten, fragte Isabel, um sich blickend, wo der Vater sei. Draußen wohl, meinte meine Mutter, er versuche, das Auto von den Schneemassen zu befreien, damit wir schnell nach Hause kommen könnten. Wir schlüpften wieder in die Mäntel und traten hinaus in die Dunkelheit.

Dort war mein Vater nicht. Unser Rufen blieb ohne Antwort, unser Hin-und-her-Hasten ergebnislos. Ratlos gingen wir zurück in die Wirtsstube. In dieser Schneenacht zu suchen, hatte keinen Sinn. An ein Freischaufeln des Autos war nicht zu denken, ebenso wenig an eine Rückfahrt und nicht an die Bescherung im Familienkreis. Unter der dicken Schneedecke waren weder Weg oder Straße noch Baum oder Haus zu erkennen.

Wir verbrachten die Nacht im Wirtshaus. In einem der

verwaisten und ungeheizten Fremdenzimmer schliefen wir unter dicken Plumeaus einen tiefen, traumlosen Schlaf. Die Strapaze der Schneenacht war größer als die Sorge um den Vater.

Am nächsten Morgen war der Himmel strahlend blau. Eine bittere, die Augen blendende, sonnige Kälte hatte Einzug gehalten. Das Weiß der Landschaft war unermesslich. Nur die Burg auf dem Kamm der Eiswelle schien darüber erhaben.

Mein Vater ist nie zurückgekehrt. Er blieb verschollen in den Schrecken des Schnees und der Finsternis jener Nacht. Viele Wochen später kam die Nachricht, er sei gesichtet worden. Man habe ihn an der Pelzmütze und dem Lammfellmantel erkannt, an dessen Säume Eiszapfen geklirrt hätten. Er sei schnell wieder verschwunden, in einer nebelverhangenen Klamm, fast so, als habe er gar nicht zurückkehren wollen, als hätte er ein nur für ihn sichtbares Ziel vor Augen gehabt.

Auch ohne ihn blieb an Weihnachten im Hause meiner Mutter alles wie immer. Rechtzeitig zum Fest stellten sich die Generalin und Onkel Titus ein. Oma Wally aß und trank wenig, vielleicht war sie ein wenig frommer geworden. Die Klunker glitzerten, der Brokat knisterte, das Crêpe de Chine raschelte, der Krimsekt war zu süß, der Hummer schmeckte, das etwas zu trockene Königsberger Marzipan zerging bittersüß auf der Zunge. Dann und wann litt meine Mutter unter der Last der Etikette, aber sie hielt daran fest, als sei nie etwas geschehen, keine Schneenacht, kein Schmerz. Alle Jahre wieder und für immer und ewig.

York Pijahn

Omas

Meine Mutter steht in der Tür unserer Wohnung und sieht aus wie eine Mischung aus Mon-Chéri-Packung und Antiquitätenhändlerin. Lachsfarbener Mantel, weiße, mit Haarspray betonierte Kurzhaarfrisur. In der schmalen Hand hält sie eine lachsfarbene Reisetasche, an die sie eine Weihnachtsschleife gebunden hat.

«Mäuselein!» Den Namen werde ich offensichtlich nie mehr los. Ich bin 46, was sie nicht davon abhält, mir sofort in den Haaren herumzuwischen und so etwas wie einen Scheitel zu formen. «Dir und deiner Familie die herzlichsten Weihnachts- und Segenswünsche!»

Ich liebe das TV-Ansprachen-Deutsch meiner Mutter. Man will immer «Halleluja!» antworten und sein Gesangbuch vor Freude in die Luft werfen. Ja, das ist meine Mutter Helga aus Bielefeld, eine pastellfarbene Supernova auf zwei Beinen. Für zwei lange Tage ist sie zu Besuch bei meiner Freundin und mir in Kreuzberg. Ihr Parfüm füllt die Wohnung. Meine Freundin niest. Mama Helga flüstert: «Ist sie schon da?»

Sie ist. Die andere. Also Ulrike, meine Kreuzberger Schwiegermutter, die bei uns in der Nachbarschaft wohnt. Mama und Ulrike sind sich noch nie begegnet. Es hatte einfach irgendwie nie gepasst. Termine, blabla, weite Anreise, blabla. In Wahrheit hatten meine Freundin und ich einfach Angst vor dem Treffen zweier Frauen, die unterschiedlicher nicht sein könnten.

Mama ist eine Marmorkuchen-Rentnerin aus der Bielefelder Vorstadt mit Kirchenchor-Anstecknadel und *Hörzu*-Abo. Und Ulrike eine ketterauchende Alt-68erin mit Rainer-Langhans-Frisur, die man sich immer als Teil eines Demonstrationszuges vorstellt, der gleich den Mannschaftswagen der Polizei johlend über eine Leitplanke wuchtet. Unser Plan war, beide an Heiligabend einzuladen, um alle potenziellen Differenzen mit Weihnachtsharmonie zuzuspachteln. Streit zu Weihnachten, das würden die beiden doch sicher nicht bringen, oder?

«Ich bin Mutter-Helga!» Mama liebt es, sich so vorzustellen, auch wenn es klingt, als sei sie die Geliebte von Vater Abraham. Mutter-Helga hat bereits im Flur ihre goldenen Ballerinas angezogen, die einzige Hausschuhvariante, die sie modisch für akzeptabel hält. Sie hat ihre frühe Kindheit auf einem Landgut in Schlesien verbracht. Auf Socken zu laufen, war dort verboten, denn sie war eine der beiden Töchter des Gutsbesitzers. Und es konnte ja immer sein, dass jemand vom «Gesinde» eine Frage hatte, und dem Gesinde sollte schon durch die Klamotten signalisiert werden, wer oben und wer eher auf Rübenackerniveau war. Mehr *Downton Abbey* geht nicht, oder?

«Und ich», antwortet meine Schwiegermutter, in Wollsocken, die aus einem schwarzen Kaftan-Jumpsuit-Sack-Ding herauslugen, «bin die Ulrike.»

Mama, unübersehbar, ist kein Fan von der Kombination aus Artikel und Vorname. Die Ulrike. Für meine Mutter stellen sich so nur schlaffe Ökos mit noch schlafferem Händedruck vor, denen die nötige Kernigkeit fehlt, weil sie nicht konsequent zum Seniorensport gehen und Sauerkrautsaft aus dem Reformhaus trinken. Ich kann diesen Gedanken in einer Denkblase über Mamas Kopf sehen.

Das läuft gar nicht gut. Was Mama allerdings nicht vom Kurs abbringt. Sie hat das Energielevel einer ganzen Landfrauen-Busreise mit nach Berlin gebracht: «Ulrike, wir Omas decken jetzt den Tisch, dann haben die jungen Leute freie Bahn. Wir sind doch noch auf Zack!»

Meine Schwiegermutter, die sich eh von niemandem was sagen lässt und seit Jahren darum kämpft, bloß nicht «Oma» genannt zu werden (denn dann ist man ja hörbar nicht mehr ein Teil von «den jungen Leuten»), hat allerdings keinen Bock, sich von einer Bielefelder Backbuchmutti zum Küchendienst abkommandieren zu lassen.

Und das Wort «Zack»? Ich bin mir sicher, dass Ulrike da im Geiste gleich das Label «Nazi-Wort» drangeheftet hat, so wie in: «Zack, zack, alle in den Luftschutzbunker!»

Den beiden zuzusehen, fühlt sich an, als schaue man eines dieser Amateur-Videos auf Facebook, bei denen sich ganz zart am Bildschirmrand eine Lawine löst und man fasziniert zusieht, wie ganz langsam der ganze Hang ins Rutschen kommt.

«Leute, das wird jetzt nicht Spießer-Weihnachten bei den Buddenbrooks, oder, Helga?»

Meine Kreuzberger Schwiegermutter, nicht ganz frei von Eitelkeiten, lässt gerne ihre Belesenheit raushängen. «Was ist mit einem Weihnachtspicknick im Wohnzimmer? Wir können auf einem der Saris essen!»

Ulrike mag, seit ich sie kenne, alles aus dem Themenfeld Beduinenzelt-Kulinarik und Zweite-Welt-Romantik. Dank meiner Schwiegermutter besitzen meine Freundin und ich mehr Saris als ein Kurzwarengeschäft in Bangalore. «Leute, wer will seinen Couscous-Salat mit den Fingern essen?», ruft Ulrike aus der Küche. Sie meint damit eigentlich den fünfjährigen Sohn von meiner Freundin und mir. Aber eben nur eigentlich. Ich bin kurz davor, «Ich!» zu rufen, bis Mama mir einen Blick zuwirft, als habe man die Queen in einer Arbeiterkneipe zu einer Runde Strip-Poker aufgefordert.

Wir einigen uns auf Essen am Küchentisch mit einer von Ulrike ausgewählten Sari-Tischdecke, die aussieht, als hätte sie ein erkälteter Riese als Taschentuch missbraucht. Mama hat das eingefrorene Lächeln einer Charity-Lady aufgesetzt, die Hciligabend bei Obdachlosen vergessen wurde.

«Besteck ist freiwillig», sage ich harmonieheischend.

«Das wird ein Spaß!», ergänzt meine Freundin liebedienerisch. Wir klingen wie das Moderatorenpaar einer Volksmusiksendung.

Doch es hilft: nichts. Unsere Mütter können einfach nix miteinander anfangen. Sie geben sich Mühe, aber das Gespräch treibt wie ein Korken auf dem Wasser. Ich muss an die Weihnachten von früher denken. Jahrelang bin ich Heiligabend nach Hause gefahren, was sich wie die perfekte Rückkehr in meine Kindheit angefühlt hat. Die Nacht im alten Zimmer mit der Schräge. Das Glück der Zeitreise in die Achtziger.

Jetzt ist Berlin mein Zuhause. Und Mama sitzt als seltsamer Reisetaschengast in goldenen Ballerinas in der Küche. Was jetzt?

«Wenn wir noch in die Kirche wollen, müssten wir bald los», fällt meiner Freundin ein.

Mäntel anziehen, das Treppenhaus hinab, hinaus in den fallenden Schnee im orangefarbenen Laternenlicht. Unser Sohn will partout mit dem Schlitten in die Kirche. Das Seil, an dem der Schlitten hängt, endet in einer Schlaufe.

Ich bekomme die Handschuhe nicht schnell genug aus, um ein Foto zu machen:

Von den beiden Großmüttern, die wie auf Kommando ihren Enkel zusammen durch den Schnee ziehen, nebeneinander, in die Winternacht. Ja. Es ist der reine Postkartenkitsch. Ja, stimmt. Aber manchmal reißt ein guter Moment alles rum. Weihnachten ist nicht perfekt. Aber kurz ist alles erleuchtet.

Dietmar Bittrich

Was macht der Mann da?

Mit den Jahren wurde es immer schwieriger, unsere Eltern zu beschenken. Sie behaupteten, sie seien wunschlos glücklich. Trotzdem erwarteten sie etwas. Dem Trend des jeweiligen Jahres folgend, hatten wir sie mit einem Thermomix versorgt, dann mit einer Smoothiemaschine, anschließend mit einem Rezeptbuch für Bowls plus handpolierten Kokosnussschalen, immer in der Zuversicht, dass wir alles bald erben würden.

Zuletzt hatten wir ihr Landhäuschen mit Smart-Home-Geräten ausgestattet, die nicht sie, sondern wir bald zu bedienen hofften. «Also, ich kann damit nicht umgehen», brummte mein Vater. «Und ich will es auch gar nicht.» Meine Mutter ergänzte: «Etwas ganz Kleines von euch, aber mit Liebe, würde genügen.»

Mit Liebe – wie mühsam! Mein elf Jahre jüngerer Bruder, der Nachkömmling, hatte als Erster eine Idee. Zum folgenden Weihnachtsfest schenkte er den Eltern, dass er sich das Rauchen abgewöhnt hatte. Das war ihm im Sommer gelungen, wenn auch nicht vollständig. Er war zum Dampfer mutiert, probierte sich durch ein schillerndes Sortiment von Liquids und hüllte das Weihnachtszimmer in Wolken der Sorte Weihrauch-Olibanum. «Dass dir das schmeckt», wunderte sich mein Vater, der seinen Hang zum echten Tabak mit einem Herzschrittmacher plus drei Bypässen bezahlt hatte. «Riecht nach Krippenspiel», fand meine Mutter.

Mir half der Zufall. Auf der Gebisswiese fand ich im September einen Unterkiefer, der die Sammlung meines Vaters aufs glücklichste ergänzte. Ab Frühjahr stiegen vom kleinen Flughafen im Landkreis Propellermaschinen mit Tandem-Skydivern auf. An windstillen Tagen sah man sie über den Himmel segeln. Nicht weit entfernt landeten sie auf einer brachliegenden Wiese. Einige ältere Teilnehmer hatten dann nicht mehr alles bei sich, wenn sie beim Absprung geschrien und gelacht hatten. Am häufigsten waren Teilprothesen und Klammern auf einer nahen Wiese zu finden. Als ich im September den Hund ausführte, tauchte er mit einem herrlichen Unterkiefer aus dem Gebüsch auf. Meine Eltern waren glücklich. Sie besaßen jetzt genau zwölf Exemplare und waren damit die Könige im Dorf.

Noch mehr aber freuten sie sich über die Liebesgabe meiner Schwester. Sie hatte eine Liste erstellt, die meinem Vater wieder Hoffnung einflößte und meiner Mutter seelische Erleichterung verschaffte. Im Oktober hatte das Hamburger Abendblatt die «Top Ten der wichtigsten Intellektuellen» der Stadt veröffentlicht, und zu seiner Bestürzung hatte mein Vater seinen Namen nicht auf dieser Liste gefunden. Als Sozialphilosoph hatte er an der Universität einige akademische Lorbeeren verdient. Doch das lag nun schon geraume Zeit zurück. Aus seiner Enttäuschung wurde anhaltende Trauer. Zu Weihnachten offenbarte ihm dann meine Schwester: «Das in der Zeitung war die Shortlist! Ich habe nach der Longlist recherchiert, war gar nicht einfach, denn die ist eigentlich unter Verschluss. Aber es ist mir gelungen. Bitte sehr!» Sie legte «den Ausdruck» auf den Tisch. Den Namen meines Vaters hatte sie auf Platz 13 ihrer selbstersonnenen

Aufstellung gesetzt. Platz 11 wäre zu durchschaubar gewesen. Mein Vater lächelte glücklich. Wir fotografierten ihn durch den dichten Weihrauchdampf, der das Weihnachtszimmer vernebelte.

«Das war wirklich schön und erfüllend», seufzte meine Mutter, als wir uns verabschiedeten. «So könnt ihr gern weitermachen im nächsten Jahr!»

Was für eine Bürde! Wieder mussten wir uns etwas Neues einfallen lassen, nicht unbedingt eine Steigerung, aber etwas Gleichwertiges. Im Juli fand eine Online-Auktion mit den verbliebenen Vermögenswerten des bankrotten Boris Becker statt, den meine Eltern in seiner Jugend sehr verehrt hatten. Ich versuchte, mitzubieten und wenigstens eine zerbeulte Goldene Kamera oder ein Paar ausgetretener Tennisschuhe zu ergattern. Doch die Gebote überstiegen rasch unser Limit. Eine preisgünstige Alternative bot sich an, selbst gemacht: Besen und Kehrichtschaufel, gebraucht, mit imitierter Hotelaufschrift. «Zeugen der Liebe» wollte ich das Bündel nennen. Mein Bruder schüttelte den Kopf. Meine Schwester sagte: «So etwas meint Mama nicht, wenn sie von Liebe spricht.»

Was sie selbst erarbeitet hatte, erschien meinem Bruder und mir nun auch nicht so zartfühlend. Es war ein Projekt, an dem sie schon lange forschte und das sie im August vollendet hatte: ein Fotoalbum mit den Kuckuckskindern unserer Großfamilie. Schon die schiere Anzahl ließ uns staunen. Das Album war ein schillerndes Zeugnis der erotischen Umtriebigkeit unserer Mütter und Tanten und verheirateten Cousinen. Das bedeutendste Foto war zweifellos das meines Bruders. Er wusste davon, wir wussten davon, und natürlich wusste meine Mutter, dass er die Frucht ihrer Affäre mit einem bisexuellen Balletttänzer war. Nur mein Vater wusste es nicht. Zur fraglichen Zeit hatte er Tag und Nacht an seiner großen, von niemandem zur Kenntnis genommenen Monographie über einen Sozialökonomen gesessen.

«Die Idee ist zauberhaft», lobte mein Bruder. «Aber bitte erst nach Papas Abberufung.» – «Ist vielleicht nicht mehr lang hin», tröstete ich meine Schwester, die viel Zeit und Spürsinn aufgewandt hatte. «Ja, dann weiß ich auch nicht», sagte sie patzig.

«Aber mir ist etwas eingefallen», sagte mein Bruder und dampfte eine extra große Wolke ins Zimmer. «Über Enrique könnten wir was wirklich Originelles auf die Beine stellen. Aber es ist ein wenig riskant.» Enrique war der Freund meines Bruders, den er während seiner Ausbildung zum Choreographen kennengelernt hatte, ein hübscher galizischer Tänzer mit markanten Zügen und funkelndem Charme. Unseren Eltern hatte er ihn noch nicht vorgestellt.

«Enrique kennt einen Tiraboleiro», erklärte mein Bruder.

«Einen was?»

«Und er ist sogar mit ihm verwandt!»

«Mit wem?»

«Mit dem Tiraboleiro Mayor!»

Mein Bruder rief uns die Pilgerreise unserer Eltern ins Gedächtnis – ein bewundernswertes Unternehmen, an das wir drei uns aber eher schmerzlich erinnerten. Im vergangenen Jahr waren die beiden, ohne uns um Rat zu fragen, nach Santiago de Compostela aufgebrochen. Anschließend hatte mein Vater die Gemälde, die er über Jahrzehnte gesammelt hatte und für die bereits Platz an unseren Wänden reserviert war, zur Auktion gegeben und durch gerahmte Fotografien seiner Pilgerreise ersetzt.

«Santiago ist es», sagte mein Bruder beschwörend. «Enrique hilft uns! Du filmst!», wies er mich an. «Du trittst noch mal als Feme auf», diktierte er meiner Schwester. «Auf keinen Fall», antwortete sie. «Und ich», verkündete er, «besteige das Raumschiff!» Dann weihte er uns in den Plan ein, dem Enrique bereits zugestimmt hatte.

Im September überwanden wir unsere Flugscham und landeten nach einem madrilenischen Zwischenstopp auf dem kleinen Airport von Santiago. Das Gebot, die letzten hundert Kilometer zu Fuß oder die letzten zweihundert Kilometer mit dem Rad zurückzulegen, galt für uns nicht. Wir benötigten keinen Pilgerpass. Wir wollten unseren Eltern ein Geschenk machen.

«Der Aufwand ist nicht unerheblich», gab mein Bruder zu, als wir das Quartier an der Kathedrale bezogen. «Aber denkt auch an den Eventcharakter und an die Bilder!» Die waren ihm wichtig. Als geschmeidiger Kletterer hatte er seinen Instagram-Account schon mit dramatischen Selfies versorgt – vom Huashan Trail, von der Sea Cliff Bridge, hoch vom Eiffelturm außerhalb der Öffnungszeiten und vom Dach von Notre Dame, wo er allerdings geraucht hatte. Das Dampfen jetzt war weniger gefährlich. Aber sein Vorhaben ging in eine ähnliche Richtung.

Meine Schwester hatte sich überreden lassen, für dieses eine, aber wirklich allerletzte Mal das weltanschauliche Hobby ihrer wilden Jahre wieder aufzugreifen. Sie hatte das Jesuskind aus der Krippe im Freiburger Münster geklaubt, den Kardinal Marx mit Slips beworfen und war mit Freundinnen während der Weihnachtsmesse auf den Altar des Kölner Doms gesprungen – alles nackt oder halb nackt, bezahlt meist mit einer anschließenden Erkältung sowie einem gehörigen Bußgeld. Nach der Geburt der Zwillinge hatte sie das Hobby ad acta gelegt.

Jetzt war ihre Kunst noch einmal gefragt, wenn auch nicht als Hauptereignis, sondern zur Ablenkung der frommen Aufmerksamkeit. Wichtigstes Puzzlestück in unserem raffinierten Plan war Enriques Onkel, der Tiraboleiro Mayor. Es war unser Glück, dass dieser verständige Mann offen war für aktiven Klimaschutz.

Wir verbrachten eine schlaflose Nacht, besonders mein Bruder, im Palais des Onkels. Aber in dem Moment, als am Sonntag in der mit Pilgern überfüllten Kathedrale das Hochamt begann, als die Orgel einsetzte und die Priester einzogen, fiel alle Nervosität von uns ab. Wir fühlten uns geborgen und behütet. Wir waren in Gottes Hand.

Mein Bruder, in einem hautengen Kostüm von der Farbe galizischen Sandsteins, verbarg sich hinter einer Säule am Chorraum. Meine Schwester wartete wie eine segensbegierige Gläubige in der Nähe des Hochaltars. Ich hatte mich mit einsatzbereiter Kamera gegenüber postiert.

Das Hochamt schleppte sich hin. Dann war es so weit, ich startete die Kamera: Wir sahen die acht Tiraboleiros, die erhabenen Diener, zum Botafumeiro schreiten, zum weltberühmten Weihrauchfass. Sie ergriffen die Seile, um es zum Schaukeln, zum Schwingen, zum Fliegen zu bringen. Ihr Anleiter, Enriques Onkel, der Tiraboleiro Mayor, nickte kaum merklich.

Das war das Signal. Meine Schwester warf ihren schwarzen Umhang ab, unter dem sie strahlend nackt war. Ungehindert von den verdutzten Umstehenden sprang sie die Stufen hinauf und erklomm behände den

Hochaltar. Laute des Entsetzens erhoben sich, Schreie des Protestes, aber auch Rufe der Bewunderung. Apokalyptischer Lärm erfüllte die Kirche.

Sieben der acht Tiraboleiros starrten fassungslos auf das sündhafte Spektakel. Der achte, unser Verbündeter, lüftete seelenruhig den bereits angehobenen Deckel des Botafumeiro, sodass mein Bruder, der sich durch die entgeisterten Pilger geschlängelt hatte, blitzschnell hineinschlüpfen konnte. Das Fass, mit hundertsechzig Zentimetern nur ein wenig kleiner als er selbst, nahm ihn auf und schwankte kurz aufgrund des Gewichts.

Die Tiraboleiros nahmen nichts davon wahr. Sprachlos starrten sie nach vorn, wo jetzt zwei beherzte Priester den Fuß meiner Schwester packten, um sie vom Altar zu zerren. Meine Schwester beschwichtigte sie: Sie komme freiwillig herunter. Ihr war nicht entgangen, dass meinem Bruder der Streich gelungen war. Zwei Kirchendiener eilten mit Decken herbei, hüllten sie ein und geleiteten die friedlich Lächelnde zum Seitenausgang, um sie der Guardia Civil zu übergeben.

Enriques Onkel tat nun, was ihm aufgegeben war als verständigem Anführer der Tiraboleiros. Er sorgte dafür, dass in der Kathedrale wieder Ruhe einkehrte und die Messe reibungslos fortgesetzt werden konnte. Als hätte er den Weihrauchharz, auf dem mein Bruder hockte, eben in Glut versetzt, stiegen bereits aromatische Wolken aus dem Fass. Mein Bruder dampfte! Die Tiraboleiros begannen ihre Arbeit. Das Fass kam allmählich ins Schwingen – langsamer als gewöhnlich, doch die frommen Männer maßen die Schwierigkeit ihrem in die Knochen gefahrenen Schrecken zu. Feierlich erhob sich das schimmernde Fass in den hohen Raum. Mein Bruder stieß herrliche

Wolken aus, schönere, so haben Zeugen später versichert, als jemals zuvor beim Flug des Botafumeiro.

Als ich zoomte, glaubte ich seine Hand durch einen der schmalen Auslässe des Fasses winken zu sehen. Noch näher – ja, tatsächlich, er winkte mir, er winkte der Kamera zu! «Was macht der Mann da in dem Fass?», fragte ein kleiner Junge neben mir. Ich erschrak. Mein Zusammenzucken ist als markanter Wackler auf dem Video festgehalten, das bei YouTube längst über eine Million mal geklickt wurde. Auf dem Clip ist auch die Antwort der Eltern zu hören, die den vorwitzigen Kleinen belehren: «Das ist der Heilige Geist, der den Weihrauch macht.»

So war es, und so ist es. Nur dass eben kein Rauch aufstieg und auch nicht mehr aufsteigt, nie mehr, sondern ausschließlich klimafreundlicher Dampf der Sorte Olibanum. Wer heute ins Botafumeiro steigen und mitfliegen will, muss erstklassig dampfen können und darf, wie mein Bruder, eine Körperlänge von eins siebzig und ein Gewicht von sechsundfünfzig Kilo nicht überschreiten. Man sollte denken, dass treffe auf kaum jemanden zu, und doch ist die Warteliste für die kommenden zwei Jahre gefüllt.

Der Nachfrage entsprechend, sind die Spendenforderungen der Diözese Santiago immer kühner geworden. Mein Bruder hat seinen Flug durchs Kirchenschiff noch umsonst bekommen, wenn man von dem kleinen Dienst absieht, den er Enriques Onkel in dessen Palais erweisen durfte.

Unser Vater schüttelte lediglich stumm den Kopf, als wir ihm zu Weihnachten das Video nebst den bewundernden Kommentaren auf YouTube und den Selfies vorführten, die mein Bruder oben aus dem Fass gemacht hatte. Nur meine Mutter sagte etwas dazu: «Etwas ganz Kleines von euch, aber mit Liebe, würde genügen.» Und da sind wir nun wieder.

Die Autoren

Ocke Bandixen arbeitet als Redakteur und Autor für die Kulturredaktion von NDR Info. Er gehört zum Team der Satiresendung *Intensivstation* und schreibt die Hörfunk-kolumne *Das Formidable Feuilleton*. Er stammt aus Nord-friesland, hat in Hamburg studiert und lebt dort mit seiner Familie. Wenn er gar nicht mehr weiß, was er machen soll, denkt er sich Geschichten für Kinder aus.

Wolf Eismann, 1955 in Hamburg geboren, schreibt und produziert Features und Hörspiele für den Rundfunk. Er lebt in Marne/Dithmarschen, wo er seit 2011 das Kultur- und Bürgerhaus (KBH Marne) leitet. Hier ist er für das Veranstaltungsprogramm (Konzerte, Lesungen, Kabarett, Kleinkunst) verantwortlich und organisiert regelmäßig Ausstellungen mit zeitgenössischer Kunst. www.wolf-eismann.de

Marco Göllner ist Lipper und sechs Jahre alt. Beides bis heute. Er ist seit Jahren Superheld im Sparten-Medium Hörspiel – als Regisseur und Autor. Der strammen Masse wurden er und seine Stimme durch die Intros von *Fest & Flauschig* bekannt, dem Podcast von Jan Böhmermann und Olli Schulz. Bei Rowohlt erschien sein Bestseller *Oma Martha & ich*, gerade legte er nach mit *Der Junge hat doch nichts davongetragen?*

Andreas Greve hat Kinderbücher, Gedichte und das Reisebuch *In achtzig Tagen rund um Deutschland* geschrieben. Der in Hamburg geborene Lyriker lebt in Dänemark. Im vergangenen Jahr veröffentlichte er das Bilderbuch *Komm bald wieder* mit Illustrationen von Lena Winkel. In diesem Herbst ist sein Erzählungsband *Etwas ist immer* erschienen.

Tobias Haberl, geboren 1975 im Bayerischen Wald, hat Literaturwissenschaften in Würzburg und Großbritannien studiert und arbeitet seit 2005 für das *Süddeutsche Zeitung Magazin*. Über das Experiment seiner einjährigen Mitgliedschaft in der Partei *Die Linke* hat er das Buch *Wie ich mal rot wurde* geschrieben, im November 2019 erscheint sein neues Buch *Die große Entzauberung – das trügerische Glück des heutigen Menschen*.

Julia Hackober, geboren 1990, lebt in Berlin. Sie arbeitet als Redakteurin bei *Iconist*, dem Lifestyle-Magazin der *Welt*, und moderiert den Podcast *The Real Word*. Außerdem bloggt sie auf juliahackober.com

Anna Herzog stammt aus Hamburg, trieb sich dann in der Folge ihres Lebens ausführlich in verschiedenen Ländern herum, studierte unter anderem Medizin und Russisch und lebt heute im Ruhrgebiet. Sie hat vier Kinder und arbeitet als Ärztin, wenn sie nicht gerade schreibt. Am liebsten Kinderbücher (*Der Tag, an dem Weihnachten verschwand*, *Die Kinder vom Birnbaumhaus*), gelegentlich auch etwas für größere Kinder (*Männergrippe* zusammen mit Lucinde Hutzenlaub).

Carsten Höfer, Jahrgang 1969, ist Kabarettist, Autor und Vortragsredner. Sein Buch *Frauenversteher* wird meist an Männer verschenkt, sein zweites Buch *Tagesabschlussgefährte* überwiegend von Frauen gelesen. Er ist Gastkünstler auf Kreuzfahrtschiffen und tourt mit seinen preisgekrönten Kabarett-Programmen (*Comedy Hot Shot* und *Hessischer Satirepreis*) durch große Mehrzweckhallen und kleine Theatersäle. Er lebt in Münster. www.carstenhoefer.de

Thomas Hollmann ist auf münsterländischen Fußballplätzen aufgewachsen, wurde dann aber doch Journalist. Volontariat bei der *Rhein-Neckar-Zeitung* in Heidelberg. Beim Sender Freies Berlin lernte er noch zu Mauerzeiten das Radiomachen. Nach mehreren beruflichen Abstechern kehrte er zum SFB zurück – in ein doppelt so großes Berlin. Beim Inforadio des Rundfunks Berlin-Brandenburg arbeitet Thomas Hollmann als Autor, Moderator und Redakteur.

Hilmar Klute, Jahrgang 1967, ist Redakteur bei der *Süddeutschen Zeitung*, wo er das Streiflicht verantwortet. Er hat mehrere Bücher veröffentlicht, zuletzt den Roman *Was dann nachher so schön fliegt*. Er lebt in Berlin.

Käthe Lachmann, bekannt als Komikerin, hat mehrere Romane veröffentlicht und zwei erzählerische Sachbücher, zuletzt *Keine Panik, liebe Angst!* und *Verletzlich ist das neue Stark*, dazu Geschenkbücher, in diesem Jahr *Wenn mich jemand sucht, ich befinde mich im Wandel*. Sie lebt mit ihrem Partner in Hamburg. www.kaethelachmann.de

Judith Luig schreibt am liebsten über Frauen, Männer, Bildung und Paralleluniversen, und das aktuell bei *Zeit Online*. Sie lehrte Literaturwissenschaften und Gender-studies an beiden Berliner Universitäten. Zuletzt erschien von ihr bei Rowohlt *Und jetzt noch mal alles aufs Klo. Wie meine beste Freundin Mutter wurde.* Außerdem arbeitet sie gerade an ihrem zweiten Drehbuch. twitter.com/luigologie

Helmut Maaß, geboren, studiert, promoviert, vereinigt, verdient sein Brot als Buchhändler und Verleger. In seinen Büchern beschreibt er das eigenwillige Wesen seiner Landsleute in den vergessenen Provinzen nördlich von Berlin. Zuletzt erschienen *Kleinstadtgeplauder* (2011) und *Kleinstadtgemunkel* (2014). www.buecher-maass.de

Christian Maintz, geboren 1958 in Hamburg, lebt ebenda. Autor, Herausgeber, Literatur- und Medienwissenschaftler. Schreibt bevorzugt komische Lyrik (zweimaliger Träger des Wilhelm-Busch-Preises). Tritt bei Lesungen gerne in Duett-Formationen auf, früher mit Harry Rowohlt, heute mit Barbara Auer, Nina Petri, Gustav Peter Wöhler. www.christianmaintz.de

Thomas Medicus, geboren 1953 in Mittelfranken, war zwischen 2001 und 2013 Mitarbeiter des Hamburger Instituts für Sozialforschung und ist seit 2017 freier Autor in Berlin. Seine Bücher sind bei Rowohlt Berlin erschienen: *Melitta von Stauffenberg, Ein deutsches Leben* (2012), *Heimat. Eine Suche* (2014, August-Graf-von-Platen-Literaturpreis.), *Nach der Idylle. Reportage aus einem verunsicherten Land* (2017). www.thomasmedicus.de

Joachim Mischke, geboren 1964 in Flensburg, hat in Münster Musikwissenschaft, Publizistik und Anglistik studiert. 1993 kam er zum *Hamburger Abendblatt*, dort ist er Kultur-Chefreporter und Musikkritiker. Mehrere Bücher: *Hamburg Musik!* (2008), *Nimm meine ganze Seele zum Morgengruße*, ein Band mit Wagner-Briefen (2013) und zuletzt *Elbphilharmonie* (2017). Gastgeber des Podcasts *Erstklassisch mit Mischke*. www.joachim-mischke.de

Clara Ott wurde 1980 in Ostwestfalen geboren und arbeitet seit 15 Jahren als Journalistin. Sie ist Redakteurin bei der *Welt*. Seit 2008 schreibt sie Romane, erst *Aufrüschbar* und *Berlin liebt Dich*. 2013 erschien *Cucina Amore* bei Rowohlt unter dem Pseudonym Fritz Paul. Sie lebt in Berlin und arbeitet an ihrem vierten Buch.

York Pijahn, geboren 1973 in Bielefeld, ist Journalist und lebt mit seiner Frau und zwei Kindern in Kreuzberg. Er arbeitet als Reporter, Buchautor, entwickelt Zeitschriften – und schreibt seit 2007 die Kolumne *100 Zeilen Liebe* in der Frauenzeitschrift *myself* (und als Buch unter dem Titel *Operation Glückskeks: Das Schrägste aus meinem Leben*). Zusammen mit Evelyn Holst veröffentlichte er *Oh Boy, oh Girl!: Eine Gebrauchsanleitung für Männer und Frauen*. http://www.yorkpijahn.com/

Emily Philippi, geboren 1997, studiert Physik in Berlin. Sie schreibt Geschichten und Essays.

Cornelius Pollmer, geboren 1984 in Dresden, studierte Volkswirtschaft und besuchte die Deutsche Journalistenschule. Seit 2013 schreibt er als Korrespondent für die

Süddeutsche Zeitung über Ostdeutschland. Im Sommer 2019 veröffentlichte er *Heut ist irgendwie ein komischer Tag – Meine Wanderungen durch die Mark Brandenburg.*

Sören Sieg, geb. 1966 in Elmshorn, studierte sechs Fächer und lernte sieben Instrumente, um dann 18 Jahre lang Sänger zu sein (www.lalelu.de). Danach veröffentlichte er elf Bücher in acht Verlagen, darunter den Bestseller *Ich bin eine Dame, Sie Arschloch.* Er hat drei Kinder großgezogen und gerade mit Frank Lüdecke das Erfolgsstück *Gelogene Wahrheiten* für die Wühlmäuse in Berlin geschrieben. Seine afrikanischen Suiten für Blockflöte werden auf allen fünf Kontinenten gespielt.

Kathrin Weßling, 1985 in Ahaus geboren, ist Journalistin, Social-Media-Expertin und Autorin. Sie hat für *stern.de* und *Spiegel Online* als Social-Media-Redakteurin gearbeitet. Von ihr sind bereits drei Bücher erschienen (*Drüberleben* 2012, *Morgen ist es vorbei* 2015, *Super, und dir?* 2018). Ihr neuer Roman *Nix passiert* erscheint im November 2019. Kathrin Weßling lebt in Berlin.

Sylvia Witt & Oliver Uschmann wurden geboren, als ihre Eltern es für angebracht hielten. Die Kölnerin ist Diplom-Designerin, Schriftstellerin, bildende Künstlerin, Programmiererin und leidenschaftlich Lernende. Der Niederrheiner ist Germanist, Schriftsteller, Journalist, Dozent und zielgerichtet Zerstreuter. Gemeinsam erschaffen sie Romane, Jugendliteratur sowie erzählende Sachbücher. Die Kulissen der Erfolgsreihe *Hartmut und ich* bauten sie als Erlebnispark auf. https://hombrede.de

Renée Zucker, geboren 1954 in Essen, ist Kolumnistin und Journalistin in Berlin. Sie hat mehrere Bücher veröffentlicht, zuletzt *Glück kann manchmal richtig nerven, Ein Tag wie Totolotto – Vom Leben und anderen Glücksspielen* und zusammen mit Ingke Brodersen: *Werden Sie wesentlich! Die Frau um 50.*